昼夜边际

灯中萤火 著

云南出版集团
云南人民出版社

图书在版编目（CIP）数据

昼夜边际 / 灯中萤火著. -- 昆明：云南人民出版社, 2020.11

ISBN 978-7-222-19794-7

Ⅰ. ①昼… Ⅱ. ①灯… Ⅲ. ①侠义小说－中国－当代 Ⅳ. ①I247.5

中国版本图书馆CIP数据核字(2020)第213789号

责任编辑：朱　颖
装帧设计：云南杺颐文化传播有限公司
责任校对：范晓芬
责任印制：李寒东

昼夜边际

灯中萤火　著

出版　云南出版集团　云南人民出版社
发行　云南人民出版社
社址　昆明市环城西路609号
邮编　650034
网址　www.ynpph.com.cn
E-mail　ynrms@sina.com
开本　720mm×1010mm　1/16
印张　22.5
字数　330千
版次　2020年11月第1版第1次印刷
印刷　昆明精妙印务有限公司
书号　ISBN 978-7-222-19794-7
定价　68.00元

云南人民出版社微信公众号

如需购买图书、反馈意见，请与我社联系
总编室：0871-64109126　发行部：0871-64108507　审校部：0871-64164626　印制部：0871-64191534

目 录

楔　子

“这世上为什么要有白昼和夜晚？”

“这是在预示我们，光明和黑暗其实根本没有分别。”

“何出此言？”

“因为在最耀眼的太阳下，必有最深的阴影；而在一片混沌的夜中，我们却能看清任何一点微弱的萤光。

第一昼　人屠的刀

铃声。

迷茫而又空灵。

他心中忽然升起一丝不安。

他本以为这铃声能让他平静。

因为，他在这一望无际的沙漠中走了很久。

至少，他觉得他走了很久。

有铃声的地方就有人。

而他已经太久没看见人了。

所以，他不明白为什么这铃声反而让他如此烦躁。

他抬起头。

太阳居然是绿色的。

他舔了舔嘴唇，可是干枯的舌头却刮得他龟裂的皮肤生疼。他的鼻中，似乎传来了自己脸上一股焦糊的味道。

这铃声，迷茫得让人绝望，空洞得让人发狂。不知何时，铃声变得无处不在，仿佛是来自最遥远的天边，又仿佛是来自最地底的深渊。在铃声之中，他隐约听到恶魔放肆的狞笑，在他的脑中不断地回响、爆炸，让他头痛欲裂，也让他的灵魂被一点一点地撕碎。

太阳，也开始悄无声息地扭曲、膨胀，伴着那摄魂夺魄的铃声起舞，张狂地要吞噬整个世界。

他强壮的身躯不知何时已经瘫软在地。他大张的嘴一开一合，却发不出一丝声音；他用尽全力睁开双眼，却看到自己被那遮天蔽地的绿掩埋；他拼命地在滚烫的沙上翻滚、挣扎，然而这只能让他更像一条窒息的鱼。

他的视线逐渐模糊，而在朦胧之中，他竟然看见一个男人挂着诡秘的微笑向他走来。

他不得不向男人伸出手，发出最后的嘶吼。然而他却绝望地发现，不论是手还是嘴，都无法再凝聚一丝一毫的气力。

然而幸运的是，男人真的走到了他的身边，依然微笑着望着他的双眼。

他突然觉得，男人的眼神实在是令人生厌。

男人弯下了腰，抓住了他的脚，竟然一把把他拎了起来。

他翕动着嘴唇，想要发出无声的抗议，可是就在下一瞬间，他的瞳孔猛然收缩。

他看到了，男人手中握着的，不是脚，而是鱼尾。

他，只是一条鱼。

就在这时，他猛地坐起。

太阳，还是红色的。

那只不过是一场梦。

他颤抖地擦拭着额头上的冷汗。

他深深吸了一口气，心中的恐惧依然萦绕不去。

“白石，你醒了？”

他抬起了头。

他看到了一个女人。

女人静静地坐在桌前，淡雅而又清新，仿佛一片荷叶。

她的眼中，半是期待，半是担忧。

他记得这个女人是他的妻子。

他轻轻道：“荷影？”

不知道为什么，他总觉得自己的声音里有着一丝犹豫。

荷影的眼中，刹那间放出了一片光彩。

“你今天睡了好久。”

白石摸了摸自己的脸：“是么？”

荷影笑了笑：“你最近太累了。既然醒了，就喝一碗粥吧。”

白石缓缓下了床，坐在荷影的对面。荷影开心地笑着，小心翼翼地盛了两碗粥。

白石拿起桌上的勺子，在粥里搅了搅。

他皱起了眉头：“这粥……好稀。”

荷影深深的叹了一口气：“我们搬到这个小镇已经两个月了，你还没找到活干，我们没有饿死就已经谢天谢地了。”

白石没有再说话。他望着那碗水一般的薄粥一言不发。

过了半晌，他终于抬起头：“对不起。”

荷影淡淡说道：“听说今天衙门里要招捕快，不如你去试试。”

白石一愣：“捕快？”

荷影点了点头：“捕快。”

白石默然。

荷影道：“你的武功本来就不弱，要在这小镇当个捕快应该不是什么难事。”

白石点了点头：“说的也是。”

他轻轻地把身前的粥推到了荷影面前。

荷影抬起头：“你？”

白石站起了身，走到门口：“等着我回来。”

荷影的声音说不出的温柔：“外面下着雨，别淋湿了。”

白石应了一声，抓过门边的蓑衣斗笠，穿戴整齐。

他顺手往腰间一摸。

突然，他的身躯定住了。

荷影猛然抬起头：“你怎么了？”

她的眼神，闪过一丝惊惧。

白石没有说话。

他只是缓缓低下头向腰间看去。

那里，什么东西也没有。

白石呆呆的站着。

不知为什么，他的心中很不安。

真的不知道为什么。

终于，他叹了口气："没什么。"

他打开了了房门，大踏步走了出去。

风，呼啸而过。

雨，淅淅沥沥。

黝黑的车夫宿醉街头。

干瘦的裁缝哀叹不已。

白石已站在一扇大门门口。

他抬起头，望着朱红牌匾上的"县衙"两个大大的金字。

雨在疯狂的倾泻着。

这绝不是一场小雨。

雨水顺着他早已湿透的蓑衣流进了他的脖颈。

白石不禁打了个寒战。

好冷。

真的好冷。

白石抬起了腿，迈向县衙。

可是他的腿还是没有迈出去。

因为他突然发现，在县衙的门边站着一个女人。

不，那仅仅只是一个少女，一个苍白的少女。那尚未发育完全的身躯瘦弱而单薄，在迷蒙的雨雾中静静伫立。她没有撑伞，没有披蓑，明明长满青苔的屋檐近在咫尺，可是她却只是任凭冰冷的水滴狠狠地浇在额头、流过发梢，顺着修长却纤细的脖颈，放肆地淌遍身上那一袭黄衫的每个角落，再悄然跌落在泥土里。

白石凝望着少女，可是少女却只是静静地站在那里，低垂着眼皮。她没有看向白石，也没有看向任何东西，仿佛一切都与她没有丝毫关系。

白石终于笑了笑："为什么不躲雨？"

少女没有任何表情："躲与不躲，也没什么区别。"

"为什么？"

"你不明白。"

"我不明白？"

少女叹了口气："不明白的人，在这个镇子是活不下去的。"

白石愣了愣，他刚要再开口，少女却突然皱紧了眉头，望向了街道的另一头。

白石顺着少女的眼神望去。

从街道的那头，走来了一个男人。

不，那也算不上男人，那也只不过是一个男孩。

白石从未见过如此沧桑的男孩。

男孩身上的衣衫破烂不堪，而他的双脚，就那样赤裸着行走在泥泞里。

可是，他脖子上的斗篷，却牢牢地裹在背上，在滂沱大雨中竟没有一丝污秽。

男孩在天真的笑着，他的眼睛黑得发亮。

白石皱了皱眉。

他感到了男孩身上有一种让他很不舒服的气息。

或者说，一种格格不入的气息。

白石转向了少女："那你说，他会明白么？"

少女哼了一声："他明不明白都不重要。"

"为什么？"

少女淡淡道："因为他注定不能活着离开。"

白石愕然。

男孩已走到少女身前，抬起了头。

然而他没有说话，只是抬起了双眼，对着少女咧嘴一笑，露出了森白的牙齿。

少女仿佛微微一颤。

白石的心却紧了一紧。

那男孩的笑容如此纯真，却又让人无法接近。

沧桑的男孩，淡漠的少女，在残破的屋檐下显得如此突兀，几乎刺得白石睁不开眼睛。

白石努力定了定神，望向了男孩。觉得应该说点什么，来驱赶出身体内的那份不安："我叫白石，你呢？"

男孩依然死死盯着少女的眼睛，口中却发出了两个模糊的音节。

"小……良……"

那声音，却是苍老而又沙哑，让白石的不安变本加厉。

白石勉强笑了笑，转向了少女："那你呢？"

少女没有说话，也没有再看一眼小良，只是依然像一座石雕般立在那里。

白石还想再说些什么，可是县衙的大门却缓缓开了。

那刺耳的吱呀声显示着破败的县衙早已年久失修。

而那残旧的大门也如同从门缝中走出的佝偻老人一样摇摇欲坠。

"进来吧。"

老人转过身，一瘸一拐地消失在门洞里。

少女和男孩不知何时已悄然不见，只剩下白石默默站在雨中。

他竟然觉得，那漆黑的门洞仿佛要将他吞噬。

而雨，依然在疯狂的倾泻着，穿透他的蓑衣，将他浑身浸湿。

突然，他听到了一声轻笑。

他猛地转过了头。

在他的身后竟站着一个年轻的书生。

书生的身上湿的更透。然而他却笑吟吟地站在那里，打量着白石。

书生笑着道："你是来做捕快的？"

白石道："是。"

书生叹了口气："为了那几钱银子，要在大雨中受这份罪，真不知道值不值得。"

白石道："难道你不是来做捕快？"

书生道："你以为现在这种鬼天气肯来县衙门口的，还会有别的人？"

白石笑了笑："但是看样子，你受的罪比我的更多。"

书生却问道："你为什么要穿蓑衣？"

白石道："因为我不想像你一样成个落汤鸡。"

"所以，这对于你来说才是受罪。"书生笑了笑，"而对我萧落木来说，在雨中漫步是人世间至高无上的享受，又有何罪可受？"

白石笑了："你是我在这个镇子里第一个遇到的这么有趣的人。"

萧落木眯着眼睛，一字一顿："可是你却是我在这镇子遇到的第一个人。"

白石皱起了眉头："你说你在这镇子，还没有遇到过人？"

萧落木伸出一只手，放在雨中。

他静静地凝视着那溅在他手指上而四分五裂的雨珠，仿佛在想着什么。他缓缓说道："这么大的雨，也许本就不该遇到人。"

白石犹豫了片刻："也许吧。"

萧落却又笑了："这里真是一个蹊跷的地方。古语云：'君子不立于危墙之下'，你说我们是不是该回去？"

白石道："该。"

萧落木道："那你还不走？"

白石叹了口气："该是该，可是不能。"

萧落木道："哦？"

白石道："我要银子。你呢？你怎么不回去？"

萧落木笑得更开心了："因为这里的人实在很有意思，我舍不得回去。"

白石也笑了："我看你才是最有意思的人。"

"我有没有意思是我的事，"萧落木仰天大笑，"你看得准不准那是你的事。"

他背着双手也走进了门中。

白石叹了口气。

这里真是个是非之地。

也许他真的该回去。

可是在这一刻，他想到了家里那碗稀薄如水的清粥，又想到了荷影那双期盼的眼神。

他没有选择。

他明白。

镇子是小镇，可是县衙绝对不是小县衙。

在白石的脑海中，北京大名府也不过如此。

而零落的几个人更衬出大堂的空旷。

小良早已静静地靠在墙边。

而他的眼睛，依然死死地盯着另一个角落里的少女。

萧落木却笑了："想不到女人也来做捕快。"

少女缓缓道："既然瞎子都能来，女人为什么不能来？"

角落里传来了一个苍老的声音："你这是在说我么？"

白石这回简直呆住了。

在门边的墙角下，居然真的坐着一个老瞎子。

老瞎子一只手拄着一把二胡，另一只手摸索着墙壁，缓缓地站了起来："我虽然是个瞎子，可我不是聋子。小姑娘说话可要小心。"

少女的双眼一片空洞，没有再说话。

老瞎子却不依不饶："就算是真的聋子，也未必不能做捕快。你说是不是，老聋子？"

瞎子的头转向了另一个墙角。在那个墙角站着一个虬髯大汉。

萧落木忍不住道："跟一个聋子说话的人，我看不止是瞎子，而且是一个傻子。"

大汉低沉的声音却响起："我虽然是聋子，可是我能看得懂唇语。"

萧落木望着白石微微笑了笑："现在你是不是还觉得我是这里最有趣的人？"

白石叹了口气："现在我觉得你是这里第二正常的人。"

萧落木到："哦，那第一呢？"

白石笑了："当然是我。"

萧落木没有说话，只是又眯起了眼。

这时从内堂传来了一个声音："诸位久等了。"

一个男人缓步走了进来。

虬髯汉子立刻笑容满面："原来是胡衙役。"

胡衙役笑了笑："哦，镇北打铁的李铁匠，镇南算命的王瞎子，你们居然也来了。"

瞎子叹了口气："现在世道艰难，大家都不信命了。瞎子我也要另谋生路了。"

胡衙役略一颔首，又望向了少女。

突然少女开口道："你已经跟了我很久了。"

胡衙役一愣。

男孩却答道："是。"

少女又问道："也看了我很久。"

男孩道："是。"

少女冷冷道："你到底想做什么？"

男孩淡淡一笑，没有说话。

白石望着男孩，他觉得男孩的牙齿有些特别。

少女空洞的双眼几乎看不到一丝白睛。那双瞳仁，空洞而又看不到底。然而她的声音却从口中传出："你不说也没关系，反正你再也说不了了。"

男孩没有动，也没有说话，却没有一丝畏惧的神情。

少女的手指微微一颤。

不知从少女身上何处飞出一道影子，射向小良。那道影子快得几乎令人看不清。可是小良的身影居然更快，他纵身而起，不知何时已经向少女扑去。

萧落木猛地抬起了头。他的双眼直盯着小良那微微飘起的斗篷，发出了异样的光。

然而就在那一刻，他的眼前突然出现了一片红云。紧接着小良的双脚已经重重地落回了地面，就连地上的大理石，也轰然多出几条裂痕。

小良没有说话，只是从嘴里发出了一声莫名的低吼。

站在他面前的是一个男人，一个披着火红大氅的男人。

胡衙役作了一揖："原来是叶捕头到了。"

叶捕头没有答话。他只是伸开自己的左手。

哐啷。

一块已经被捏得看不出形状的废铁颓然跌落。

萧落木笑了笑："是个用暗器的女人。"

叶捕头没有理萧落木，他盯着小良一字一顿地道："在我叶鸣蝉的眼前没有人可以杀人。"

小良的声音生涩得有些僵硬："我……不想……杀她。"

叶鸣蝉缓缓放开了还按在小良肩头的右手。

小良死死地盯着叶鸣蝉，嘴唇不住地颤动。

终于，他还是退后了两步。

萧落木却叹了口气，声音中满是遗憾。

叶鸣蝉的脸上没有一丝表情。他转过头对着少女道："你也一样。"

少女没有再说话，她的眼睛突然瞪得极大，浑身战栗着，死死地靠在墙角，把披散的长发遮紧了自己的脸，半张着的口深深地喘息，却没有再发出一丝声音。

叶鸣蝉轻轻地挥了挥手。

火红的大氅又仿佛将他笼罩在火焰之中。

胡衙役再一作揖："叶大人，接近午时，现在应征捕快的人已经有六个，还望大人定夺。"

叶鸣蝉冷冷道："还是等黎大人来吧。"

胡衙役陪笑道："可是黎大人至今未见，现在这里就您最……"

叶鸣蝉依然没有丝毫表情："是么？"

胡衙役一愣："叶大人您……"

"哈哈哈哈哈哈！真不愧是叶捕头！"

角落的屏风后，一个青衣男人缓步而出。

白石愣了一愣。

为何这个男人竟隐约有一丝熟悉？

胡衙役大惊："风师爷，您原来早就到了！"

叶鸣蝉道："看了那么久，风师爷不出来露两手？"

风师爷摆了摆手，轻笑道："我风化柳那两下只能用来防身，怎么敢在本县第一高手叶捕头的面前班门弄斧？"

叶鸣蝉只是哼了一声，没有再说话。

胡衙役却道："风师爷，只能麻烦您也稍候了。"

风化柳摇了摇头："不用了。"

胡衙役奇道："哦？"

叶鸣蝉却扬了扬眉毛，望向风化柳。

风化柳脸上突然一片戚忧。

"黎大人今日咳疾转剧，无法前来，选拔捕快一事，就由我代劳了。"

胡衙役恍然大悟："原来如此。"

风化柳望向了叶鸣蝉："叶捕头？"

叶鸣蝉淡淡道："一切按黎大人意思办吧。"

风化柳点了点头："那就按原来的计划吧。"

叶鸣蝉没有说话，却突然猛地一跺脚。

在那一瞬间，桌上的令筒中竟飞出六支令签，分别射向六人!

女人的手指轻轻动了一动，又仿佛没有动，令签却莫名断成两截。

小良的表情没有一丝变化，他的双眼依然还在盯着对面的女人，然而不知何时，令签已然被他随手拨开。

萧落木笑了笑，轻轻地偏了偏头。他伸出两个指头，从口中取下了衔住的令签，随手掷回了令筒："好好一支签，可不要浪费了。"

瞎子皱了皱眉，扬起了二胡。令签钉在二胡上，发出了金铁相撞的声音。

聋子却猛地大喝了一声，令签正正地打在他的胸膛，然而却只刺破他的衣衫。

白石闪身躲过令签，望向叶鸣蝉的双眼写满惊愕："你们，这……！"

叶鸣蝉只是抬起眼皮望向风化柳。

风化柳笑了笑："好武功。做捕快绝对够格。"

萧落木笑道："你就不怕真的把我们杀了么?"

叶鸣蝉淡淡道："我出手是有分寸的。"

风化柳接道："既然诸位都身手不凡，那么从今天开始，就要听候差遣了。"

瞎子叹了口气："还没做捕快就差点要了我这条老命，想来这是份刀头舔血的差事。"

风化柳摇了摇头："那也未必。你们要做的第一件事，就是盯住这镇上所有可疑的人。"

白石略一沉吟："难道这镇子有什么异常？"

"其实这镇子一直以来都相安无事，"风化柳轻轻踱了两步，突然，他抬起头望向白石，微蹙眉头，"只是最近，镇子里的陌生人实在太多了。"

陌生人？不知为何，白石心里仿佛闪过一丝奇怪的光。

聋子突然低下头，望着自己布满老茧的双手："我已经好久没看见过外乡人了。"

风化柳不知从何处摸出一把折扇，轻轻摇着："黎大人上任不过数月，镇子里就突然出现这么多陌生面孔，只怕未必是好事。”

白石想了想：“不论如何，这件事听上去似乎也没有那么难。”

叶鸣蝉发出了一声冷笑。

风化柳瞟了一眼叶鸣蝉，接着说道：“可是第二件事，就不是那么简单了。”

白石道：“哦？”

风化柳道：“从今夜起，你们每夜要有两个人留在衙门里。如果发现谁擅闯县衙，格杀勿论。”

白石一愣：“为什么？”

风化柳尚未答话，叶鸣蝉斩钉截铁的声音已然响起：“保护大人。”

风化柳点了点头：“本县县令黎大人，就住在这县衙的后园里。”

萧落木笑了笑：“这简单。如果你没有意见，那么今夜就是我俩吧。”

萧落木望向了小良。

小良微微闭上双眼，没有点头，也没有摇头。

白石道：“那明天我来。”

“明天你和聋子，”叶鸣蝉望向白石，却又伸出一个指头指向少女，“后天她和瞎子。”

少女的身子轻轻的颤了颤。

瞎子却皱了皱眉：“为什么？”

叶鸣蝉冷冷道：“因为她是女人，而你刚好是瞎子。”

瞎子没有再说话。

零星的雨滴从肉铺上方的油布下滴落，在这寂静的街道上偶尔发出沉闷的声音。

白石望向躺在肉铺后的屠户，缓缓把一贯铜钱放在了木板上：“老板，买肉。”

大雨稍停，整个肉铺，不，甚至是整个集市上上，似乎只有这一个活人。

屠户微微睁开眼睛："你要买肉？"

"我要买肉。"

屠户一个鲤鱼打挺跃起，眼中流动着异样的神彩："你要什么肉？"

"哦？你有什么肉？"

屠户笑了，精赤的上身也随着笑声抖动："我这里有三十七种肉，只要你说得出来的，我全都有。"

白石想了想："今晚包饺子，我要二十文的猪肉。"

屠户伸手抓过一块肉，反手抄起一把猪肉刀："既然是包饺子，那就一定得剁得够碎。"

屠户的手快速地挥动，一刀又一刀，均匀得仿佛白石的呼吸。

留在砧板上的刀痕，一道又一道，整齐得好像屠户的发际。

突然，他的刀停了。

屠户的刀不会轻易的停下来。

绝不会。

除非他不得不停下来。

屠户的手，正被另一只手死死地按在了砧板上。

那是白石的手。

屠户的眼中满是迷惑："客官你？"

白石道："不用切了。"

屠户奇道："为什么？"

白石没有说话，只是盯着那砧板，那刀和那手。

终于，白石的嘴里缓缓吐出几个字。

"你，不是，屠户。"

屠户却笑了。

"我不是屠户，难道是渔夫？"

"你是什么我不知道，可是你不是屠户，绝不是！"

白石猛然抬起头，死死地盯着屠户的双眼。

屠户凛然一惊，奋力想抽出被按住的手。

可是白石却岿然不动。

屠户喘息着："为什么？"

白石叹了口气："其实如果砧板上的刀痕不是每道都一模一样，就连深浅都分毫不差的话，我绝不会怀疑你这个'屠户'手稳得实在太过头。"

屠户却又笑了："可是你有没有想过一个问题？"

"哦？"

"连刀痕的深浅都看得那么仔细，就证明你要买的，也恐怕不是这二十文的猪肉。"

白石皱了皱眉："那是什么？"

屠户猛地把脸凑到了白石面前。

他咧开了嘴，露出森白的牙。

"你要买的，恐怕是我的人头。"

突然，桌子断开了。

桌子是不会自己断开的。

一把巨刀从桌子的断口处猛地穿出，挑向白石的咽喉。

白石的瞳孔骤然收缩。

而他的身体也在那一瞬间向后挪了两寸。

两寸绝不算远。

可是却已足够。

足够白石没有被开膛破腹。

然而足够不死，却不代表足够不伤。

白石的胸口一痛，嘴里涌出一口腥甜。

屠户缓缓地扭动着自己的右手。

他望着右手腕上的一片青紫，又笑了："你的力气很大，大得像一头牛。"

屠户双手把巨刀举在身前："所以这把屠牛刀，最适合你。"

白石的额头微微浸出一滴冷汗。

好猛的刀。

然而白石只是缓缓道："把刀放下，跟我回衙门。"

屠户瞪大了眼睛，仿佛听到天下最好笑的笑话："跟你回衙门？难道你是个疯子？"

白石摇了摇头："我不是疯子。我只不过是个捕快。"

屠户仿佛已经笑得快要断气："捕快？你说你是个捕快？"

突然，他手中的刀刺向白石的眼睛。

而屠户的脸上，瞬间只剩下一片狰狞。

屠牛刀在空中不断地挥舞，飞沙走石，卷起了一阵阵风暴，猛得可以屠尽天下间最强壮的牛。

白石突然有一种感觉。

一种奇妙的感觉。

他面对的已经不再是刀，而是浪。

一座座如山的巨浪，让渺小的白石一眼望不到浪巅。

白石只有奋力的在巨浪的缝隙中穿梭，寻找着每一个可以容身的角落，在那毁灭性的呼啸中苟延残喘。

当他清醒过来时，他居然发现自己的身影，在屠牛刀的刀影里闪烁，没有损伤到一片皮肤。

屠牛刀在第十七刀停了下来。

屠户仿佛没有感到丝毫疲累。

然而他的眼中却露出了一丝意外。

"你不但力气大，动作也很灵活。"

白石依然只是缓缓道："跟我回衙门。"

屠户叹了口气，却没有再笑，只是眼中露出了一片怜悯："原来你真的是个疯子。"

他把屠牛刀猛地插在身前，侧身又抓过一把刀。

刀的形状小巧而又流畅，刀尖仿佛还有一股淡淡的血迹。

"既然你滑得像条鱼，那么就试试这把杀鱼刀吧。"

在那一刹那，屠户已然出手。

杀鱼刀在他的五指间飞快的跃动，翩跹起舞，绽放出一朵朵刀花，快得可以杀光天下间最灵活的鱼。

白石的呼吸不禁有些滞涩。

好快的刀。

快得白石根本看不清。

巨浪在一瞬间化为了成千上万的浪花。

浪花精致而又美丽，却带着致命的锋芒从四面八方，九天十地向白石包来。

白石避无可避。

然而就在这一刻，白石发现他根本不需要避。

因为，浪花碎了。

在一瞬间全部碎了。

杀鱼刀停了下来。

屠户的刀不会轻易停下来。

绝不会。

除非他不得不停下来。

屠夫的刀，被一柄扇子死死地夹住。

而那柄扇子，正握在一个青衣人手中。

白石一愣："风师爷？"

风化柳扇子一抖，反手搭住了白石的肩，一起飘然退开了三丈。他望着白石，嘴边有着一抹耐人寻味的笑意。

白石喘息着道："这个假屠户很难对付，你要小心。"

风化柳却摇了摇头："他不是假屠户。"

白石惊道："他真的是屠户？"

风化柳望向了屠户："货真价实，如假包换。"

屠户却笑了。

风化柳接着道："只不过，他是一个'人屠'。"

人屠笑得越发猖狂："没想到，在这穷乡僻壤里，居然有人知道老子的名号。"

风化柳望了望屠户的肉铺："恐怕你的三十七种肉，有不少是人肉吧。"

人屠的笑容愈发瘆人："三十七种，全部都是。"

白石猛然发呕。

人屠却仿佛在展示着自己的收藏，两眼射出了极度亢奋的光芒："人肉，也是分很多种的。像那些穷书生的肉，就酸得同醋一般；而那些商人的肉，肥得满嘴流油……"

砧板上那半块剁成肉酱的"猪肉"的气味，仿佛从白石的鼻子直闯进白石的嘴，在他的食道和胃里融化，又和他的血液结合在一起，让白石呕得要把五脏六腑通通呕出来。

风化柳却只是盯着屠户手上的杀鱼刀："听说16年前你就是用这把刀亲自把你后爹的皮生生剥了下来。"

人屠的表情愈发狰狞："他不给我饭吃，所以我干脆把他吃了。"

白石的嘴里已经呕得发苦，而他的胃，却依然在不停地抽搐，不知何时才能停息。

人屠仿佛想起了什么："你知道的事情不少。"

风化柳微微一笑："很多年前，我也曾属于江湖。"

人屠望着风化柳的扇子，笑容渐渐收敛："你是'铁扇居士'？"

风化柳只是微笑着点了点头。

人屠的笑容彻底消失了。

他的脸上，已是满面凝重。

他把杀鱼刀插入了砧板，却从肉案下又抽出了一把刀。

刀锋闪耀着令人眩目的光芒。

人屠平举起刀，正对着风化柳。

"既然是'铁扇居士'，"人屠的嘴又咧了咧，"那就有足够资格接我这把斩骨刀！"

风化柳摇着头："我的扇子，接不了你的刀。"

人屠叹了口气："那你至少有资格成为我的第三十八种肉。"

风化柳却眯起了眼睛，望向人屠身后："你想要切碎我的肉，只怕先要斩断他的骨头。"

人屠皱着眉："谁？"

风化柳淡淡道："一个骨头比我扇子还硬的人。"

人屠猛然回头。

一片火红迷乱了他的眼睛。

也让宝刀的光华晦暗。

叶鸣蝉就站在不远处静静地望着人屠，没有一丝表情。

人屠倒吸了一口气。

他脸上的凝重已然变成了肃穆。

叶鸣蝉冷冷道："投降吧。"

人屠没有说话。

没有拒绝，也没有接受。

他只是一动不动。

因为，他明白，他现在不能露出一点破绽。

连最小的一点也不能。

叶鸣蝉简洁的话掷地有声。

"拒捕者，死。"

那片火红已瞬间撩动。

斩骨刀穿过了叶鸣蝉的右胸，伤口处的衣料被鲜血染得和叶鸣蝉的斗篷一样红。

可是叶鸣蝉的手已经击碎了人屠的头颅。

人屠的身躯无力地倒下，就像他屠杀过的每一个猎物。

白石的呕吐尚未止住。

风化柳望着叶鸣蝉喷涌的鲜血，脸色一变："叶捕头，你……"

叶鸣蝉没有说话，只是抬起了左手，一把把斩骨刀抽离他的身体。

他拖着长长的血迹，一言不发地瞬间消失在了夕阳里。

白石轻轻推开了门。

荷影猛地转头。

“你回来了！”荷影的脸上写满了欣喜。她冲到了门边，摘下了白石头上的斗笠。

白石从蓑衣里掏出一个纸包，放在荷影眼前。

荷影疑惑地看着白石。

白石笑着点了点头。

荷影轻轻地剥开纸包。

纸包里，静静地躺着一堆猪杂。

白石笑道：“我求师爷赊给我的薪俸，这下我们饿不死了。”

荷影的眼中居然留下了两行泪。

白石轻轻抬起荷影的脸，擦拭着她的泪痕：“你怎么了？怎么哭了？”

荷影伸手抱住白石，声音中还有一丝哽咽：“我就知道，你一定不会让我失望的。”

白石抚摸着荷影的长发：“别说了，我们快吃饭吧。”

荷影早已似哭似笑，泣不成声。

黄昏已近。

白石缓缓地嚼着一块猪杂，愣愣地出神。

荷影为白石盛上了一碗汤：“在想什么？”

白石咽下了猪肉：“这个镇子，真是个奇怪的地方。”

“哦？”

“你知道么，今天来做捕快的人中，镇东算命的王瞎子和镇西打铁的李聋子居然都是高手。”

荷影笑了笑：“瞎子和聋子？”

白石点了点头：“除此之外，书生，女人，男孩，什么人都有。”

荷影道：“那他们的武功怎样？”

白石想了想："不知道，都还没见底。"

荷影皱了皱眉："那是有些奇怪。"

白石的表情中浮现了一丝惊惧与厌恶："而且这个镇子里居然出现了一个专门杀人的'人屠'。"

荷影望着白石的眼睛，写满了温柔："这个世界上总会有一些奇怪的事，谁也不能保证一辈子遇不上。"

白石沉默了。

他仿佛陷入了深思，表情却愈发地难以捉摸。

终于，他抬起了头。

他望着荷影："你说的没错。可是，确有一件最匪夷所思的事让我怎么都想不通。"

"什么？"

荷影有一丝莫名的忐忑。

"最匪夷所思的是，"白石的脸上，惊疑得无以复加，"除了我以外，没有一个人觉得这个镇子很奇怪！一个都没有！"

没错，奇怪的事未必奇怪，可是对奇怪的事视若无睹的人，比奇怪的事本身还要奇怪！

荷影愣住了，仿佛也已被这句话惊呆！

然而，那也只不过是瞬间。她把汤碗推到了依然目瞪口呆的白石身前："算了，别想那么多。你把自己的事情做好就行了。汤快凉了，趁热喝吧。"

白石定了定神。

他低头闻了闻："好香，什么汤？"

荷影笑了笑："猪肺汤。你最近累坏了，喝完早点睡吧。"

第一夜　黑猫的爪

他猛地睁开双眼。

漆黑的房间内，就连月光也是如此狰狞。

他缓缓地抬起双手。

好一双手，修长而有力。

可是这是谁的手？

他想不起来。

他头痛欲裂。

突然一个声音从黑暗中传来："别看了，那是你的手。"

他喘着粗气："可是，我又是谁？"

声音飘渺而怪异："你是谁，你自己还不知道么？"

他猛地转头，要寻找那个声音。

声音来自房间角落中的黑暗。他眯起眼睛，可是怎么也看不清。

声音又道："你不用看了，你看不到我的。"

他低吼道："你是谁？"

声音却笑了："你想知道的，不是你自己是谁么？"

他的双眼，逐渐被迷茫占据。

声音叹了口气："我告诉你吧，你以前的名字，叫做蝎子。"

他低头沉吟："蝎子？"

"没错，蝎子。"

蝎子抬起了头："那你又是谁？"

声音沉默了。

过了片刻，声音再次响起：“我是神。”

蝎子仰天大笑：“神？这个世界上有神？”

“神”道：“至少我是你的神。你的过去，你的现在，包括你的未来，都在我的手中。”

蝎子一凛：“你知道我的过去？”

“神”笑道：“不然你以为我为什么敢自称为神？”

蝎子猛地从床上跳起，向黑暗中走去：“那我就要看看你这个神的真面目。”

突然“神”的声音变得严肃而可怖：“你如果再敢往前走，你就永远不可能知道你的过去。”

蝎子停住了脚步。

他咬着牙道：“那你要怎样？”

“神”笑了笑：“只不过有几件事让你帮我，当你做完了之后，你自然会知道你到底是谁。”

蝎子冷笑道：“神也要凡人帮忙？”

“神”淡淡道：“我说过了，我仅仅是你的神。”

蝎子没有犹豫：“好，不过如果你骗了我，我马上杀了你。”

“神”只是笑了笑。

蝎子冷冷道：“那你说吧。”

“神”道：“在镇东的尽头有一座庙，庙里有个和尚。”

蝎子静静的听着没有说话。

“神”顿了一顿：“你去杀了他。”

蝎子道：“杀一个和尚？”

“杀一个和尚。”

蝎子点了点头，转身向门外走去。

突然“神”道：“等一等！”

从黑暗里飞出一个黑影。

蝎子向后一摆手，轻轻接在手里。

那是一个面具。

“神”道：“戴上它。不要让人看见你的脸。”

蝎子道：“为什么？”

“没有为什么。”

面具居然正合适，仿佛是专门为他打造的一般。

“神”道：“还有，千万不要受伤，如果受了伤，你的过去就会被永远埋葬。”

蝎子皱了皱眉。

“神”道：“放心吧，这个镇子里绝没有人是你的对手。甚至没有人能让你受伤。”

蝎子吸了口气：“看来你是真的很了解我。”

“神”笑了笑：“去吧。给你一个时辰，足够了。”

蝎子抬起了头。

布满蛛网的牌匾上有三个大字。

“一座庙”。

蝎子不禁笑了。

“虽然是废话，但是也是实话，对不对？”

微弱的声音是从庙里传来的。

蝎子推开了门。

他的眼皮一抖。

这里是庙，也是个灵堂。

庙的正中有一具大大的棺材。一个老和尚坐在棺材后一动不动。

他的背影削瘦而单薄。

单薄得就像一条咸鱼。

蝎子皱了皱眉。

老和尚艰难地站起。

他的动作迟缓而颤抖。

颤抖得就像烛火的残影。

蝎子没有说话。

老和尚却抬起了头，望着蝎子："你是谁？"

他的声音苍老而衰颓。

衰颓得就像深秋的虫鸣。

蝎子冷笑道："你已经没必要知道了。"

老和尚叹了口气："看来你是来杀人的。"

蝎子道："看来我已经不是第一个来杀你的人。"

老和尚艰难的摇了摇头："可惜，你要杀的人一定不是我。"

蝎子不禁一笑："只怕我要杀谁，不是你决定的。"

老和尚狠狠地喘了两口气："我已经太老了，已经没有人会想要杀我了。"

和尚的身影和这腐朽的古庙一样干瘪，没有一丝生机。

蝎子却也微微一愣。

老和尚的确是太老了。

的确没有人会想要杀死一个随时就木的老人。

蝎子犹豫了片刻："可是这里似乎只有你一个和尚。"

老和尚浑浊的双眼突然瞪大："你说你要杀的人，是个和尚？"

蝎子皱了皱眉："难道你不是那个和尚？"

和尚却笑了，可是他那破败的喉咙却让他的笑声如同狗吠，断断续续。

老和尚把头伸向了蝎子："你仔细看看。"

蝎子眯起了眼睛，突然，他愣住了。

老和尚那似乎寸草不生的头上，没有戒疤，却稀稀拉拉地飘着几根毛发。

似乎这个动作用尽了和尚老迈身体里的所有力气，和尚挣扎着说："你看，我不是和尚，我只是个秃子。"

蝎子竟有一瞬间的迷茫。

秃子？和尚？

老秃子缩回了头，颓然倚在棺材上："我早说过，不会有人想杀我这老得快死的秃子。"

蝎子的眼睛却闪过了一丝冷酷的光："不论你是和尚还是秃子，死的总比活的好。"

老秃子又摇了摇头："你杀了秃子，就杀不了和尚。"

"为什么？"

老秃子叹了口气："因为只有我，知道和尚究竟在哪里。"

蝎子眯起了眼睛。

老秃子的手摇曳着摸向身后的棺材。

"他，就躺在这里。"

蝎子的瞳孔顿时收缩。

"他已经死了？"

"死了。"

蝎子凝望着棺材。

终于他开口了："我不信。"

老秃子苦笑："不信你自己看看。"

蝎子摇了摇头："你，去把它打开。"

老秃子脸上闪过一丝犹豫。

可是当蝎子锐利的眼光割在他的身上，他抖得如同筛糠。

他不得不艰难地伸出枯瘦的双手，拼命地推动着棺盖。

直到棺盖落地的声音在这寂静的夜中轰然响起。

老秃子趴在棺材边拼命地喘息，仿佛要爬进去，永远地躺在那里。

蝎子向棺材中望去。

棺材中居然真的有一个和尚，不过是个死和尚。

老秃子道："你来看看，这是不是才是你要杀的和尚？"

蝎子没有动。

老秃子道："你放心吧，他真的是个死人。"

他颤抖的双手在死和尚身边吃力地摸索，终于掏出了一把匕首，向死和尚的大腿上狠狠一刺。等匕首拔出来时，上面只有乌黑的淤斑。

看来真的是个死和尚。

蝎子这才走向前，凝视着棺材里的尸体。那是一个高大的和尚，身上的肌肉盘根错节，结成了一个个铁一般的疙瘩。

蝎子道："他是谁？"

老秃子道："一个杀手。一个很有名的杀手。可是最后他还是死在了杀手手里。"

蝎子又道："那你呢？"

老秃子沉默了。

许久都没有说话。

蝎子皱了皱眉，回头望向了老秃子。

他愣住了。

老秃子居然已泪流满面。

他终于开口了，可是却泣不成声："我……我是……他的……父亲……"

蝎子张了张口，可是终究还是没有说话。

老秃子的泪水顺着枯黄的脸颊滚滚而下，滴落在尘埃里。可是他却断断续续地坚持着说下去："你……还是……收手吧。看到……你，我就……想起……想起我的……儿子，如果……他不是……不是……去做杀手……他也就……也就……不会……你想想……你的父亲……也许……他也……会像我一样……为你流泪……"

蝎子却冷冷打断了他："你不用再说了。"

他的眼中流露出了压抑不了的杀意。

老秃子仿佛察觉了什么，脸上开始有些慌乱："我的儿子已经死了。"

蝎子道："我要杀的人就是你。"

老秃子笑了，然而却笑得很勉强："我只是个快死的老人，你连一个老人也要杀？"

蝎子叹了口气："我只不过想起来一件事。"

"什么事？"

"我听说过，修炼西域的'阴阳交泰轮回大法'的人，虽然运功时肢体可以伸缩如簧，可是会让身体衰老的速度远远快于常人，是不是？"

老秃子的脸色一变。

他干瘪的身体突然刹那间鼓胀起来，甚至比棺材里的和尚还要魁梧。在那一瞬间，他的拳已向蝎子的脸挥去。

然而他那惊怒的表情瞬间变为了痛苦，因为他的拳已被蝎子紧紧地捏住，甚至连指骨也被捏得粉碎。

蝎子望着他冷冷道："如果他真的是你儿子，你又怎么会舍得在他的尸体上动刀子？。"

老秃子强忍着疼痛："是谁叫你来的？他们给你多少好处我都可以加倍给你。"

蝎子道："好啊，你能告诉我我是谁么？"

老秃子咬着牙："我怎么会知道你是谁？"

蝎子叹道："那我就无能为力了。"

老秃子深深吸了一口气："你真的非杀我不可？"

蝎子笑了："不是你，是你们！"

老秃子涨红的脸变得苍白！

就在这时蝎子已经回头。

他看到在棺材上有一个和尚正挥拳打向他的后颈。

这就是刚刚躺在棺材里面的死和尚！

然而这个和尚不但没有头发，而且没有双腿！

和尚虽然没有腿，然而蝎子却有腿。和尚的手还没有碰到蝎子的身体，蝎子已经一脚把和尚踢回了棺材。

和尚发出了一声惊叫。

蝎子迅速地盖上棺材，又一脚踩住。他冷笑道："不论是阴阳交泰轮回大法，还是千日龟息神功，一样逃不过我的眼睛。"

蝎子转头望着依然在哀号的老秃子："一个没有腿的人，再配上一对真正尸体上的腿，真可以算得上天衣无缝。"

老秃子大口喘着气："这么多年来，我和死和尚的配合从未失手，能看破的只有你。"

蝎子一笑："过奖了。你说我是先杀他呢？还是先杀你？"

老秃子摇了摇头："他的命就留给你了。至于我的么……"

话音未落，他的右手已断。

斩断他右手的，是他自己的的左手。

江湖中最重要的是手。在江湖中，手几乎和生命一样重要。

然而，几乎毕竟只是几乎。更何况，他还剩下一只手。

喷涌的鲜血模糊了蝎子的视线。

老秃子的身影在一瞬间又向窗外飞去。

蝎子一把抹去眼前的鲜血，也紧跟着跃出窗口。

然而他的身影在窗外停住了。

因为他看到了老秃子就在他的眼前。

不是活人，而是尸体。

不是一个，而是四个。

老秃子的尸体居然分成四份，散落在血泊里。

自断一臂绝不致命，相反只有这样才能救自己的命。

可是为什么秃子却在片刻之间丢了命？

蝎子迅速地环视着四周。

什么也没有。

蝎子走到了尸体边。

他蹲下来仔细的观察着尸体的断口。

三个断口从额头一直延伸到下身、脚底，仿佛被利刃切隔，竟然如此整齐。

可是蝎子明明没有看到任何人的身影。

难道有人能逃过他的眼睛？

血逐渐蔓延，流过蝎子的脚边，慢慢渗入土地里。血的腥气和泥土结合在一起，腐败的气味让蝎子也忍不住皱起了眉头。

突然蝎子的瞳孔猛然收缩。

他分明看到，逐渐稀释的血液下，居然露出了三个脚印！

不！那不是脚印！

那是爪印！

动物的爪印！

那形状，就仿佛是一只猫的爪痕！

蝎子屏住了呼吸。

在一片死寂中，除了远处此起彼落的狼嚎，没有任何声音。

突然蝎子想起了一件事！

一件本就该想到的事！

这里本不该这么安静！

因为这里，还有一个人！

蝎子刹那间已经闪进了庙中。

棺材依然和他走之前一样。

蝎子掀开了棺材盖。

果然，和蝎子想的一样，死和尚这回真的归了西。

蝎子凝视着死和尚的额头。

在死和尚那锃亮的额头上，居然有一个爪痕！

这……究竟是怎么回事？

蝎子突然转头。他仿佛感到身后有一阵若有若无的声音。

就在他的头完全转过去的那一瞬间，他不禁倒吸一口冷气。

因为，他看到。

在墙角，只有一只猫。

一只黑猫。

蝎子没有说话，也没有动。

他似乎听说过，黑猫有时候不仅仅只是黑猫。

而是绝望。

而是死亡。

而是冥府的信使。

而是地狱的仆从。

可是黑猫却很悠闲，甚至惬意地抬起了前爪，轻轻地擦着自己的脸。

蝎子瞪大了眼睛！

黑猫优雅的前爪上，竟然沾满了鲜血！

那片黑色中的一抹艳红，红得让人窒息。

他猛地低头，望向了和尚的尸体。

在和尚额头上的伤口，和这猫的爪子一模一样！

难道杀死这和尚的，真的是这只黑猫？

蝎子的拳猛然握紧，再次抬起头！

黑猫却早已放下了爪子，死死地盯着蝎子。

蝎子的脊背一阵发凉。

突然，黑猫弓起了背，全身的毛如刺一般倒竖了起来，口中发出了凄厉而尖锐的叫声，仿佛要将黑夜撕裂！

蝎子深吸一口气，缓缓后退了两步。

黑猫的叫声戛然而止。

它居然笑了，轻轻地笑了，仿佛在讥笑着蝎子。

蝎子的头皮一阵发麻。

这不是人世间的猫！这简直是一个幽灵！

黑猫带着邪魅的微笑，慢慢退回了墙角后的黑暗中，转瞬间不见踪影。

良久，蝎子才回过神。他缓缓走到黑猫消失的位置。

他蹲下来，望着那地上淡淡的爪痕，若有所思。

蝎子回到了他醒来的地方。

“你受伤了？”阴影里传来了“神”的声音。

蝎子嘴角微微翘了翘：“你不是说这里没有人能让我受伤么？”

“那你脸上的血？”

蝎子淡淡道：“那是和尚的。”

“神”笑了笑：“你只用了半个时辰。”

蝎子道：“一个阴阳交泰轮回大法，一个千日龟息神功，你这回还真给我找了很难缠的对手。”

“神”沉默了半晌：“原来他们有两个人。”

蝎子冷笑道：“看来‘神’也有不知道的事情。”

“神”叹了口气：“也多亏是你，不然就算再去多少人也未必能活着回来。”

蝎子道：“那你该履行你的承诺了。”

“神”道：“我要你做的事，还没做完。”

蝎子冷笑道：“你果然是在骗我。”

他的拳头，开始不安的骚动。

“神”却笑了：“你放心吧，我虽然不会把你的过去全告诉你，但是我也不会让你失望的。”

“哦？”

“神”淡淡道：“你可以，向我的方向走三步。”

蝎子没有说话，只是抬起了脚。

他已经向阴影走了三步。

“神”道：“怎么样？”

蝎子的呼吸声越来越粗重。他仿佛感到在那黑暗的深处有一股他曾经非常熟悉的气息。

“神”笑了：“你应该明白，我没骗你。”

蝎子猛地点了点头道：“你的确没有。”

“神”突然道：“已经三更了。”

蝎子望向了最深处的那片黑暗。他看到那里一双淡蓝的眼睛，正在凝视着自己。

第二昼　病无药的舞

白石喝完了最后一口稀粥。

荷影笑得很腼腆："好喝么？"

白石笑了笑："你熬的粥，当然好喝。"

荷影的双颊飞红："晚上早点回来。"

白石沉默了片刻："今晚要在衙门守夜。"

荷影点了点头："没关系，明天我在家等你。"

白石摸了摸荷影的脸，起身走了出去。

雨，比昨天还要大。

白石低着头，在泥泞中缓缓走着，积水已经没过了他的脚踝。

突然，他停住了。

他从斗笠下，看到了一双脚。

一双赤裸的脚。

白石轻轻的抬了抬斗笠。

小良就站在他的身前，一动不动。

白石笑了笑："怎么？昨夜没发生什么吧。"

小良没有说话，只是清澈的双眼中居然露出了一丝杀意。

白石心中一惊，向腰间一摸。

小良突然露出了森白的牙齿，双腿猛地一跃，扬起双手扑了出去。

然而白石没有动。

因为，他看到小良并不是扑向他，而是一个后翻，扑向了他身后的一个白影。

白影轻轻闪过。小良的双手狠狠地击在了地面上。

萧落木望着地面上深深的指印叹了口气："你出手可真是一点都不留情。"

小良抬起了头，死死的盯着萧落木的眼睛，没有说话。

萧落木也没有说话。

他只是微微笑着。

突然他开口道："你的斗篷下面，有一把剑。"

小良不假思索："有。"

萧落木又笑了："不如把你的剑借我看看？"

小良道："不可能。"

萧落木笑着抬起了一只手："说的也是。"

他掏出一快手帕，轻轻的擦拭着自己的手指，仿佛一个剑客在擦拭着他的剑。

"借不借毕竟是你的事，可是看不看，"萧落木望着小良似笑非笑，"却是我的事。"

突然萧落木猛地一指点向了小良的额头。

萧落木的这一指绝对碰不到小良的身体。

可是从指间弹出的雨水却如利箭一般。

不，不是利箭。

是利剑。

小良就地一滚，额头被指风擦出了一道血痕。

萧落木笑了笑，又抬起了另一只手。

小良却狠狠地咬住了牙，任由血水和雨水混合在一起，从额头流下。他的喉咙中发出了含混的嘶吼。

突然，白石的身后传来一个平静的声音："剑指。"

白石回首。

风化柳的身影缓缓踱来。

白石忙道："风师爷，你看……"

风师爷却没有说话，只是笑着摇了摇扇子。

萧落木的手指突然开始极快地抖动，雨水不断从他的指端弹出。萧落木的动作轻盈而又优雅，飞向小良的雨箭清澈而又晶莹。

小良却不断地在泥泞中跳跃、翻滚，他瘦骨嶙峋的双手青筋毕露。

白石突然有了一种感觉。

这小良的动作，声音，眼神，包括那森白的牙齿，都像极了一样东西。

可是究竟是什么？

他想不起来。

小良已经被逼到角落，萧落木的一指直直地戳向小良的眉心，没有丝毫犹豫。

然而他的手在离小良半寸处停住了。

萧落木皱了皱眉。

他本来没有打算收手的。

可是他不得不收手。

因为，他的指头已经被一只手捏住，无法再向前一分一毫。

那不是小良的手，那是白石的手。

白石道："适可而止吧。"

萧落木没有理他，只是他的指头不知道什么时候已经挣脱了白石的手。

他还是望着小良："怎么，就算死也不给我看一看么？"

小良狠狠的咬着牙："这是……我娘……留给我的……遗物……"。

"我不信。"萧落木一声冷笑。

他的手向地下一划。

积水突然溅起，射向了白石的眼睛。

白石急忙抬手。

就在这时，萧落木的身影早已越过了白石，扑向了小良。

白石一把甩开了水幕，可是他已然来不及阻止萧落木的这一击。

小良发出了一声狂吼，吼声中充满了愤怒！他双眼变得血红，睚眦欲裂。他的双手疯狂的挥舞着，可是却只是在萧落木的背上留下了两道爪印。

萧落木的手却已经握住了小良的剑柄。

他的脸上浮现出了一抹微笑，意味深长。

刹那间小良的佩剑已被拔出。

那是一柄古剑。

一柄漂亮的古剑，散发着青紫的光泽。

可是萧落木脸上的那种极度亢奋却在顷刻间化为失望。

然而在接下来的一瞬间，萧落木的身影竟重重地跌在地上。

古剑也呛啷落地。

小良抄起古剑，瞬间插回了剑鞘里，望着倒下的萧落木不住的嘶吼。

在萧落木和小良之间，出现了一片火红。

叶鸣蝉的表情依旧冷峻。

他望着萧落木的手："你的武功很特别。"

萧落木闭着眼睛："是么？我看特别的恐怕是你吧。"

叶鸣蝉道："哦？"

萧落木道："能一招就把我这特别的人打倒，那你岂不是更特别？"

叶鸣蝉淡淡道："那当然，我是本镇第一高手。"

萧落木依然躺在地上，却动了动双手："本镇第一高手？只怕未必。"

叶鸣蝉道："你不相信？"

萧落木睁开了眼睛："我的意思是，就算在江湖上，你恐怕也算得上是佼佼者。"

叶鸣蝉冷冷道："我不是江湖中人，我也不知道什么江湖。我只知道我是这个镇子的捕头，我决不允许有人在我眼前杀人。"

"我杀不杀人是我的事，"萧落木轻叹着从泥泞中爬了起来，白色的长衫全是污泥，“但是有没有人会杀了你们，就不是我的事了。”

叶鸣蝉道：“哦？”

萧落木没有回答，只是微微闭上眼，淡淡一笑。

仿佛一切都再与他无关。

包括从他嘴角渗出来的鲜血。

萧落木转身飘然而去。

白石望向叶鸣蝉身后。小良早已不见踪影。

叶鸣蝉却转身走向远方：“跟我走。”

白石一愣：“去哪？”

叶鸣蝉没有说话，也没有停下脚步。

风师爷却淡淡道：“镇东出了两条命案，我们一起去瞧瞧。”

风师爷锁紧眉头：“可怕。”

胡衙役点了点头：“一个人死在棺材里，致命的伤口在额头，而另一个死在庙外，被切成了四份，却留下一只断掌在庙里。我从小生在这里，捕快也做了十多年，也从来没见过这么可怕的死法。”

风师爷摇了摇头：“可怕的不是他们的死法。”

胡衙役问道：“那是什么？”

风师爷脸色愈发凝重：“是他们的活法。”

“活法？”

风师爷凝视着两具尸体：“这棺材里的，生前练的是千日龟息神功，而那个被分尸的，练的更是阴阳交泰轮回大法！”

胡衙役满脸茫然。

而叶鸣蝉的脸色，却微微一变。

他转头问道：“尸体是谁发现的？”

胡衙役犹豫着没有说话。

叶鸣蝉皱了皱眉：“嗯？”

胡衙役终于踟蹰着道：“是……李聋子。”

叶鸣蝉一愣。

他转身望向李聋子："是你？"

"是我。"李聋子朴实的声音平静如水。

叶鸣蝉又问道："怎么发现的？"

李聋子的回答很简单："今早我来，看见他们死了。"

"什么时候的事？"

"寅时。"

胡衙役皱了皱眉："你来做什么？"

李聋子轻轻一笑："上香。"

胡衙役似乎有些恼怒："寅时就来上香？"

李聋子叹了口气："因为我是个聋子。"

"哦？"

"聋子听不到鸡叫，实在不知道该什么时候起。"

胡衙役还想再说什么，然而叶鸣蝉摆了摆手："你没动过尸体？"

李聋子摇了摇头："一个指头也没有。"

叶鸣蝉紧紧盯着尸体，没有再说话。

终于，他淡淡道："你们几个有什么看法，都说说吧。"

胡衙役忙道："凶手的力气很大，而且很残忍。"

叶鸣蝉道："哦？"

胡衙役道："看这断掌的伤口，是被用手生生斩断的。只有力大而残忍的凶手才会做出这种事。"

叶鸣蝉没有说话，却皱紧了眉。

白石摇了摇头："只怕这只手未必是凶手斩下来的。"

胡衙役道："为什么？"

白石道："这断掌的指骨尽碎，这说明和尚断掌之前整个手都被捏在凶手手中。可是接下来和尚却逃到了窗外才被分尸，这说明凶手没料到和尚还能逃脱他的掌控。"

胡衙役点了点头："有道理。看来是和尚为了逃生自己斩断的。"

白石道："和尚左手上的血迹也证明了这一点。"

叶鸣蝉的脸上竟然稍稍有了一点光彩："说的不错，还有呢？"

白石道："棺材里的尸体致命伤在额头，而且伤口的形状……很奇特。"

胡衙役道："这……像猫的爪印？"

白石点了点头："也许这是一门特别的兵器吧。但这不是最重要的。重要的是地上的脚印。在和尚断臂后，凶手居然后发先至，在和尚刚刚破窗而出的那一霎那把他杀死在窗边，又回来杀死了这棺材里的和尚，这样的动作实在太快。"

风师爷拍了拍手笑道："精彩，精彩。"

瞎子却冷哼了一声。

胡衙役望向瞎子："你什么都看不到，难道还有什么话想说？"

瞎子却道："你知道我是怎么瞎的么？"

胡衙役冷笑道："总不会是你自己戳瞎的。"

瞎子满面森然："的确是我自己戳瞎的。"

胡衙役愕然："看来你不但是个瞎子，还是个疯子！"

瞎子没有回话，只是继续说道："我戳瞎自己的肉眼，只是为了换来一双天眼。"

叶鸣蝉突然冷冷道："哦？天眼？你有了么？"

瞎子的声音嘶哑而又恐怖："他是第一个死的人，然而，绝不是最后一个。"

叶鸣蝉道："这世上本来每天都有人死。"

瞎子道："那今晚我们之中谁会死，你猜得到么？"

胡衙役勃然大怒："你真是个彻头彻尾的疯子！"

瞎子却阴恻恻的笑了："我算了几十年的命，这是我最准的一卦。"

叶鸣蝉没有再理他，而是望向了聋子："尸体是你发现的，你又有什么想说？"

聋子微微一笑："这还有什么好说的。杀他们的根本不是人，是猫妖！”

叶鸣蝉眉头紧锁：“猫妖？”

聋子伸手一指：“你看那。”

他的手指向了墙角。

叶鸣蝉缓缓走近。

叶鸣蝉慢慢蹲下。

他看到了，在那里，有四个猫的爪印！

淡淡的爪印！

叶鸣蝉回头道：“你的眼力不错。”

聋子笑了：“一般聋子的眼力都很好。”

叶鸣蝉站起了身：“猫爪未必就是猫妖。”

聋子道：“你还有更好的解释么？”

叶鸣蝉冷笑道：“故弄玄虚。”

聋子道：“你是本镇第一高手，但是你能同时对付这两个高手而且还在那么短的时间内杀死两个人么？”

叶鸣蝉面色铁青：“我不知道。”

聋子叹了口气道：“所以我劝你们还是不要追究这件事了。妖怪之力，我们永远无法企及。”

叶鸣蝉哼了一声：“搬回去，让风师爷验尸。”

他大踏步向门外走去。

突然，他转过头死死盯着聋子：“就算是猫妖，我也要让它，杀——人——偿——命！”

聋子微微闭上眼睛。

他笑了笑：“当然。”

诸人各自散去。

除了白石，

还有少女。

少女从一开始就静静的站在那里，轻轻的倚着那棵枯树，没有说一句话。

雨点又悄然飘起，打在少女身上，溶入了她的肌肤，却依然没有带来丝毫的生机。

突然少女眉头微微一颤。

她抬起了头。

那有一把伞。

最普通的伞，却赐予她一片宝贵的静谧。

白石静静的举着伞，站在她的身前道："你怎么还不走？"

少女没有答话。

她的眼睛只是深深的望着那正被雨水冲刷的大地。

白石又道："你叫什么名字？"

少女还是没有说话，仿佛她只是一具没有灵魂的躯壳。

白石叹了口气："伞留给你，早点回去吧。"

少女抬起低垂的眼皮，静静地看着白石的眼睛。

白石只得笑了笑。

少女随手在空中一抹。

她的两指不知何时挟住了一片叶子。

枯黄的叶子。

少女默默地把嘴凑近了叶子。

轻轻一吹。

很轻。

真的很轻。

然而叶子却不知飘到了哪里。

"我叫叶子。叶子的叶。叶子的子。"

叶子还是没有接过白石的伞。

她转过身，单薄的身躯在瑟瑟发抖。

就好像是一片在风中飘摇的叶子。

淅沥的雨声噼噼啪啪。

噼噼啪啪。

飘渺的歌声咿咿呀呀。

咿咿呀呀。

白石皱起了眉，

他没想到山中的雾竟这样的浓，

浓得他什么都看不见。

浓雾早已把下山的路隐藏。

也早已把白石的喘息埋葬。

然而似有似无的歌声却穿过了重重浓雾的封锁，传到了白石的耳边。

咿咿呀呀，咿咿呀呀，勾魂的癔语咿咿呀呀。

咿咿呀呀，咿咿呀呀，轻声的呢喃咿咿呀呀。

咿咿呀呀，咿咿呀呀，哀婉的泣诉咿咿呀呀。

不由自主，白石的脚仿佛不由自主。

一步，一步。

歌声若隐若现，忽左忽右。

白石的眼中一片迷蒙。

仿佛走进了人间仙境，却又仿佛只是一场虚无的幻梦。

直到白石看见一个身影。

女人的身影。

女人的身影在浓雾中竟然是如此的清晰。

女人不停地旋转，跳跃，口中的歌声未曾间断。

女人身上仿佛散发出一阵若有若无的香气，和迷蒙的白雾缠绕在一起，无孔不入，无处不在。

女人穿着五颜六色的薄纱，红的像血，紫的像烟，在单调的死白中是如此的刺眼。

这样的歌声，这样的香气，这样的身影，这女人究竟是白日飞升的仙人，还是落入凡尘的山妖？

白石屏住了呼吸。

他轻轻地，轻轻地向着女人的背后走去。

一步，一步。

突然他的脚步停止了。

他的双眼猛地睁大，瞳孔却骤然收缩。

他看到了。

女人身上的薄纱，竟然如蝉翼般透明！

而那五颜六色的，竟是她自己皮肤上的色彩！

而那凹凸有致的胴体，散发着原始而又致命的诱惑。

就在这时，女人居然转了过来。

她的脸上也涂满了油彩。

她仿佛早已察觉白石在身后，竟然摇摆着婀娜的纤腰向白石走来。

一步，一步。

白石深深吸了一口气。

空气中的香气却仿佛因为女人的靠近产生了微妙的变化。

白石想要向后退。

然而却做不到！

他的胸口突然一阵憋闷。

难道昨天人屠给他留下的内伤偏偏在这个时候发作？

女人已经走到了白石身边，她的手轻轻地搭上了白石的肩膀。

她把嘴凑到了白石的耳边。

她嘴里浓郁的香气让白石一阵眩晕。

女人开口了。

她的声音魅惑而又放荡："我跳的好看么？"

白石的心脏仿佛停止了跳动。

他想要说些什么，可是舌根却似乎在不住的颤抖，发不出丝毫声音。

女人笑了："脚挪不开，话也说不出来，你不会是对我一见钟情了吧？"

白石想要大口的呼吸，可是喉咙也仿佛持续地痉挛，进不去一点空气。

女人媚笑着退开几步："既然你那么迷恋我，我就再跳支舞给你看吧。"

女人的身影又舞动起来。

只不过这一次，她的舞蹈却热情而又张狂。

而白石的心脏也随着女人的舞蹈一上一下，在胸腔中剧烈地跃动。

白石的双腿一阵发软。

他已然半跪在地上。

然而他还是拼命抬起头，望着女人逐渐模糊的身影。

他的眼前逐渐昏暗，头也痛得要命。

他仿佛感到，他的生命力在一点一点地流逝。

就连山谷中偶尔的风声在他的耳中也越来越飘渺。

一切，仿佛都要归于寂静。

直到，一个平静的声音在白石的脑海响起，划破那一片混沌。

"你答应过我，再也不这样的。"

白石仿佛闻到一股浓烈的酒香随着声音钻入他的头颅，让他的痛楚也一并麻痹。

白石勉强着抬起了眼皮。

随着色彩逐渐回到白石的视野，他已然看清浓雾中走出来的男人。

男人脸上挂着一抹温和的微笑。

男人腰间挂着一壶香浓的美酒。

女人的舞蹈骤然停止。

她冷笑一声："生亦欢，你又多管闲事。"

生亦欢的脸上笑容不变，却是叹了口气："我本不想管你病无药的事，可是你的确答应过我。"

病无药冷冷地哼了一声，不再说话。

然而她的舞蹈又随着她的歌声响起，愈加狂野。

生亦欢深深地叹了口气。

他解下了酒，狠狠饮一口。

他转头望向了喘息的白石。

“看样子，你不舒服？”

白石终于挣扎着发出了嘶哑的声音：“是……有点……”

生亦欢蹲了下来，笑着把酒壶抬到了白石眼前。

“好酒，要不要来一口？”

酒香扑鼻，竟然把女人身上的香味也盖去。

白石低下了头，望着眼前的酒。

浑浊而微黄的酒浆在壶中卷起一个又一个漩涡。

转啊转。

转啊转。

转得白石筋疲力尽。

转得白石头晕目眩。

白石抬起了头，望着身前的人。

笑容温暖而静谧。

白石犹豫了片刻。

“我不会喝酒。”

生亦欢眯起了眼睛，笑盈盈地望着白石。

他抬着酒壶的手依然没有放下。

白石又深深地吸了两口气：“我真的不会喝酒。”

生亦欢死死盯着白石的嘴唇。

那嘴唇渐渐由紫黑变得红润。

“不会喝就算了吧，”生亦欢直起腰微微一笑，脸上露出了一种莫名的得意与满足，“反正，已经够了。”

白石的呼吸渐渐顺畅。

他的眼睛和耳朵也仿佛已经回到他的身上。

白石站了起来，然而尚未完全消退的眩晕依然让他的脚步有些虚浮。

他勉强笑了笑："虽然我没喝酒，但是我闻得出来是好酒。"

生亦欢笑道："酒当然是好酒，至少，不会比你的舞差，是不是？"

他的眼睛，望向了病无药。

病无药的舞蹈早已停止，她那七彩的面容下隐隐泛起一层铁青。

白石轻轻揉着还在发胀的太阳穴，定了定神："既有好酒，又有好舞，想不到这个镇子居然还有这么风雅的人。"

生亦欢望着白石的眼睛："风雅的人，往往也是最危险的人。"

白石笑了笑："哦？那危险的是你，还是她？"

生亦欢也笑了笑："你看我们像是危险的人么？"

白石望了望生亦欢，又凝视着不远处的病无药："你倒不像，可是她，却不是个寻常的人。"

生亦欢道："那当然。"

"哦？"

"她，是个戏子。"

"戏子？"

生亦欢抬起酒壶，满饮一口："世上最好的戏子。"

"哦，是么？"

生亦欢的眼中绽放出一种光芒："对，世上最美丽的戏子。"

白石不由得讶异地又瞟了瞟病无药。

他看到听到的，只有不见真容的脸，不明所以的歌声和不知所谓的舞。

他又转回了头，却看到生亦欢的脸上一片狂热的虔诚。

白石只得叹了口气："我本来以为自己既不懂戏，也不懂舞。"

"那现在呢？"

"现在我才明白，我竟连美也不懂了。"

生亦欢哈哈大笑："你不是不懂美，你只不过是不懂生命和死亡。"

"哦？"

"我亲眼看着她受尽千般折磨，万般苦痛，却总是死而复生，日复一日，这由死向生的美，你又怎么会明白？”

白石讪讪一笑：“那你呢？”

生亦欢脸上的痴迷渐渐退去。

他望向白石的眼神中却还带着一丝亢奋。

“我？我当然是个观众。”

“观众？”

生亦欢轻轻地抿了了一口酒。

“观众。她一个人的观众。”

白石笑道：“那你一定是个最忠诚的观众。”

生亦欢也微微一笑：“不但是最忠诚的观众，还是最好的观众。”

“哦？”

“为了做好这个观众，我从天南跟到地北，整整跟了她十四年，你说我是不是最好的观众？”

白石赞叹道：“绝对是。想不到在这个小镇，不但有最好的戏子，还有最好的观众。”

生亦欢摇了摇头：“还不止。”

“哦？”

生亦欢眯起眼睛，望向了浓雾外那一片未知的广袤：“这里，还有这世上最好的戏台。”

“最好的戏台？”

生亦欢回头凝视着白石的眼睛：“在这个戏台上，什么精彩的事都有可能发生，是不是？“

白石却叹了口气：“我想，如果你能告诉我下山的路，那才是世上最精彩的事。”

突然白石的身后响起了病无药那柔媚的声音：“这么说，你是从山上下来的？你是衙门的人？”

白石愣了一愣。

不是因为病无药的悄无声息。

还因为，她声音中抑制不住的深深敌意。

白石猛然转身。

病无药那色彩缤纷的脸上却看不出一丝表情。

可是白石的声音依然沉静：“没错，我就是本镇的捕快白石。”

生亦欢走到病无药身边，轻轻地拍了拍她的肩膀。

他的声音也依旧蔼若春风：“那你一定知道老秃子和死大师怎样了？”

白石叹了口气：“死了，都死了。”

生亦欢和病无药对视了一眼，脸上的表情复杂得捉摸不清。

病无药的声音有一丝颤抖：“居然有人能杀得了老秃子和死大师？”

生亦欢的眉头紧锁：“这世上，什么都是有可能的。”

“没错。”白石淡淡的声音传来。

生亦欢奇道：“哦？”

白石平静的声音中夹杂着一丝冰冷：“比如说，你们马上要跟我回衙门，也是极有可能的。”

“为什么？”

白石仰起头叹了口气：“不为什么。只不过能说出死者名字的人，就算不知道死者死时发生了什么事，也至少能告诉我死者生前究竟是什么人。”

病无药冷笑道：“可惜你没法把我们带回去了。”

白石盯着病无药的眼神目光如炬：“你要拒捕？”

病无药的眼角写满了不屑。她身影轻盈地转了个身，双臂在空中即将舒展。

可是却有一只手牢牢地把她按在地上。

那不是白石的手。

而是生亦欢的手。

生亦欢笑着摇了摇头。

病无药脸一沉：“生亦欢，你要明白，他毕竟是个捕快。”

生亦欢笑道："放心吧，他带不走我们的。"

"哦？"

生亦欢突然把手中的酒壶抛向了白石。

白石吃了一惊。

他的右手扬起，把酒壶打得粉碎。

酒浆淋在白石的脸上、身上，竟也让白石的脸微微刺痛。

然而酒香四溢，却温柔的就像生亦欢的声音。

"你带不走我们。我们只是你的一场梦。"

白石愣住了："梦？"

生亦欢闭上了眼睛，微微点了点头："没错。我们只是你带不走的梦。"

生亦欢和病无药的身影越来越淡，逐渐透明，仿佛要与茫茫大雾融为一体。

白石一惊，猛地向前几步。

可是生亦欢和病无药已经悄然无踪。

白石张皇四顾。

在这山林间，早已没有一个人，没有一点声音。

仿佛只留下了他一个人在这死寂的天地间尽情孤独。

光与暗的交界，黑与白的边缘。

那是黄昏。

黄昏中的县衙充满着阴郁与压抑，

晦暗的屋檐散发着腐败的气息。

而在那屋檐下。

站着一个人。

白石。

白石望着破败的大门，一动不动。

终于，他伸出了手，轻轻推开了门。

然而也许是大门太过陈朽，吱呀的噪音还是惊起了屋顶的群鸦。

白石缓缓走进。

突然，他的脚步停住了。

因为，他听到一个声音。

冷漠而生硬，没有一丝感情。

“你终于回来了。”

白石的眼睛在空旷的昏暗里迅速扫过。

然而他的眼神也马上停住了。

因为，他分明的看到，一个魁梧的身影缓缓站起。

一个熟悉的人。

魁梧男人的脚步缓慢而沉重。

一步，一步。

终于，两个人的脸已近在咫尺。

可是两个人都没有说话。

他们只是静静地凝视着对方。

直到夕阳的最后一点余晖以一种奇妙的角度映在两个人的脸上。

白石的表情和叶鸣蝉一样平静。

只不过白石的平静中，交替着错杂的迷茫与疑惑。

而在叶鸣蝉的平静中，却蕴藏着一股股蓄势待发的暗流。

终于，白石开口了：“我回来了。”

“你去哪了？”

白石低下了头，脸上的表情愈加复杂。

又过了许久。

“不知道。也许，只是做了一个梦吧。”

叶鸣蝉从鼻孔冷冷地哼了一声。

他的身影已向屋外走去：“今晚轮到你值夜了，别给我出乱子。”

白石没有再说话。

因为，他知道他没有必要再说话。

在黑暗中，他的眼睛虽然已没有那么锐利。

可是他的耳朵却更加的灵敏。

他早已听到，叶鸣蝉的脚步已经远远的离开了。

就在刹那间。

很远很远。

第二夜　生亦欢的酒

白石依然一动未动。

直到黑暗再次被皎洁的月光撕碎。

而他的身边又出现了一个男人。

镇北铁匠李聋子。

李聋子的大手准确地落在了白石的肩膀上。

他的声音粗重却又诚挚："你怎么了？"

白石转过了头，脸上的迷惑早已经一扫而空："没事。"

李聋子憨厚一笑，望了望窗外："又下起雨了。"

白石叹了口气："也不知道还会下多久。"

突然窗外一道闪电划过天际。

白石微微闭上了眼。

刹那后隆隆雷声在白石耳中炸裂，李聋子也是微微一颤："雷声大，雨点小，看来这雨下不了多久了。"

白石点了点头："我已经很久没有看到这么大的雨了。"

李聋子却笑道："在这个镇子，每年这时候都是雨季，老聋子我可是见惯了。"

白石犹豫了片刻。

突然他开口道："你在这个镇子多久了？"

李聋子想了想："二十多年了。"

白石愈加踟蹰："今早那座庙，你常去上香么？"

李聋子脸上闪过一丝不易察觉的阴郁：“也有十多年了吧。”

白石仿佛终于下定了决心：“你有在那座山里迷过路么？”

李聋子愣了愣：“年轻时有过吧。”

白石还不死心：“那你有没有在那座山里见到过两个人？”

“什么人？”

白石微微皱起眉头。

他的头似乎又开始有些疼痛：“一个浑身涂满油彩的女人，还有一个随时提着酒壶的男人。”

李聋子的嘴张的有半个脸大：“我从来没见过这样的人。”

白石的神情逐渐缓和。

他脸上的迷茫又逐渐浮现：“难道，这真的是一场梦？”

李聋子疑道：“梦？什么梦？”

白石没有答话。

因为，他根本就没有听到。

他的眼神迷离而又飘渺。

因为，他的灵魂，仿佛又回到了那个白雾茫茫的山谷。

就在病无药和生亦欢莫名消失后。

山谷逐渐化为狰狞的獠牙，遮天蔽日，向白石噬来。

白石疯狂的嘶吼，在这日月无光的异境中歇斯底里。

然而没有人回应他。

甚至也没有任何人看得到他无谓的挣扎。

那獠牙仿佛如利刃一般穿透了他的身体。

那无比的剧痛从他身上的每一条神经汇集在他的大脑，让白石的嚎叫撕心裂肺。

而他的灵魂仿佛正在被那洪荒宇宙化成的巨兽贪婪地吸食。

白石在最后的扭动中转过了身体。

然而他的瞳孔瞬间收缩。

他看到了，在那巨兽口中，竟然还有一个人！

而那个人，竟然就是他自己！

一个脸色苍白，双目紧闭，血肉模糊，状若死尸的自己！

白石惊讶地伸出手，想要触摸那具身体。

可是他做不到。

他再也不能控制的身体，逐渐失去重量，向天外云端飘去。

难道，他的灵魂真的已经和身体分离？

白石再也控制不住恐惧，彻底沦入了无尽的绝望。

直到，那道剑光劈开了巨兽的上颚，劈开了无尽的混沌。

白石惊讶地抬起头。

他看到了，那道剑光。

蓝色的剑光。

蓝得让天地之间再也没有别的颜色。

剑光过后，天地间仿佛又归于一片静寂。

白石趴在地上拼命地喘息。

他伸出了手，时而握紧，时而松开，仿佛要证明他又能控制自己的身体。

他抬起头，看到了身前的人。

那个男人，闪耀着蓝色的光芒，然而却背对着他，让白石看不清面容。他只是静静地站在那里，崩塌的天际，撕裂的大地，异化的山川仿佛在他面前只不过是沙漠中最无足轻重的一颗沙粒。

白石缓缓地站起，向前走了一步，想要看清男人的身影。

然而在下一刻，他却呆立在原地。

因为，在他根本看不清的一瞬间，男人居然反手以一个最奇异的角度把手中那道蓝光刺入了他的眼睛。

蓝光在他的眼睛不断地中碎裂，充盈，直到把他的眼睛也染成一片湛蓝，让白石除了那一片蓝意，什么也都看不清。

他就那样静静站着，不知过了多久。

直到天塌地陷的痕迹成为沧海桑田，就连茫茫白雾也随风散去。

直到。

黄昏降临。

白石幡然惊醒。

他尴尬地一笑。

那不知是梦，还是幻觉，亦或是真实的记忆总是在他心头，把他拉入那似真似幻的泥潭，挥之不去。

而李聋子已然缩在墙角，鼾声大作，沉沉睡去。

雨不知何时已经停了。然而天空并没有放晴。

月光时不时地从云间漏下，稀稀疏疏。

寒夜凄凉。

白石走到了窗边。

他看到了大门旁的小屋居然还亮着灯光。

他回头看了一眼李聋子。

聋子的鼾声越来越微弱，最后只剩下了均匀的呼吸。

白石恍恍惚惚，走出了门去。

他是如此的恍惚，以至于他甚至没有听到，李聋子最后的那声叹息。

白石走出了大堂，穿过了夹道，来到了小屋外。

他从窗内望去。

他看到了那个看门的老人，正静静对着炉火，一动不动，仿佛一座风化的石像。

白石敲了敲门。

老人嘶哑的声音传来："是谁。"

白石道："新来的捕快。"

老人道："进来吧。"

白石推开了门。

屋内很暖和。

暖得白石倍感惬意。

老人从床下搬出了一把小破凳子："坐吧，很少有人来我这里。"

白石道："这么晚了，还没睡么？"

老人望着炉火："老人的睡眠都不多。"

白石望着老人稀疏的白发："您今年至少七旬了吧。"

老人叹了口气："明年就八旬了。"

白石道："那您何不回家享享清福？"

老人闭上了眼睛："我没有家了。"

白石语塞。

老人继续道："我在这小屋已经呆了三十年了。我的三个儿子都曾经是这里的捕快。可是他们都死了。"

白石道："三个儿子？都死了？"

老人叹了口气："没错。我叫他们离那后园远一点，他们就是不听。现在都走了，只剩下我老瘸子一个人半死不活地留在这里。"

老人的眼中留下了两行浑浊的老泪。

白石惊道："后园？你说后园？"

老人没有再说下去，他已低下了头，泣不成声。

白石叹了口气，轻声道："逝者已逝，节哀顺变吧。"

可是老人不知是再也无力回答，还是没有听到，那单薄而削瘦的肩膀只是在不停地颤抖。

白石伸出了手，想要拍一拍老人的肩膀。

然而就在这一刻，白石冷的仿佛坠入冰窖。

那种寒意，从他的大脑，蔓延到全身，冻得他浑身麻痹。

他的手，生生地僵在半空，动弹不得。

他，突然意识到了一件极其可怕的事！

老人那干枯的身影，让他想起另一个画面！

一个就在不久前出现的画面！

李聋子那高大强壮的轮廓和老人渐渐重叠了起来！

然而!

那时在李聋子身前的，不是白石。

而是窗外的那道闪电!

闪电并不可怕。

绝不。

最可怕的是，闪电过后的那阵雷声中，聋子那微微的一颤!

一个聋子也许可以从正面通过嘴唇的动作读懂别人的语言。

可是!

聋子绝不可能，会被雷声惊地一颤!

即使他面对着那道闪电!

他也不可能预料到雷声传来的时间!

白石额头的冷汗连绵不绝，滚滚而下!

他拼命抬起冰凉的双腿，飞一般地射出了小屋之外!

就在这时，他听到远方仿佛传来了一阵奇特的声音。

那是群狼的嚎叫。

凄厉而又尖锐的嚎叫。

白石一阵毛骨悚然。

他急忙奔回了大堂。

白石眼角猛地一抽。

聋子不见了。

然而，墙上不知什么时候出现了一扇门。

一扇白石从没有注意到过的门。

门和墙壁是一样的土灰色，甚至没有把手。

然而，此时此刻，门却是开着的。

白石慢慢地走到了门口。

里面一片漆黑。

不知为什么，白石心头泛起一股无可压抑的恐惧。

他突然觉得，这种感觉他很熟悉。

在门的后面，究竟是什么？

白石猛然回头。

小屋内的炉火已经灭了。

黑暗笼罩了大地。

难道老人已经睡了？

白石又看了一眼门内。

门内和门外一样死寂。

白石勉强笑了笑。

反正都看不清，门内和门外又有什么区别呢？

他终于走了进去。

穿过一条不长的走廊，他闻到了泥土的味道。

这时他的眼睛已经逐渐适应了黑暗。

他看到了，自己正站在一个园子里。

他的头皮一阵发麻。

难道，这就是老人说的后园？

白石静静地打量着四周。

园子里高大的树木让他什么都看不到。

这似乎不是个小园子。

白石抬起脚，慢慢地在园子里踱着。

突然，他看到了身前有一行脚印。

他顺着脚印望去。

脚印从身后那扇门一直通向园子的深处。

这是聋子的脚印？

白石俯下身，仔细地查看着。

他努力地回忆着白天在庙里看到的脚印。

似乎是，似乎又不是。

白石叹了口气。

管他呢，先找到聋子再说吧。

白石站起了身。

他顺着脚印继续往前走。

然而片刻之后，他又不得不停了下来。

脚印，居然没了。

脚印就那样莫名地消失了！

白石迷茫地望向四周。

不但没有脚印，而且连抹去脚印的痕迹也没有。

聋子呢？

突然，白石仿佛闻到一种特殊的气味。

这股气味，熟悉却又让人有着些许的不安。

白石略一沉吟。

他用鼻子轻轻地吸了吸。

接着他猛地高高跃起，站在了树梢的顶端。

他默默地揉了揉鼻子。

一个人的寒夜。

却有三个人的身影。

有人从容，有人无奈，还有人微微咬着银牙，双目泛着掩饰不住的杀意。

白石从容的笑，就仿佛他的一袭白衣，平静地就如头顶上雨后的皎月："梦中人，我们又见面了。"

月光下生亦欢的脸上，映出的一脸无奈，宛若他手中的酒，静静地躺在那里，在壶中发酵着危险却又诱惑的醉意。

生亦欢叹了口气："既然是梦，那还是快醒的好。"

白石却摇了摇头："这个梦，我觉得很有意思。"

生亦欢再叹了一口气。

病无药的杀意却再也无法按捺，好似遍身张牙舞爪的油彩，在空气中狰狞地挥舞。她冷笑了一声："生亦欢，你已经放过他一次了。这次他找死，也怨不得我们了。"

生亦欢沉默了半晌。

空气中的香味，似乎又开始了微妙的变化。

终于，生亦欢把酒壶抬到了白石眼前。

“好酒，要不要来一口？”

白石低下了头，望着眼前的酒。

浑浊而微黄的酒浆在壶中卷起一个又一个漩涡。

转啊转。

转啊转。

转得白石筋疲力尽。

转得白石头晕目眩。

白石丝毫没有犹豫，接过酒壶，一口饮尽，将酒壶抛向远方：“既然是好酒，一口怎么够？当然要来一壶。”

生亦欢满足的脸上露出了一丝意外：“哦？我记得你说你不会喝酒。”

白石长叹一声：“酒，我是不喝的。可是如果是解药那就另当别论了。”

生亦欢不禁扬起了眉毛，病无药却笑得很勉强：“解药？什么解药？”

白石淡淡道：“我其实早该想到，我根本不是旧伤发作，而是中了你病无药的毒。”

病无药哼了一声，没有再说话。

白石又望向了生亦欢：“虽然下毒的是她，但是却要谢谢你。要不是你让我闻了解药，也许我已不能活着回来。”

生亦欢眯起了眼睛，却露出了耐人寻味的笑意：“想不到几个时辰不见，你变聪明了很多。”

白石叹了口气：“如果你也试过在那山谷中被毒得四个时辰亦真亦幻，你也会拼命变聪明的。”

生亦欢再叹了口气：“早知道你这么聪明，也许我本不该救你。”

白石摇了摇头："可惜，你还是救了。"

生亦欢突然仿佛想到了什么，双手猛地一拍："这么说，她毒了你一次，而我救了你一命，是不是？"

"没错。"

生亦欢笑了："那我们就两不相欠了。我们是不是也可以走了？"

白石却摇了摇头。

生亦欢皱起了眉："为什么？"

白石淡淡道："私事是扯平了。可是还有公事呢？"

"哦？公事？"

白石的脸色突然变得异常严肃："你不要忘了，我是个捕快。"

生亦欢微微一愣："就算你是捕快，可我们也不是贼人。"

"这么说你不知道擅闯县衙也是罪么？"白石冷笑一声，"何况，现在已近子时。"

生亦欢笑了："看起来，你是要把我关到大牢里去了？"

"那倒未必。"白石死死盯着生亦欢的眼睛，"至少，我得搞明白，你们究竟是什么人。"

生亦欢叹了口气。

他扭过了了头，望着广袤无垠的大地："我说过了，她是戏子，我是观众。"

白石摇了摇头："能把我毒倒的戏子，必定是个最危险的戏子。而能把我救活的观众，也必定是个不一般的观众。"

生亦欢仿佛还想说些什么，然而一只手轻轻地搭上了他的肩膀。

病无药的脸上没有表情，可是眼中却透出了一份坚毅："生亦欢，告诉他吧，我们没什么可害怕的。"

生亦欢的声音却依旧充满了无奈："可是你的确是个戏子，演遍人世里辛酸苦辣的戏子；而我也的确是观众，看遍天下间喜怒哀乐的观众。"

病无药却摇了摇头："戏子也好，观众也罢。毕竟，在大家眼里，我们只不过是杀手，不是么？"

白石脸色微微一变："杀手？"

生亦欢笑了笑，把病无药的手从肩膀上轻轻拿下。

他望向了白石："她说的不对。"

"哦？"

生亦欢叹了口气："我是杀手，她不是。"

白石奇道："可是毒我的是她，救我的确是你。"

生亦欢摇了摇头："你错了。"

"哦？"

"我救你恰恰是因为我是杀手，真正的杀手。"

白石愣住了。

"真正的杀手，是绝不会对目标之外的人下手的。"生亦欢仰天长长叹了一口气，"而当你见过太多在你面前苦苦挣扎的生命，你才会明白，生命是世上最宝贵，也是最值得珍惜的东西。"

白石不禁愕然："这就是你救我的原因？"

"杀手是这世上最纯粹的职业，"生亦欢点了点头，"杀手不造新业，无欲无求，只不过是为其他人之间本就存在的恩怨情仇做个了断罢了。"

白石叹了口气："看来你不但是个可怕的杀手，也是个可敬的杀手。"

生亦欢苦笑了一声："却也是个无奈的杀手。"

白石指了指病无药："那她呢？她差点毒死我，你说她不是杀手？"

生亦欢沉默了片刻。

终于他转过身，伸出右手，轻轻地抚着病无药的头发。

"她不是杀手，她只是一个喜欢杀人的孩子而已。"

病无药冷冷的哼了一声："自从遇到你以后，我再也没能成功地杀掉一个人。"

生亦欢凝视着病无药的眼睛，微微笑道："生亦何欢？死亦何苦？生有其欢！死无其苦！"

他的眼里凝聚着一种很奇妙的光芒。

那是情。

然而，那种情，却比爱情更无私，又比友情更刻骨。

那种光芒，瞬间爆发，华丽绽放，在那一刻闪耀了整个夜空，倾泻在整片大地。

就连白石也被震撼得如痴如醉。

在生亦欢的身上，他居然同时看到了佛与魔。

他看不清面前这个微笑的男人究竟属于光明，还是黑暗。

他也不知道，他是否应该出手。

然而，他已没有时间再想那么多。

因为，生亦欢已经转过了身。

他叹了口气："今晚我们耽误的时间已经够多了，实在不能再奉陪了。"

病无药却狠狠抓住生亦欢的手臂："你忘了求老大怎么交代我们的？只有死人才不会妨碍我们。"

生亦欢却只是叹了口气："走吧。"

病无药张开了口，还要说些什么，白石却猛然道："不能走！"

生亦欢皱了皱眉："你还要纠缠下去么？"

"毕竟，我是这个镇子的捕快。"白石咬了咬牙，"我只有留下你的责任，却没有放你走的权利。"

生亦欢摇了摇头："你留不下我的。"

"为什么？"

生亦欢笑道："因为，我说过了，你留不下我们的。我们只是你的一场梦。"

白石的脊柱瞬间极寒彻骨。

他清楚地记得，他不是第一次听到这句话。

所以，

才更为可怕。

他猛地伸出手，想要拽住生亦欢的衣角。

可是，最终在他那痉挛的手中，只握得住一片虚空。

生亦欢自信的微笑，和病无药得意的狞笑在他眼里渐渐模糊，化作一阵黑烟，消失在夜空的边缘。

白石迷茫。

白石惊恐。

白石惶惑。

虽然他的头脑暂时还能保持清醒。

他的五感暂时也没有异常的迷幻。

然而他却是那样的无助。

他明明，明明看透了生亦欢和病无药的伎俩。

可是为什么还是中了毒？

为什么？

在那一瞬间，他的信心瞬间崩塌。

他的耳边，竟隐约传来了恶鬼的狞叫。

而后院的灌木，化作了成片食腐的秃鹫，发出嘶哑的吼声向白石俯冲。

一个蓝色的巨大身影，竟瞬间穿越了重云深锁，出现在了白石面前。

蓝色剑客！

剑客顶天立地，挥出手中那道蓝光，再次将白石刺得千疮百孔。

白石惊慌失措，连连退后，伸手乱挡。

然而换来的，只是从树梢上狠狠跌下的剧痛。这剧痛却恰到好处的让白石的意识有了一丝清醒，使得高大树丛所化做的魔影，在白石眼中竟然也没有那么鬼蜮。

他狠狠咬破自己的舌尖，让黑血化作了漫天雨雾。

一股清凉的寒意从舌尖传向了头颅，接着又顺着四肢百骸流进了白石的五脏六腑。

从白石舌尖流出的血，逐渐由漆黑变得暗紫，又变得鲜红。

而一切错觉，也随着流淌的血液彻底从白石的视野中流逝。

他疲惫地靠在树边，大口地喘息着，嘴里苦涩而又腥臭。

他艰难地仰头四望，早已看不到生亦欢和病无药的踪迹。

他沉重的闭上眼，努力地去思考着这里的一切。

这两个可怕的杀手，究竟来这里做什么？

做什么？

杀手自然是来杀人的。

可是，他们要杀什么人呢？

这个县衙，还有什么人值得他们刺杀呢？

白石今夜第三次冷得发抖。

他突然想到了。

在这个地方。除了他自己、聋子还有门卫老人。

就只剩下了一个人。

黎大人。

那个白石从没见过，重病在身，久居县衙的黎大人！

白石不顾身体的伤痛与疲乏，猛然跳起。

黎大人呢？

黎大人究竟住在这偌大后园的何处？

白石疯狂地奔跑着。

在这没有尽头的后园中奔跑着。

直到，他看到了那座小楼。

那座青灰的小楼。

小楼在黑夜里摇曳着微弱如萤火一般的烛光，映衬出了一个单薄的身影。

白石几个闪转，奔上了小楼。

他的脚步，就在踏上阁楼的那一刹那就停住了。

因为，他实在无法，打破这份颓败的宁静。

他的面前，静静地坐着一个老人。

老人曾经健壮的体格也无法阻止皮肤的干枯，肌肉的削瘦。他的神色虽然疲惫，却在椅子上坐得笔挺，静静地望着面前棋盘的残局，在微弱的烛火边一动不动。

白石向着老人轻轻地走去。

他的脚步很轻。

真的很轻很轻。

轻得没有一点声音。

老人微微抬起了眼皮。

他盯着白石的眼睛：“你终于来了。”

他嘶哑却铿锵的声音，竟然能够和这苍凉的画面完美地融合在一起。

老人深邃的双眼仿佛有着一种奇异的魔力，让白石根本发不出声音。

老人的头微微一点，指向了桌前的另一张椅子：“坐吧。”

白石轻轻的坐下。

腐朽的藤椅和白石一样安静。

也像那盏残茶一样安静。

老人没有再说话。

白石也默不作声。

直到，烛火的最后一点微光被黑暗蚕食殆尽。

黑夜多少撕去了老者些许的气势，让白石的神智略微恢复一丝清明。

白石道：“你是黎大人？”

“是，又能怎么样呢？”老人叹了口气，“今夜，一样都要死。”

白石惊道：“死？为什么？”

黎大人的脸上却有一丝意外，他在黑暗中死死盯着白石的脸。

空气，仿佛也已凝固，将白石牢牢的封住，不能动弹。

终于，黎大人缓缓道：“你，不是来杀我的？”

白石大惊失色：“我不是杀手！我是新来的捕快！”

黎大人的表情竟然愈加古怪。

终于，他苦笑一声：“说的也是。你如果是杀手，老朽我早已是个死人。”

白石一脸严肃，他猛然站起身来：“黎大人，这后园，究竟潜伏着怎样的危险？”

黎大人勉强笑了笑。

突然，他拼命地咳了起来。

鲜血，从他的指缝中缓缓渗出。

黎大人的声音突然变得异常虚弱：“没什么，也许我病得太久了，精神太紧张了吧。”

白石看着黎大人瘦长的手指和变化莫测的神情，没有再说话。

黎大人的眼神黯淡无光：“我太累了，需要休息了。今夜，麻烦你费心了。”

白石转过身，缓缓走下了小楼。

黎大人没有死。

而刚刚白石陷入迷幻的时间足够病无药杀死一百个黎大人这样的颓弱老人。

难道他们的目标不是黎大人？

那又会是谁？

那他们又去了哪里？

他们这时又在做什么呢？

白石转头望向了那阴郁的月。

在不知不觉中，他已经走出了很远。

突然白石脸上一阵冰冷。

白石伸出一只手指轻轻滑过脸颊。

那是一滴雨。

冰冷的雨。冷得像冰。又像是死尸。

白石抬起了头。

一道闪电划过了天际。

随着一声霹雳，白石仿佛又隐隐约约听见了狼嚎！

就在那一瞬间，狂风骤雨仿佛失控般，疯狂地向大地倾泻！

白石扭过了脸，伸出一只手挡住了眼睛。

在风雨中就连他也是如此的微不足道。

白石的脑海中闪过了黎大人那枯瘦的身影。

那两个杀手，会不会杀个回马枪呢？

白石的双脚已动。

想要知道一件事可以有很多种方法，其中有一种就是亲自去看一眼。这种方法也许不聪明，可是却一定最直接。

而白石明白，最直接的办法，却往往是最有效的办法。

而他更明白他的双脚一旦动起来，也往往比别人更有效。

然而这一次他错了。

风雨中他根本什么都看不见，也辨不清方向。

不知在风雨中跌撞了多久，他猛然抬头。

在他面前的，是一座假山。

白石又猛然低头。

大地一片泥泞。

然而，竟然却有过脚印的痕迹。

难道说，李聋子真的来过这里？

抑或者是生亦欢？

雨越来越大。

白石的浑身早已湿透。

一阵狂风吼过，白石不禁连打了几个寒战。

突然他看到了假山上有一个洞。

白石忙一个闪身，跃进了洞里。

他脱下外衣，擦净了脸上的雨渍。他长长松了一口气，静静地望着洞外。

真是好大的一场雨。

雨虽未停，乌云居然缓缓散去，露出了月亮的半个脸。

然而寒风却是越来越凛冽。

白石又是一阵战栗。

他不由得向洞内又退了几步。

突然他的脊背上一阵发凉。

第四次。

今夜的第四次。

不是因为寒冷。绝不是。

他的脊背，碰到了一样东西。

那是一只手。

不，那只是一个指头。

在这种时候，比一个指头还要可怕的东西已不多。

甚至对白石来说，也是一样。

白石一动不动。

洞内一片黑暗，他进洞的时候根本没有看到有人。

而且，他竟然也没有察觉到这人的气息。

白石对自己的听觉一向很自信。

所以，他现在也就更加惊恐！

当人的自信破灭的那一霎那，往往也就是他彻底崩溃的那一刻。

然而白石没有崩溃。

因为，他所自信的，并不只有听觉。

白石猛的猱身。他对自己的身手也很有自信。

那只手已从他的背上滑开。

在这一刻白石的拳已从胁下打出。

身后的人没有动，甚至他那只手还直直的指向前方。

难道他想硬接白石这一拳？

然而白石的拳在半空中停住了。

而且他笑了，笑得很开心。

笑并不代表什么。可是正常的人绝不会莫名其妙的笑的。

不正常的人往往是疯子。难道他疯了?

但是一个正常的人，也是绝不可能莫名其妙发疯的。

然而他的确莫名地笑了。

那就只有一个可能。

他认出了面前的人。

可是白石并没有认出面前的人。

不过至少白石看得出来，那是一个死人。

那样僵硬的动作，那样冰冷的手指，那样迟钝的反应，只可能属于一个死人。虽然白石看不见他的脸，然而他确信那只是一个死人。

死人当然不会有气息。更妙的是，死人不会让活人丧失气息。

白石长长吁了一口气。他紧张的肌肉统统放松了下来。

然而这时洞外猛然一道闪电。

白石的心跳在那一刹那几乎停止。

他忘了惊讶，忘了恐惧，甚至忘了呼吸。

因为，他看到的一切已几乎超过他能承受的极限。

电光在一瞬间又消逝。

洞内又是一片漆黑。

白石还是一动没动，他的双眼死死地盯着身前的人影。

不知又过了多久。

寒风渐停，暴雨骤歇，乌云散尽。

阴惨惨的月光一点点侵蚀了山洞。

这回白石看得分明。

在他面前的，是李聋子的笑脸!

不，那不能算作笑脸。如果那能算笑脸的话，也是世界上最可怕的笑脸!

李聋子的嘴已经咧开到了不可思议的程度，仿佛要把他的脸撕成两半。而他的眼睛，鼻子，耳朵和嘴，都早已被凝固的鲜血所掩盖!

白石的脸早已发白，而他的嘴唇却比他的脸还白。

他终于狠狠地吸了一口气，向后跌跌撞撞地退了几步。

他转过头，顺着李聋子那直挺的手指望去。

他看到在洞壁上刻着一首诗。

不，那仅仅是一句诗，甚至连诗都算不上。

那洞壁上，清清楚楚的写着几个鲜红的大字。

“无可奈何花落去”

第三昼　风师爷的扇子

“已经是第三条人命了。”风师爷皱了皱眉，而他的手，亦在李聋子的尸体上不停地摸索着。

“而且还是本县的捕快。”叶捕头的声音低沉而冷静。

风师爷直起了身子：“昨夜丑时，六脉俱断而死，和前面两个死法不一样。”

叶捕头皱着眉：“看来不是同一个凶手。”

风师爷眯着眼睛：“杀人的手法不一样，可是凶手是不是一个只怕谁也说不准。”

突然响起了一个阴冷的声音：“老聋子的话没错。”

白石的头轻轻地偏了偏。

瞎子继续缓缓道：“老聋子一身横练金钟罩，我实在想不出有谁能震到他六脉尽断。”

萧落木一反常态，没有看向小良，却微微瞟向了叶捕头：“山外有山，人外有人。我看至少叶捕头你震死他不是什么难事吧？”

叶捕头哼了一声：“我做不到。”

萧落木绕着尸体缓缓地踱了几步。

突然他猛地抬起头，似笑非笑地望着叶子：“那你呢？”

叶子淡淡道：“我只是个女人。”

萧落木眯起了眼睛：“女人杀起来人来，比男人要可怕得多。”

叶子和小良一样，没有再说话，只是陷入了沉默里。

白石望向了尸体。他倒吸了一口凉气。

杀手绝不可能是叶子。没有一个女人愿意看见这样的一具尸体。

甚至也没有一个男人愿意。

就算是现在，就算是白石，也不愿多看这尸体一眼。

尸体那可怖的表情，居然还和昨夜一模一样。

究竟他死前见到了什么，居然让他做出了这样能够超越人类极限的表情？

而那表情，究竟是疯狂？还是恐惧？抑或什么都不是？

白石想不明白。

在场的人也许都想不明白。

也许。

突然风师爷“咦”了一声。

叶捕头猛地抬头：“怎么？”

风师爷仔细端详着刚从舌头上拔出的银针：“好像有种奇怪的东西。”

“什么？毒？”

风师爷的嘴唇翕动了两下：“不知道。就算是毒，也不是致命的毒。”

叶捕头眉头紧锁：“这就更奇怪了。能把他轻易震死的人为什么还要用毒？”

风师爷笑了：“这就是叶捕头您该想的事了。”

白石凝视着尸体：“如果说，凶手不用毒，就没有能力震死他呢？”

叶捕头望向了白石，眼里闪过一丝异样的表情。

白石愕然。

风师爷的脸却轻轻地抽了抽。

这时洞外突然传来一个苍老的声音：“看来这里发生了很多事。”

胡衙役扶着一个老人缓步踱来。

老人满头银发，神情中有着说不出的疲惫与倦息。

这老人，就是白石昨夜偶遇的黎大人。

黎大人望着地上的尸体，喉头里发出了不快的咕哝。

他皱着眉望向王衙役："把尸体搬回殓房。"

王衙役应声而去。

黎大人狠狠地咳了两声："你们先出去吧，在洞口候命。"

他的眼睛却又转向了白石："你，留下来。"

白石愣住了："我？"

黎大人点了点头："没错。是你。"

须臾之间，众人散去。

黎大人缓缓地走到石壁前，一动不动。

他的双眼逐渐变得浑浊而呆滞，无力地凝视着石壁上的七个字。

而他的双唇也在蠕嗫着，不断地发出含混不清的声音。

"无可奈何……奈何……花……落去……"

他的表情是如此的痴迷。

他的眼角是那样的朦胧。

他的银发在寒风中凋零。

他的五感仿佛已经丧失。

在他的脑海中，只有那七个血红的大字在盘旋。他的鼻子已经闻不到还弥漫在洞内的血腥，他的双耳也听不到寒风吹过洞口的呼啸。

白石忍不住问道："为什么是我？"

黎大人仿佛从梦中惊醒。

他转身望向白石，嘴边尽是苦笑："因为你是个聪明人。"

白石摇了摇头："这个镇子里的聪明人着实不少，说不定我还是这里最笨的人。"

黎大人点了点头："也许吧。可是你同时也是最值得信任的人。"

白石满面迷惑："可是我们昨夜才是第一次见面。"

黎大人的笑容却露出一丝得意："你别忘了我是本县之主，想要知道什么事早已不必亲自看见、听见了。"

白石却叹了口气："看来你没有表面上看上去的那么糊涂。"

黎大人苦笑道："糊涂人虽然糊涂，却也有糊涂的好处。"

白石道："哦？"

黎大人又望向了石壁："至少，糊涂人不会绞尽脑汁的想要破解这里的秘密。"

白石顺着黎大人的眼光望去："这七个字有秘密？"

黎大人道："不但有秘密，还有魔力。"

白石道："这世上真的有魔力？"

黎大人又猛地咳了两声："如果没有，那这三个月之内为什么已经有几十个高手为它而死？"

"死？又为什么？"

黎大人深深叹了一口气，他粗糙的手掌抚摸着同样粗糙的石壁："因为人人都想得到这个秘密，却又总是不希望别人得到这个秘密。"

白石许久没有说话。

他为什么沉默了那么久？

黎大人皱了皱眉。

他缓缓地转过了头。

他看到了白石的脸上，竟写满了纠结的迷惑。

黎大人深深皱了皱眉："怎么？"

白石仰天叹了口气："我只是想不通一件事。"

"什么事？"

"一件我从昨夜起就觉得奇怪，却又说不上哪里奇怪的事。"

黎大人的眼角闪过了一丝奇异的光芒。

白石又徐徐说道："如果真的死了那么多人，可是你凭什么还活着？"

白石的面色凝重，一动不动的盯着黎大人，连眼睛都未曾眨过。

可是黎大人却笑了。

白石微微一愣。

黎大人轻松地直起了身子，甚至还拍了拍身上的灰尘。他望着白石，眼里居然充满了怜悯：“看来你果然还是太年轻了。”

白石道：“哦？”

黎大人笑道：“你以为他们敢动我？”

白石道：“为什么不敢？”

黎大人正色道：“得罪一个人并不可怕，可怕的是得罪一群人。”

白石道：“难道你背后有什么组织？”

黎大人点头道：“可以说有，也可以说没有。”

白石皱了皱眉：“你不是个糊涂人，可是说话却总是糊涂。”

黎大人笑了：“就是因为我不糊涂，所以才爱说糊涂话。”

白石道：“那你背后到底是什么组织？”

黎大人的脸色突然变得异常严肃。

“你说天下最大的组织是什么？”

白石低头沉吟了半响：“丐帮？”

黎大人笑着摇了摇头。

白石又道：“难道是当年的‘天星’？”

黎大人还是摇了摇头。

白石叹了口气：“那我就想不出了。”

黎大人盯着白石的眼睛，一个字一个字的吐出：“当——今——朝——廷！”

白石沉默了。

他哑口无言。

没错，再大的江湖帮派，又怎能及得上朝廷之万一？

“没有人愿意轻易得罪朝廷，就算是再凶狠的亡命之徒。”黎大人继续道，“所以也没有人敢取我的命。”

白石没有再说话。

虽然，他还有很多话想说。

他只是伸出了一只手，缓缓地向那血红的几个大字摸去。

然而他的手腕被扼住了。

被一只苍老而干枯的手。

然而就是这样的手，却恰恰能停下白石的动作。

黎大人抬起了疲惫的双眼："离远点吧。不然你也会像我一样，无法自拔，纠缠至死。"

白石依然沉默。

黎大人叹了口气，松开了手，转身向外走了出去："你知道的，已经够多了。这个镇子，也许就只能靠你了。"

白石的手却僵在半空。

默然无声。

洞外的阳光已经逐渐有些刺眼，刺得白石的眼睛有些睁不开，也刺得胡衙役的脸色青里透白。

就像不久前他运走的尸体一般。

黎大人的脸上居然失去了不久前的圆滑与老练："你……你说什么？"

胡衙役的表情在这灼灼烈日下竟如此惊惧："不，不见了！真的不见了！"

黎大人的脸色也逐渐煞白。

白石奇道："不见了？什么不见了？"

"昨天那两个死人的尸体从殓房消失了。"萧落木却微微笑着答道，"这下事情越来越有意思了。"

瞎子却喃喃道："据说，在这个镇子，有着嗜食腐尸的妖魔。"

然而，他的话，却仿佛没有人听见。

突然白石的面前一片比烈日还灼眼的火红。

接着是那比寒霜还要冰冷的脸。

叶鸣蝉道："昨天值夜的是你。你难道什么都不知道？"

白石低头沉默了片刻。

终于他咬了咬牙："如果真的有人把尸体偷走，那就一定是那两个人。"

"哦？"

白石抬起头盯着叶鸣蝉的眼睛："一个喝酒的男人和一个涂满油彩的女人！"

叶鸣蝉冷笑道："在这个镇子里，我从来没听说过这样的两个人。"

白石没有再说话。

他明白，就算在这个奇怪的镇子里，那也绝对是最奇异的两个人，也是最让人无法相信的两个人。

如果不是那种头痛欲裂的感觉刻骨铭心，也许就连白石也会以为那奇异的经历只不过是一场梦。

不。

两场梦。

那么，又有谁会相信白石的梦？

有。

居然真的有。

风师爷居然笑了笑："到底是谁偷走的尸体，找到他们不就知道？"

叶鸣蝉转过了身："哦？你有办法找到？"

风师爷没有说话。

他抬起头，眯着眼睛望着即将升到头顶的太阳。

他手中不知何时握住了铁扇。

白石突然有一种感觉。

一种奇妙的感觉。

在那日影下的风师爷，居然周身泛着一圈耀眼的光晕。

风师爷脸上的笑容依然那样温暖，却露出了说不出的得意。

"不是有办法找到，而是早已料到。"

白石愕然。

叶子微微抬起了眼皮。

萧落木不禁扬了扬眉。

瞎子的眼睛更加泛白。

黎大人的眼神中闪烁着精光。

而胡衙役本已青白的脸色露出一丝疑惑。

虽然小良的身影依然一动不动。

可是就连冰冷的叶鸣蝉也不禁动容："你说，你早就知道？"

风师爷摇了摇头："不是'知道'，而是'料到'。"

叶鸣蝉皱着眉头："不论'知道'还是'料到'，总要有个道理。"

风师爷笑道："别忘了，我来自江湖。江湖人的手段，总是有些特别的。"

叶鸣蝉冷哼了一声。

白石忍不住问道："那我们现在究竟该怎么找？"

风师爷抬起头继续望着太阳。

"稍安勿躁。等到正午时分，一切，就都该水落石出。

白石奇道："这又为什么？"

风师爷依然抬着头，只是淡淡道："你有没有听说过一种最特别的香料，叫做'午日兰花？'"

"午日兰花？"

"这种香料在别的时辰无色无味，可是偏偏到了午时，就会散发出浓烈而持久的奇香。"

白石不禁拍手："所以你在尸体上下了这种香料？而我们跟着这香味，就可以找到他们？"

风师爷眯着眼点了点头。

"最有意思的游戏，马上就要开始了。"

白石本以为世界上比追一个女人简单的事只有追一个男人。

可是他没想到追一个男人加一个女人却简单得不可思议。

简单得让萧落木不由得揉了揉鼻子："你的'午日兰花'的确

不赖。”

风师爷笑道：“别说是你这样的高手，就算是普通人凭借这股风吹不散的香气，也绝不会跟丢最难缠的猎物。”

萧落木却淡淡道：“不过我听说，‘午日兰花’乃大内珍藏，就连京城首富、当朝宰相这一辈子都见不到。”

风师爷望向萧落木：“你知道的还不少。”

萧落木笑了：“至少，我和你一样，也来自江湖。”

白石叹了口气：“我不是从江湖来，‘午日兰花’有多珍贵我是不知道，我只知道那两人可怕至极，我已经三番两次着了他们的道。”

叶鸣蝉冷笑道：“就算他们再可怕，也绝对逃不出我叶鸣蝉的手心。”

突然萧落木的脚步停住了。

他笑道：“风师爷，我看你的‘午日兰花’恐怕已被人识破了。”

叶鸣蝉也停了下来，他望着身前那片树林，一脸凝重。

在那树林上方，遮天蔽日的黑烟昭示着这场大火的炽烈。

萧落木笑着望向风师爷：“风吹不散，那火呢？火也烧不尽么？”

风师爷的脸上却愈加得意：“这把火，我也早已料到。”

这一次，莫说他人，就连叶子和小良也猛地一惊！

风师爷笑道：“‘午日兰花’本来一把火就能烧得干干净净。可惜，我风化柳的‘午日兰花’遇火化臭，却是臭不可闻，更甚于它的香味。”

胡衙役不由得叹道：“不愧是江湖老手，算无遗策。”

风师爷笑着看了看叶鸣蝉：“不然本师爷也不能跟本镇第一高手叶捕头齐名了，你说是不是？”

叶鸣蝉没有转头看他一眼，只是死死地皱着眉，望向熊熊燃烧的树林：“那你说，我们是绕过树林呢？还是钻进火海？”

风师爷摇了摇头：“都不用。我们把这个林子围起来就足够了。”

叶鸣蝉道：“哦？”

风师爷笑道：“既然他们知道‘午日兰花’的弱点是火，那么他们也一定能发现，我风化柳的‘午日兰花’无懈可击，无绽可破，与其拖着两具尸体被我们追上，还不如在大火中以逸待劳，各个击破。那我们最好的办法就是把林子围死，等到大火烧尽，视野开阔，他们二人也不过是囊中之物。”

可是一个斩钉截铁的声音却打断了他：“不行。”

“哦？”风师爷转头望去。

那声音，竟然来自白石。

风师爷淡淡道：“难道你有什么更好的主意？”

白石摇了摇头：“没有。”

风师爷皱了皱眉：“那为什么不行？”

白石望着大火，满面坚毅：“因为，我要进去。”

风师爷面色愈加凝重：“不行，这太危险了。”

白石决然摇了摇头：“你们没有和他们交过手，你们不明白。我绝不能再给他们那么充裕的时间。”

风师爷还想说什么，可是白石的身影，已经跃进了熊熊大火，转瞬间消失不见。

白石第一次明白，火，其实没有那么可怕。

因为烟，比火还要可怕一百倍。

大火虽然让他的皮肤感到一阵阵的焦灼，可是那滚滚浓烟却呛得他连呼吸都成了问题。

然而他明白，就算这里是人间炼狱，他也一定要闯进来。

因为，他必须要见到那个人。

生亦欢。

可是为什么？

白石自己也说不清。

他只是觉得，冥冥中有一种力量，在引导着他。

而生亦欢身上的某种东西，也许就是那力量的源泉。

他在大火中拼命地搜索着。

尽管浓烟中的‘午日兰花’奇臭无比，可是他依然在大口大口地嗅着，想要从中分辨出一丝生亦欢的酒香。

不知道在大火中忍受了多久，终于，他做到了，他凭着那一丝几乎被掩盖殆尽的酒香，找到了那个安静却又危险的男人。

生亦欢，就站在他不远的身前。

只不过，生亦欢面对着的，不是白石，而是另一个男人。

一个让白石做梦都想不到的男人。

那是萧落木。

一向置身事外的萧落木，竟然站在生亦欢的面前，津津有味地望着眼前的猎物。

他轻笑着瞟了瞟目瞪口呆的白石笑道：“想不到被我抢先了。”

白石也幡然惊醒：“被谁先找到也没什么区别。”

“那可未必。”

这声音，竟来自第四个人。

风师爷。

风师爷从火幕外缓缓踱来，随手摇了摇扇子，竟然扇开了一片火光，划出了一圈静谧。

他深深吸了口气：“现在这里的空气可好多了。”

生亦欢只是静静地喝了一口酒，淡淡道：“又来了一个。”

他抬起了头，环视着面前的三人，露出了一丝耐人寻味的笑容：“只不过你们三个，来找我的目的恐怕都不一样吧。”

萧落木笑道：“他们找你做什么，是他们的事。可是我要找你，是我的事。”

生亦欢淡淡道：“你要问的事，我刚刚已经告诉你了。”

萧落木摇了摇头：“可是你没有全告诉我。”

生亦欢道：“我已经把我能告诉你的，全告诉你了。”

“那么不能告诉我的呢？”

生亦欢叹了口气："那就要看你的本事了。"

萧落木眯起了眼，没有再说话。

风师爷却转向萧落木："哦？看来你还有自己的打算？"

萧落木轻轻把一个指头放在自己的嘴边："那是我的事。"

风师爷笑了，笑得无所不知，笑得不可捉摸。

萧落木笑了，笑得无法无天，笑得不屑一顾。

生亦欢笑了，笑得无可奈何，笑得不假思索。

白石也笑了，笑得无所适从，笑得不知所措。

四个爱笑的男人就这样笑着，笑得天昏地暗，笑得沧海桑田。

突然，萧落木的笑停住了。

他嘴边的笑意还没完全散尽："既然我能知道的都已经知道了，那我就不打扰你们了。"

说罢，萧落木的身影随着浓烟飘走，不知所踪。

四个爱笑的男人，只剩下了三个。

生亦欢望了望风师爷，又望了望白石："你们两个呢？我先解决谁的事？"

风师爷收起扇子，怡然自得："我们俩都为公事而来，不分彼此，没有先后。"

生亦欢望着风师爷的眼神似笑非笑："哦？你说你为了公事而来？"

风师爷波澜不惊："那是自然。"

生亦欢又转向了白石："那么你也是了？"

白石略一沉吟："不错。可是，我还有几件私事必须要问你。"

生亦欢点了点头："你的理由，可比那只老狐狸可信多了。"

风师爷只是微微笑了笑："如果我们之中真有一只老狐狸，那绝对是你，要不是我这老猎人特制的'午日兰花'，恐怕就要被你这只老狐狸逃了才是。"

生亦欢叹了口气："我的确从未想到，我生亦欢竟然栽在了这里。"

白石打断道："在你真的'栽了'之前，我想知道，我明明已经喝了解药，为什么最后还是中了毒？”

生亦欢望着壶中物，笑道：“因为你只知其一，不知其二。”

“哦？”

“没错，病无药的确杀了你两次，而我也救了你两次。”生亦欢笑望着白石的眼睛，“可是你不知道的是，我这壶中之酒，叫做‘大梦难觉’，虽然是病无药那剧毒的唯一解药，可也是天下最可怕的迷药之一。”

白石尚未开口，风师爷却脸色剧变：“迷药？”

“没错。所以你其实并不是中了毒，而只不过是陷入了幻觉之中。”

风师爷倒吸了一口冷气。

白石却仿佛想起了什么：“那你每天都在饮酒，岂不是……”

生亦欢笑着叹了口气：“没错。其实我早已分不清幻觉和现实。”

他突然转过头望着风师爷：“就像世人也早已分不清生命与死亡，你说是不是？”

风师爷点了点头：“说得有道理。”

生亦欢深深地吸了一口气：“好了，私事现在是解决完了。那么该轮到公事了？”

风师爷淡淡道：“你带走的尸体哪里去了？和你一起的那个女人呢？”

生亦欢笑着摇了摇头：“尸体早已被烧成骨灰，病无药也早已走了。偷尸体和搬尸体的都是我，你的‘午日兰花’病无药一点儿也没沾上，你们再也找不到她了。”

风师爷的手死死地攥紧扇子，青筋毕露。

白石突然道：“这么说那两个死人你真的认识？”

生亦欢点了点头：“不但认识，还是同伴。”

“也是杀手？”

生亦欢又饮了一口酒，抬头望着火红的天空，仿佛想起了什么往事：“不但是杀手，而且是很有名的杀手，更是很特别的杀手。”

白石叹了口气："连你都觉得特别的人，那一定是世间罕有。"

生亦欢尚未从沉思中醒转："那已经是另一个故事了。"

白石没有再说话。

他静静地看着生亦欢。

他仿佛有着一种不祥的预感。

他似乎觉得他也许再也见不到眼前这个谜一般的男人。

而生亦欢始终望高高仰着头，一言不发。

仿佛整个世界也陷入了沉默。

就连通天的火焰也只是跳着无声的舞蹈，把三个男人围在中间。

终于，生亦欢转头望向了白石。

他把酒抬到了白石眼前。

"还要再来一口么？"

白石低下了头，望着眼前的酒。

浑浊而微黄的酒浆在壶中卷起一个又一个漩涡。

转啊转。

转啊转。

转得白石筋疲力尽。

转得白石头晕目眩。

面对这只手，他曾经拒绝，也曾经接受。

那么今天呢？

白石缓缓接过了酒壶。

"酒，我是要喝的。但不是现在。"

生亦欢的眉头轻扬："哦？"

白石笑道："这杯酒，下次见面，我会去牢里陪你喝。"

生亦欢微微一愣："你难道还要我跟你走？"

白石淡淡道："你必须跟我走。"

"为什么？"

白石深深叹了口气："因为，据说没有一个拒捕者能从叶捕头的手下活下来。”

“这么说，你不想让我死？”

白石点了点头。

“这又为什么？”

“为了你，”白石不由自主的望向天边，眼中流露出了莫名的茫然和迷惑，“也为了我。”

不知为何，风师爷的嘴角略微有一丝抽搐。

生亦欢却笑了，那笑容依旧温暖得没有一点苦涩。

他没有再问下去，白石那奇怪的话，没有给他带来任何疑惑，仿佛一切都了然于胸。

他摇了摇头：“可惜，我还是不能跟你走。”

白石张开了嘴，正要说些什么，可是一个突然出现的声音宛若五雷轰顶。

“这么说，你是下定决心拒捕了？”

那是叶鸣蝉的声音。

生亦欢的表情却异常平静：“生亦何欢？死亦何苦？”

叶鸣蝉火红的斗篷和烈焰纠缠在一起，融为一体，难舍难分。

他从烈火中缓缓走出，没有被烧焦一根毛发，宛若铁铸的金刚，不败的战神。

生亦欢的头缓缓转来。

白石的手却匆匆伸出。

风化柳的眉渐渐舒展。

可是。

一切都已是枉然。

因为在那一瞬间，叶鸣蝉已然出手。

生亦欢的身影在空中划过一道狼狈的弧线，伴随着仿佛凝在空中的血痕，重重地跌入那无尽的焚天之火。

在他被烈焰彻底吞噬之前，白石看到了他的眼神。

那清澈的眼神带着无比的满足，又仿佛看透了白石的五脏六腑，看穿了他掩藏在内心最深处的灵魂。

他就带着那样的眼神，那样令白石迷惑的眼神，坠入了另一个世界。

风师爷淡淡问道："我们需要进去确认他的尸首么？"

叶鸣蝉的声音如同机械一般冰冷："不用，他活不了了。"

他再也没有说一句话，只是静静地凝视着自己的手，似乎这世上，早已没有什么能让他顾忌的东西。

而那大火，只得在天地中尽情地燃尽自己灿烂的生命。

就像那尸骨无存的生亦欢。

白石静静地坐在桌边，一动不动。

他安静得就像一个死人。

除了一个地方。

那就是他的眼睛。

他双眼中的光彩在不停的流动着，跳跃着，时而纠缠在一起，时而又在整个眼珠内弥漫。

荷影盛了满满的一碗汤，放在白石身前。她柔声道："吃饭了。今晚我给你煮了你最爱的猪肺汤。"

白石嘴里轻轻地"嗯"了一声。

他机械地将汤一勺又一勺的送入口中。

荷影轻轻坐了下来。她扶住白石的肩头："怎么了？"

白石似乎这才发现荷影就在身边。他忙淡淡一笑："没什么。"

荷影望着白石的眼睛："你答应过我，不管发生了什么，我们俩都要一起面对。"

白石沉吟了片刻。

终于他开口道："这个地方越来越奇怪了。"

荷影道："哦？"

白石转头望向了窗边，目光却愈加深邃："在这个镇子里最有趣的人，却被一把大火烧得尸骨无存，你说奇怪不奇怪？”

荷影淡淡道：“是人便都会死。既然都要死，是被火烧死还是被雷劈死也都没什么不同。”

“‘生亦何欢？死亦何苦？生有其欢！死无其苦！’，既然生亦欢早已勘破生死，那么他在死亡面前，为什么会有那么复杂的眼神？”，白石的眉头锁得越来越紧，“究竟是为什么？”

荷影叹了口气：“无论为什么，死人都已经死了。尸骨无存的人，已经无法再给你答案。”

白石猛然把头转向了荷影：“可是，他真的死了么？我能相信，他真的死了么？”

荷影猛然一颤。

他看到白石的眼中，闪耀出一抹几近狂热的光。

第三夜　神的恩赐

蝎子睁开了眼睛。

他猛然坐起。

他抬起双手，放在眼前，仔仔细细地端详着。

“又忘了你是谁了么？”

蝎子动了动十指的关节：“我是蝎子。”

“那我呢？”

蝎子皱着眉头，声音中满是厌倦：“神。”

“神”笑了：“怎么？相信了？”

蝎子没有说话。

他又想起了昨夜的那种感觉。

在他一步步逼近神的时候。

那种感觉越来越强烈。

那种气息……那种熟悉的气息……

仿佛空气中每一丝气体，都蕴藏着他的一切。

他的名字，他的过去，他的记忆，他的一切一切，都仿佛在空气中跃动，膨胀！

他深深地吸了一口气，仿佛这样就可以把他的灵魂吸进现在的躯壳！

不够！

一口不够！

那奔涌而来的灵魂，他要全部吸回去！

他伸开双臂，在空中挥舞着。他要抓住那看不见的气息！

他张大了口，使劲的吸着，他恨不得把他的胸腔吸满，把他的肺胀爆！

可是还是不够！

远远不够！

他向前冲了几步！

他在黑暗中死死地搜寻着那气息的源头！

他已经顾不得一切，他只要把那气息全部占有！

可是结果呢？

为什么今夜他还是躺在这里？

蝎子皱紧了眉头。

他似乎感到头痛欲裂。

那天晚上，还发生了什么？

他强忍剧痛，仔细地回忆着每一个细节。

他在逐渐靠近“神”。

对，就在那时，他看到了“神”的眼睛。

那在黑暗中闪耀着蓝光的眼睛。

那幽幽的蓝光，柔和而又美丽。

可是，那光却灼伤了蝎子的眼睛。

或者其实只是灼伤了他的心？

他没有想过。

但是他记得，这双眼睛，是他在记忆里最后看到的东西。

接着呢。

接着蝎子就再一次醒来了。

那些气息仿佛就没有存在过。

他的过去，依然是一片空白。

蝎子咬了咬牙。

他猛然跳起。

他愤怒了。

明明他曾经那么接近失去的灵魂。

可是如今他依然只是一个空壳。

一个没有过去的空壳。

不，它不但没有过去，也没有未来。

没有过去，又何谈未来？

甚至，他连现在都没有。

没有现在的人，是什么人？

没有现在的人，只有死人。

可是他不是死人。

但他明白，他和死人唯一的区别就是：他还没有死。

蝎子再也遏制不住，他猛地向黑暗挥出一拳。

他不知道他的拳究竟有多可怕，但是他知道，那晚的和尚连他一招都接不住。

可是这一拳仿佛石沉大海一般，没有激起任何浪花。

黑暗中“神”淡淡道：“第一次，也是最后一次。”

蝎子闭上眼睛，捏紧双拳，无尽的愤怒充盈着他的躯体，抖动着他的每一块肌肉，激荡着他的每一滴血。

“神”仿佛没有注意到这一切。

“神”的声音依旧不紧不慢：“我要你，去县衙后园，找一个山洞。在洞中，有一个石壁。而在石壁上，有七个字，血红的大字。”

蝎子依然没有动。

那冰冷的面具从黑暗中跌出，落在白石的脚下，发出了机械而无情的声音。

“神”的话音还在继续：“我不想重复我上次说过的话。你只有一个时辰，自己选吧。”

蝎子仰起头，发出了声嘶力竭的吼声！

那吼声，甚至盖过了山里群狼的嚎叫！

他想要的，只不过是本来就该属于他的东西！

他的名字！

他的过去！

他的记忆！

蝎子的嘴角逐渐抽紧。

“神”的声音依然不断地传来：“我可以告诉你，你从前不但是个杀手，还是个不一般的杀手。”

蝎子冷冷道：“我只知道天下只有两种杀手。”

“哦？”

蝎子道：“第一种是杀得了人的杀手。”

“神”道：“那第二种杀手一定就是杀不了人的杀手。”

“错。杀不了人的杀手根本不叫杀手。”

“哦？”

“第二种是不但能杀人，还能不被人杀的杀手。”

“神”笑了笑：“有道理。”

蝎子道：“那我究竟是哪一种？”

“神”淡淡道：“都不是，你是第三种。你既杀得了人，也不会被人杀，而且你还能告诉我，那七个大字之中，究竟藏着什么秘密。”

蝎子皱了皱眉：“为什么？”

“神”轻轻地叹了口气。

“你曾经破解过这世上最精妙的机关，去过这世上从来没有人能够踏进过一步的禁地，如果说这世上只有一个人能找出那七个字的秘密，那一定是你。”

蝎子轻轻地贴着墙和黑暗融为一体。

他几乎已经确信“神”没有骗他。

他的确是个杀手。

只有杀手才能把阴影掌握得这么完美，没有丝毫破绽。

他甚至觉得他不该叫“蝎子”，而是“影子”。

他和那最深的夜，交织在一起，无懈可击。

墙后面，就是县衙的后院了。

蝎子缓缓抬起头。

墙高三丈。

蝎子轻轻掂了踮脚。

他的身影已然落在了墙内。

“神”果然没有骗他。

至少他的确不是一般的杀手。

突然蝎子的耳朵动了一动。

他仿佛听到了什么声音。

蝎子闭上了眼睛。

脚步。

那是脚步。

而且是三个人的脚步。

脚步声远在三十丈之外。

蝎子微微皱了皱眉。

他的身影闪了闪，瞬间遁入那一片黑暗。

眨眼之间，墙头飘下三道黑影。

虽然黑暗之中根本看不见他们的面容，不过那三个模糊的轮廓却逃不过蝎子的眼睛。

三个影子却紧紧地缩在墙脚，仿佛在等待着什么。

过了许久，墙角传出一个女人的声音。

“韩大哥，似乎已经没人跟着我们了。”

“嗯。”

沧桑而又低沉。

突然一个青年轻轻一笑：“三妹你就是太谨慎了，这一路上我们已经干掉了七个，至少今夜没人和我们抢了。”

“袁二弟不要大意，传闻中这个后院已经葬送了江湖上数十成名高手了。”

青年又笑了：“我看那是因为他们各怀私心，自相残杀。我们三人兄妹齐心，岂是那些乌合之众能比？更何况我三人的太乙三才剑阵，已然是天下无敌。”

长者缓缓捋着颈前长须，未置可否。

女人的声音又响起：“袁二哥，就算我们能独占这个园子，只怕也未必能参悟其中的秘密。”

青年哈哈大笑：“也许别人不行，但是韩大哥可是神机居士的唯一传人，只怕论到破尽天下机关消息，无人能出其右！”

长者沉吟了片刻：“不论如何，我们还是前去一观，再作打算。”

女人和青年对望了一眼，点了点头。

三个人的身影刹那间如鬼魅般闪动，在山石间穿行。

蝎子冷冷一笑。

他尾随在三人身后，不远不近。

如果说三个人是鬼魅，那他就是幽灵。

明明似乎就在你的身边，可是当你回头张望时，却怎么也望不见。

蝎子有这个自信。

绝对有。

他相信就算他离三人只有五步之遥，也绝不会被发现。

可是他却没有靠近。

因为不知为何，他心中有着一丝的不安。

他仿佛觉得耳边总是偶尔传来微弱的呼吸。

如果说他是幽灵，那么那呼吸仿佛是幻影。

你明明已经看见了他，却不得不承认那一切不过是虚幻。

蝎子猛地转头。

四周一片空旷，没有半个影子。

难道真的只不过是他的幻觉。

还是他听到的，不过是自己的呼吸。

就在他分神的片刻，三人已经来到了洞中。

青年环视四周：“应该就是这里。”

女人却发出了一声惊叹，一把拉住了青年，一手指向了石壁。

“无可奈何花落去”。

青年目不转睛地盯着那七个血红的大字，手指微微地颤抖。

长者此时已然走到石壁边，摸索着每一个缝隙：“这里危机四伏，我们一定要尽快行事。”

青年和女人点了点头。

青年深深地吸了一口气，跃上了洞顶，在每一块岩石上敲击着，发出了沉闷的声音。

而女人走到了洞边，倚住洞口后的阴影，轻轻地抽出了腰间的剑。

突然女人的嘴唇猛地一抽。

她仿佛看到了眼角闪过两道明亮的光。

就仿佛是野兽的双眸。

女人急忙转头望去。

她盯着及腰的灌木望了良久。

那里什么都没有。

也许是她太紧张了吧。

女人松了一口气。

是的。

她是太紧张了。

盯着她的，不只是一双眼睛。

绝不是。

半个时辰过去了。

青年从洞顶跃下。

他的双眼写满了疲惫。

他望了望长者："怎样？"

长者叹了口气："这山洞里没有机关暗室。"

青年一愣："没有？"

"绝对没有。"

长者的声音斩钉截铁。

青年的喉头狠狠地一缩："要么我们再找找？"

长者轻轻一哼："如果真的有机关，就算我一时无法破解，也绝不可能半个时辰都不能发现蛛丝马迹。"

青年的脸色变得灰白："那难道说……那个传闻……"

长者没有说话，他只是死死地盯着七个红字。

青年狠狠地吐了一口唾沫："这是哪个混蛋放出的谣言！"

长者摇了摇头。

他伸出手来，顺着红字的一笔一划，缓缓地勾勒着。

"传言应该不会有假。那个秘密虽然不是藏在这洞中，但是这七个字，一笔一划，都似是而非，与各种字体都大不相同，一定是找到那秘密所在的关键！"

青年道："哦？那韩大哥你……"

长者黯然道："我虽然精通天下机关消息，可是如果论及猜谜射覆，实在非我所长。"

青年眼珠一转："虽然如此，但别人必不知晓那秘密不在洞中。不如我们把这七个字拓下，另找安全之处详加参悟，假以时日，那秘密必然是我们的囊中之物。"

长者双眼一亮，转身道："言之有理！事不宜迟，我们……"

然而他的话没有说完。

青年满脸疑惑地望向长者。

他分明的看到，长者那枯黄的脸上，只有说不出的惊恐！

他的双眼，一动不动地盯着青年的身后。

结义十年来，青年从未见过大哥脸上居然会有这种表情！

青年猛然转头!

在那一瞬间，他的心脏仿佛停止了跳动!

他看到了一个女人!

女人不可怕，更何况这女人是自己的结义三妹。

可是如果这女人浑身是血呢?

那够不够可怕?

女人的脸已经因为痛苦而扭曲。

她的左手紧紧地捂住胸口上的伤痕，踉跄着缓缓后退。

而在他的身前，有一个男人。

一个高大的男人，

一袭黑衣的男人。

可是他的脸却不知为何，无法看清。

就仿佛有一股无形的气流，在他的面孔前颤动着，扭曲着，将他的脸变得灰暗而模糊。

男人缓缓向前走着。

走得很慢很慢。

甚至走得比女人还要慢。

然而他的每一步，却都仿佛可以撼动大地。

她仿佛不是一个人，而是一座山!

一座会走动的山!

那股气势，压抑得青年几乎无法呼吸!

女人还在后退。

她狠狠地咬着牙。

她明明清楚地看见男人是怎样从黑暗中出现，怎样缓缓向她靠近，怎样向她打出那一掌。

男人的每一次身影的移动，每一块肌肉的收缩都是那样的不紧不慢。

可是不知为什么，她偏偏就是躲不开。

这究竟是什么样的男人?

男人却开口了。

“事不宜迟？已经太迟了。”

他的声音，也如同他的面孔一样扭曲，仿佛来自最混沌的地狱。

女人怒道：“你想怎样？”

男人没有回答他，却望向了长者：“真没想到岭南三剑也会来这里。不过也多亏了你，才让我知晓了这里的秘密。”

长者的脸色忽青忽白。

男人又接着道：“但是既然你们也无法破解，那就没有留你们的必要了。”

男人的眼中突然闪过一丝寒光。

几乎就在同时，老者嘶哑的声音突然吼起：“布阵！”

在那一瞬间，三个人站定了三个角落，就像一只鹰的利爪，将男人死死地抓在了掌心。

男人心里暗叹了一声。

好阵法，

绝对是好阵法。

每一个人的方位都恰好弥补了另两个人的破绽。

天下间没有绝对完美的武功。

然而却有着绝对完美的阵法。

一个人的武功再高，也绝对逃不过这太乙三才阵的围攻。

可是男人却淡淡地笑了笑。

因为，他知道对方忘记了一件事。

女人已经受了伤。

他明白他那一掌虽然被卸去了大半力道，可是依然不轻。

即便不能致命，也足以让女人的身法缓得一缓。

更何况，他已看出女人只不过是在强撑。

他早就知道太乙三才阵的可怕，也早就算好了怎样制造出一个漏洞。

所以，就在女人的身影甫动的刹那，他早已出手。

就在女人落地的时候，他的双手已然击中她的额头，势大力沉。

女人的头颅霎那间粉碎。

她甚至没来得及发出最后的呻吟，就已倒下一动不动。

还剩两个。

男人狞笑着回头。

他看到了两人惊愕的眼神。

在那惊愕中，还夹杂着对死亡的恐惧！

他们的剑本来已经出手，然而却生生凝滞在了半空！

男人早已料到！

他之所以在洞外没有直接杀掉女人，就是为了这一刻！

他明白只要女人倒下，剩下两人一定无法发动剑阵！

男人的身影又猛地弹向了青年！

计划被破坏远远比没有计划更可怕！

所以，一旦阵法被破，也远远比本就没有阵法更加危险！

何况这本来是一个完美无缺的阵法。

至少曾经完美无缺！

男人看着青年迷茫的眼神，笑得更加肆无忌惮。

他的手已然伸向青年的喉头。

只差半尺……

不！

就在这时，他却看到了一样东西！

一样他绝没有料到的东西！

他分明地看到，青年的脸上迷茫顿扫，取而代之的，是一片狡黠！

这是怎么回事？

瞬间青年的身影一闪，居然从他的手下滑开。

男人的身影瞬间定在原地。

他猛然抬起头！

他看到长者和青年的身影在围绕着他，越转越快。

老者冷笑着的声音传来："你千算万算也算不到，要使出这太乙三才阵，其实两个人就已经能发出最大的威力！"

男人倒吸了一口气。

没错！

他没料到！

绝对没料到！

真正被破坏了计划的，是他自己！

瞬间他的眼前一花。

他眼中看到的，只有白茫茫的剑光！绚烂得仿佛是飞舞的蝴蝶！

青年和老者的手腕在快速地翻动着。

这是他们三兄妹苦练了数年的阵法！

而且就算少了任何一个人，阵法的威力也绝没有半丝衰减！

在两人身影所围成的圈内，每一个缝隙都闪耀着道道剑光！

这阵法已不再是一只鹰爪，而是一把剪刀！

一把锋利的剪刀！

两道寒冷的刃越逼越近，似乎要把男人绞杀！

当两把利刃合在一起的时候，中间的一切都将被剪断！

他们明白男人不可能躲得过！

因为，根本就无处可躲！

"滴答"。

老者笑了。

他听到了鲜血滴落在地的声音。

他明白那绝不是他自己的血，也不可能是青年的血。

这套剑法他们配合了数年，绝对是天衣无缝。

老者望向了自己的剑尖。

他的双眼瞬时几乎瞪出了眼眶！

他手中，赫然只剩下一把断剑！

他猛然抬头！

那一片剑光不知何时已经消失！

他看到了青年也瞪向了他！

青年的手中也只剩下一把断剑！

这是为什么？

他们不知道！

男人呢？

他们在惊恐之中竟然忘了他们的对手！

两人几乎是同时转头！

男人一言不发，静静站在女人倒下的尸体上！

他的双手各握着半柄剑锋！

血从他身上的数个伤口不住的滴下，可是男人似乎毫不动容。

他藏在阴影中的双眼兴奋地仿佛发现了什么价值连城的宝藏一般："你们，害怕了。"

老者的眼眶仿佛也要迸裂："你……怎么会……"

男人道："虽然这阵法两个人就能发挥最大威力，可是你们练剑的时候，一定是三个人都在场的吧。"

老者的呼吸顿时停止！

没错！

在他们剑光笼罩下，还有一个绝对的死角！

那就是女人本来所在的位置！

那是绝对安全的位置！

他们平日练剑的时候，居然没有想到，在这个位置的不但可以是同伴，也可以是敌人！

所以他们的剑，就像往常一样，根本没有刺向那个角度！

老者深深吸了一口！

只要再发动一次剑阵，他们一定不会再犯这个错误！

可是已经太迟了！

他感觉到一股腥甜从胸中涌向了喉头！

男人不知在何时，已经一掌印在他的额头！

几乎就在同时，青年也一声不吭地倒下！

男人冷笑一声。

“害怕了，就去死吧。”

他的身影在三具尸体之间短暂地穿梭之后，头也不回地向洞外走去。

他的脚步依然那样的稳，那样的慢，任凭自己的血和尸体混在一起，在身后拖下一道长长的红迹。

蝎子笑了。

笑得很得意。

刚刚的好戏没有一出逃过他的眼睛。

幸好他刚刚没有贸然出手。

这三个人，果然不是一般的难缠。

他看到男人步出了洞外，缓缓离去。

但如果说那男人是一只雄狮，那么他就是一只狐狸。

因为，他是一个杀手。

真正的杀手就是狐狸。

就像蝎子一样。

伤人一千，自损八百？

这样的事他绝不会去干。

荆轲不是杀手，绝不是。

所以，他死了。

死得很惨。

但嬴政还活着。

何况就算嬴政死了，荆轲也不是杀手，绝不是。

他充其量只能算一个刺客。

因为，无论如何，他绝对无法活着回来。

不能活着回来的杀手就绝不能算作一个杀手。

可是蝎子不一样。

绝大部分时候，他只需要蛰伏。

就像一只狐狸，

在阴暗的角落隔岸观火。

然而在最关键的时候，也可以亮出那被人遗忘的利齿，狠狠地咬住猎物的咽喉。

这才是真正的杀手，这才是他蝎子。

如果“神”没有骗他。

可是这时蝎子的呼吸居然有一丝急促。

他突然想到“神”也曾经说过，在这个镇子他没有敌手。

那么刚刚那个男人呢？

他亲眼看到男人的身手是那样的矫健，在一瞬间拍碎了两个高手的额头。

他也亲眼看到男人的气势是那样的惊人，压抑得青年几乎无法呼吸。

他更亲眼看到男人迅捷的反应，居然在身中数剑后立刻找到了阵法的破绽。

那么这个男人，是不是他的对手。

一股热流涌入了蝎子的小腹。

他有一种冲动，

一种莫名的冲动。

是不是应该去较量一下？

他的血液居然也开始沸腾。

他已然压抑不住。

然而就在他从灌木起身，就要扑出去的一瞬间，他听到一个声音。

他如堕冰窖。

他胸中燃烧的烈火在那一瞬间熄灭。

他听到的，是一声哈欠。

慵懒而又妩媚。

就在他的身后！

蝎子骇然转身！

是谁？

是谁在他毫无察觉的情况下，竟然能离他那么近！

他的头皮一阵发麻！

是噩梦！

他看到了那噩梦般的东西！

那只猫！

那一夜的那只黑猫！

一股寒意从脊柱冲上了他的头！几乎将他的大脑也在一瞬间冰封！

他至今忘不了那一夜，那黑猫讥笑般的眼神！

黑猫的双眼漠然地盯着他，伸出了一只前爪，轻轻地拍着自己大张的嘴巴，仿佛在打着呵欠！

猫妖！

绝对是猫妖！

蝎子的瞳孔猛然收缩！

他握紧了双拳！

他不知道他在怕什么，可是他偏偏不得不怕！

黑猫微微一笑，猛地扑向了他！

蝎子急忙低头！

黑猫的身形虽然灵巧，可是也扑了空，轻轻地落在了蝎子身后。

就在这时，蝎子听到了一声轻笑。

在他身后。

又在他身后！

那轻笑中带着一丝戏谑："看来再狡猾的狐狸，也斗不过老猎人啊。"

这一次蝎子没有恐惧，他笑了。

因为，他听到的，是女人的声音。

人也许比鬼要可怕，可是鬼却一定比人恐怖。

所以，蝎子松了一口气。

更重要的是，他听到了另一个声音。

一个细微的声音，

轻得几乎就像蚊子的嗡鸣，

可是却逃不过蝎子的耳朵。

暗器。

蝎子轻轻从背后弹出一指。

他早就算好了暗器的来路。

然而他却愣了一愣。

这一指居然弹空了。

蝎子猛然转身。

没有暗器，甚至连猫也没有。

有的只是一个女人。

一个纤瘦的女人。

猫呢？

那只梦魇一般的黑猫呢？

蝎子的双眼一扫。

那只猫仿佛从人间蒸发，找不到一丝痕迹。

蝎子眯起了双眼，打量着面前的女人。

女人扬起一只白玉般的手，轻轻放在嘴边，打了个哈欠。

她手上的指环，映衬着明月，却也只能发出暗淡的光泽。

女人丹唇轻吐："居然连那个人也没有发现你，还真是一只狡猾的狐狸。"

蝎子冷笑了一声："你跟了我多久？"

女人随意地绕着蝎子踱了几步："从你进这个园子的那一刻，我就盯上你了。"

蝎子哼了一声："不可能。"

女人莞尔而笑，一个轻旋倚在了蝎子右肩：“我说过，再狡猾的狐狸，也斗不过老猎人。”

蝎子望着女人：“这么说你是猎人？”

“难道不是？”

“绝不是。”

女人微微皱了皱眉头，退后几步道：“哦？那我是什么？”

“你不是猎人，你才是狐狸。”蝎子淡淡道，“而且还是一只母狐狸。”

女人笑了：“我既不是猎人，也不是狐狸。”

她的身影凌空而起，围绕着蝎子轻快地纵跃着。

那身姿梦幻般的美丽。

“我只是一只猫。”女人的娇声说不出的妖娆。

蝎子的瞳孔微微收缩：“难道你真的是那只猫？”

“你不是前天才见过我的么，嗯？”女人站在那里，身体奇妙的扭曲，优雅而神秘。

蝎子心中一抖。

的确……这女人……活脱脱的就是一只猫。

一只黑猫！

蝎子深深吸了一口气。

突然，女人的身影停止了。

她上一秒还妩媚多姿的身影就那样单薄地站在蝎子的身前，竟然有着无尽的落寞。

而她本来流光幻彩的双眸也在一瞬间化为死寂。

仿佛是被急速冷却的熔岩，坚硬得看不到任何一丝温热的迹象。

女人深深地叹了一口气。

那是本不该属于她的万古悲凉。

“又结束了。”

她的声音干枯而又苍凉。

就好像……就好像一片叶子。

一片在风中飘摇的叶子。

她干瘦的手指轻弹。

一枚指环挟着风声射向了蝎子的咽喉。

指环上尖锐的五个突起，仿佛一只猫妖的妖爪，闪耀着恶毒的光，择人而噬。

那么蝎子呢？

蝎子却没有望向女人。

甚至也没有看一眼离他的咽喉愈来愈近的指环。

他的瞳孔，死死地凝聚在半空中的虚无。

仿佛那里有什么只有他才能看到的东西。

女人没有再浪费一个动作，一个表情，甚至一个音节。

她只是转过了身，走向无尽的阴影。

仿佛那才是她的归宿。

然而，她没有回去。

至少暂时没有。

因为，她的手上居然没有传来那熟悉的感觉。

那种灵魂离开躯壳的感觉。

不可能。

绝对不可能。

她从来没有失手过。

一次也没有。

她知道她要杀的人在那一指后必死无疑。

从无例外。

然而这一次呢？

这一次为什么会不同呢？

女人猛地转过头。

她的脸上除了震惊，竟然还有着一种奇妙的兴奋。

蝎子依然一动没动。

只不过他的嘴里，死死咬着那只指环。

咬住这只指环并不容易。

可是这绝对是最好的选择。

因为，只要做出其他的选择，那就只有一条路。

死。

可是蝎子偏偏做出了这个选择。

女人脸上的疑惑愈来愈浓。

这究竟是巧合？还是天意？亦或是真的被蝎子参透了玄机？

蝎子松开了牙齿。

指环掉到了地上，竟然入土三分，没有发出一点声音。

他的眼神依然凝聚在半空。

“我终于明白，老秃子是怎么死的了。”

女人的眼中居然逐渐浮现出一丝期盼：“哦？”

蝎子那幽暗的瞳孔却不断地射出刀锋般锐利的光芒。

而在这光芒下，一切都无法遁形。

他分明地看到，围绕着他周身三寸，有一道道细如发丝，却利可分金的银线，纵横交错，连接着女人的手指！

蝎子忍不住笑了：“如果我想随意地躲过你最后这枚指环的话，也许我现在已经变成一堆碎肉了吧。”

女人也笑了：“就算你只是抬起手来想挡下这一击，那么你此时也只剩下一只手了。”

蝎子又问道：“那么你在我身边转来转去，就是为了埋下这些线？”

女人叹了口气：“没错，可是我没想到你居然是第一个能看见这‘银蚕丝刃’的人。”

蝎子笑得更得意：“你更没想到的是，我也是第一个在你手下活下来的人。”

女人却冷笑道：“那可未必。”

他的手指轻轻一抖。

从蝎子口中掉落的指环顺着银线又回到了她的手中。

“如果是我的话，我宁愿什么都看不见，就这样死在‘丝刃杀阵’里。”

“哦？为什么？”

女人又笑了：“与其眼睁睁看着自己任凭宰割，还不如无知的死去，不是么？”

她又扬起了手。

这次她指向了蝎子的额头。

蝎子这次还能逃得过么？

蝎子只是微微摇了摇头。

他的身体仿佛动了一动。

不。

那只是颤了一颤。

方圆十尺的土地竟然在瞬间破开。

而丝线尽头的九个指环纷纷从土地中崩裂而出，随着连接的丝线，静静地躺在地上，就好像飘落的风筝，又宛若从池塘中捞出的死鱼。

蝎子低声的狞笑：“这次，到我了。”

他的身影瞬间射出，铁腕切向了女人的咽喉。

可是女人在这一刹那居然笑了。

笑的那样高兴，那样欣慰，就连她清瘦的脸颊也难以置信地饱满起来。

她的双手轻轻翻飞。

手中的丝线在空中疯狂地摆动。

空气中传来的声音，象征着切割与破碎。

同时也让蝎子的手在空中生生凝住。

蝎子一旦出手，是不会停下的。

能停止他的，只有死亡。

而他现在当然没有死。

甚至连一点伤痕也没有。

可是他还是停下了。

只不过是因为，他无法相信自己的眼睛。

眼前的一切实在太难以置信。

女人切碎的，不是别的东西。

而是她自己的衣服。

女人现在赤裸着站在皎洁的月光下，枯瘦的身体居然充满着一种异样的诱惑。

女人媚笑道："想要么？"

蝎子没有说话。

他突然觉得身体里慢慢升起了一股火。

一股熟悉却又久别的火。

女人的身影离他越来越近："带我走吧，我的一切都给你。"

蝎子却握紧了拳头。

他第一次感到畏惧。

女人的胴体仿佛是一个危险的信号，揭示着不可预料的未来。

他不怕失去生命。

可是他却害怕失去过去。

女人的每一部分肢体都在月光下婀娜地摆动。

她轻佻地笑着："怎么？你不想要我么？"

蝎子咬紧了牙。

他是个杀手。

他必须再度选择。

选择继续做一个杀手。

或是一个多情的杀手。

他以为可以选择。

直到他看到女人的双眼。

他终于看懂里面流露出的那一抹异样的神彩。

那是希冀。

一种他拼命想拥有的东西。

所以，他明白了。

他根本没有选择。

他只有，且只能有第三个选择。

做“神”需要的那种杀手。

“可惜，我真的不想。”

他蜷缩的手臂突然伸展，继续点向了女人的喉头。

女人没有反抗，没有躲避，只是闭上了眼睛。

而那莫名散发出光泽的脸，也在瞬间黯淡了下去。

然而，蝎子的指头没有触碰到女人的哪怕一点肌肤。

因为，女人就在那一瞬间被扑了出去。

取而代之的，是另一个瘦小的身躯。

那是一个男孩。

一个瘦小而黝黑的男孩。

男孩肮脏而又苍老。

他赤裸着双脚，仿佛丝毫不在意那深夜彻骨的寒。

然而他的披风死死地裹住背后的剑，连最疾的风都不能拂动半分。

男孩的眼睛死死盯住插在自己胸口的手指，从嘴里艰难的挤出几个字：“不能……杀……”

蝎子猛地抽出了手指。

蝎子一直以为自己是个神秘的怪人。

可是他没想到，今夜他见到的任何一个人，都比他更神秘，也更奇怪。

女人已然翻身跃起，望着男孩冷冷道：“又是你。”

男孩没有说话，只是笑了笑，露出森白的牙。

女人转瞬间隐入了身后的黑暗里。

男孩却突然以一种匪夷所思的姿势扭过了头，鼻子不住地耸动。

他面露疑惑，斜斜的瞥了一眼蝎子：“你？”

蝎子心中一凛。

他的呼吸竟有些急促：“你认识我？”

男孩却仿佛对他没有一丝兴趣，转身向着女人离开的方向跃去。

然而他的身影在空中硬生生地落下。

因为，蝎子已然按住他的背。

蝎子的双眼通红。

“你是不是认识我？！”

男孩转过了头。

他的喉咙中发出了野兽般的呜咽。

他的脸瞬间变得扭曲而恐怖。

他咧开了嘴，口中那破碎却又尖锐的牙狠狠向着蝎子噬去，让蝎子触目惊心。

男孩口中发出了声嘶力竭的长啸，不断地回荡，此起彼伏，在蝎子周身的每一个方向，无孔不入，冲击着蝎子的耳膜，钻入他的大脑。

那声音仿佛冲破了云霄，撕裂了天空。

蝎子的头一阵剧痛。

他放开了男孩，他似乎觉得他的意识渐渐模糊。

而男孩也在转瞬间不知去向。

蝎子咬了咬牙，跃出了后园，只留下了孤独的月光，仿佛这只是一个再普通不过的静夜。

所以，他没有看见，逐渐靠近后园，与男孩应和着的，那一对对血红的眼睛。

“神”淡淡道：“说完了？”

“说完了。”

神轻叹了口气：“原来越复杂了。”

蝎子道："没错，就连我也难以接近那个石壁。莫名出现的高手太多了。"

"神"点了点头："做的好。留得青山在，不怕没柴烧。没有我的命令，千万不能贸然出手。"

蝎子的双目射出精光："那么，我的回报呢？"

"神"笑了："回报？有，当然有。"

黑暗中仿佛有一片白光在闪耀。

"神"道："你有没有看到过你自己的面容？"

面容？

蝎子愣住了。

是啊。

他到现在，还不知道自己长什么样。

"神"缓缓道："这里有一面镜子，你自己过来看吧。我允许你，取下你的面具。"

那一片白光瞬间像蝎子射来。

蝎子猛然向前两步，一把抓住镜子！

他退到窗边，摘下面具。他借着月光，仔细的端详着镜子中的脸。

这张脸……是他的脸？

怎么会那样的陌生？

他伸出一只手，在自己的脸上抚摸着。

镜子里的脸也伸出了一只手，模仿着他的一举一动。

没错，这是他的脸。

突然他的心里产生了一种莫名的感觉。

这张脸虽然陌生……可是却仿佛在什么地方见过。

蝎子苦笑了一声。

废话，这是他自己的脸。

他望着镜中的脸，似乎把周围一切都淡忘。

他的脸离镜子越来越近，越来越近。

仿佛他要把自己的脸和镜子融为一体。

他是那样的痴迷，那样的专注。

以至于他依然没有发现，在镜子的深处，出现的一双眼睛。

只不过这次，

是一双闪耀着妖异蓝光的眼睛。

第四昼　怨憎会的拳头

“前天两个，昨天一个，今天……”白石略微一顿，“居然有三个。”

萧落木的脸上写满了极度的疲惫，然而他也只是淡淡道：“那么总共就是六个了。”

叶鸣蝉背着双手，静静望着天边：“这三个是怎么死的？身份查清了没有？”

王衙役脸色青灰，仿佛像吞下了无数的苍蝇：“叶……叶大人，你还是亲自看看吧。”

他弯下腰，一把掀开了尸体上的白布。

白石倒吸了一口凉气。

尸体不可怕，白石早已见过无数尸体。就算白石之前没有见过尸体，可是他这两天所见的尸体也许比有些人一辈子见过的还要多。

可是他还是忍不住想要吐出来。

残缺的尸体他见的已够多。

没头的尸体自然也见得不少。

可是白石在这一刻才明白。

有时什么都没有，反而是一件好事。

就像尸体上有一个粉碎的头，比没有头要让人恶心千万倍。

瞎子却不断地嗅着，仿佛闻到了空气中的血腥，局促不安地掐捏着自己的指头。

叶子依然站在墙边，眼神空洞而寒冷，就像严冬的雪。

叶鸣蝉瞟了一眼尸体，没有任何表情："风先生，你看看吧。"

风化柳微微一笑："这是我份内之事。"

他缓缓走到尸体边，慢慢地蹲下。

他仔细地检查着三具尸体的每一个角落，脸上没有丝毫不快："头颅碎得太彻底，已经不可能认出来了。"

王衙役道："但是至少，从三人身旁的佩剑，和他们的手指看，可以知道他们三个人是用剑的高手。"

"都是绝对的高手。"风师爷点着头。突然，他愣住了，"这……"

王衙役道："怎么了？"

风师爷仔细端详着一具男尸的手，脸上竟写满了惊诧。

叶鸣蝉也不禁皱了皱眉："风先生，到底怎么了？"

风师爷一言不发，依然死死地盯着男尸的手，却把掌心翻了过来。

身边的王衙役看着尸体的手掌，奇道："这具尸体手上的茧子，似乎有些不同。"

白石勉强望向尸体："他掌上老茧虽厚，然而指上的老茧却也不薄。难道，他还是个指法高手？"

风师爷摇了摇头，又展开了尸体的手指："他指上的老茧，不但遍及指腹，竟然连指背也有，就算是兼练指法，你们不觉得还是太奇怪了么？"

王衙役点头道："没错，可是这是为什么呢？"

风师爷又道："那是因为他的这些老茧，既不是因为练指，也不是因为练剑，而是因为他平生喜欢研究消息机关。"

白石惊道："你能看出这么多？"

风师爷却笑了："不但如此，我还知道他用的剑，叫做雪凛剑。"

白石愕然。

他茫然地望着风化柳那双狭长的眼。

这双眼，难道能够回溯过去？

还是能预知未来?

就在这时，萧落木却笑着开了口。

白石顿如醍醐灌顶。

“看来你们是老相识了。”

风化柳摇了摇头：“老相识算不上，不过我们十年前的确有过一面之缘。”

他接着又叹了口气：“那时候，我还没落魄到这个地步。”

白石道：“这么说你早认出他是谁了？”

风化柳眯起了眼睛：“如果我没认错的话……他就是神机居士唯一的弟子韩修齐。”

萧落木脸色微微一变：“这么说，那他们三人是……”

风化柳面色凝重：“没错，是岭南三剑！”

萧落木的脸上居然露出了一抹兴奋的表情。

白石却皱了皱眉：“岭南三剑？”

萧落木望着三具形容凄惨的尸首：“如果他们都是死在一人之手，那么这个人，也太过可怕了。”

风化柳点了点头：“没错，十年我见到他们的时候，那套三才剑阵就已天衣无缝。”

萧落木眯起了眼，仿佛饶有兴味：“那么，能杀死他们的，究竟是谁呢？”

突然瞎子的一声惊叫却划破天际。

他的面容惶恐得几近扭曲，他的声音简直是歇斯底里，就连他不离手的二胡也在空中发出滑稽的嘶声。

“我算出来了！我算出来了！不是人，是鬼！是鬼呀！”

他的身体疯狂的在后院内碰撞着，翻滚着，最后像狗一样地爬了出去。

白石深深地吸了一口：“他疯了。”

空气死一般的沉寂。

叶鸣蝉却不为所动。

他缓缓地扭动着自己的双手："在这个镇子，不论是人，还是鬼，都不是我的对手。"

然而没有人答话，也没有人理会叶鸣蝉，每个人的面色是同样的苍白，仿佛叶子眼中那亘古不化的寒冬。

除了一个人。

萧落木。

萧落木笑了。

是的，他笑了。

而且笑得很轻松："不管他杀了岭南三剑也好，长白四雄也好，都跟我无关。"

白石愣道；"你说什么？"

萧落木道："因为，我就要走了。"

白石惊道："走？为什么？"

萧落木抬头看了看天。

乌云已开始翻滚。

不知道下一场雨，会落在何处？

"其实我本也想再多留几日的，可惜……"萧落木淡淡望着白石，"这里的雨我已经看够了。"

白石再度愕然。

萧落木悠然向园外踱去。

然而他却又突然转过头来："虽然这是你们的事，但是我还是好心提醒你们一件事。"

片刻之后，才传来了叶鸣蝉的声音："哦？"

萧落木淡淡道："要杀死岭南三剑这样的高手，不一定真要有绝世的武功。"

风师爷也终于开了口："尸体上绝没有暗器和毒药的痕迹。"

"那迷药呢？迷药你又是否能验得出来？"

风师爷皱了皱眉："你是说生亦欢？可是他已经死了，不可能杀人了。"

萧落木笑了。

他转过身，轻轻地自语道："是啊，他不可能回来杀人了。"

萧落木就那样，一步步，一步步走了出去。

然而，只有白石看到，在他转过身的那一刹那，仿佛对着自己笑了一笑。

那笑容，意味深长。

而且似曾相识。

萧落木走了。

可是他还没有走。

他迟早会走。

可是不是现在。

就连他自己，也不知道那会是什么时候。

他现在正坐在镇东最偏僻的酒馆里。

这酒馆就和天下间所有偏僻的酒馆一样，不但有一个睡眼惺忪的小二，也有无数香气四溢的美酒。

这样的美酒，无论多少都不够。

所以，萧落木的桌子上，堆满了空的或满的酒壶。

萧落木已经在这里喝了半个时辰。

喝酒的人往往有两种。

第一种人喝酒，是为了醉。

天下酒鬼大抵如此。

而第二种人喝酒，是为了醒。

比如生亦欢。

可是萧落木却是第三种。

碗里的是酒还是茶，对他来说都没有任何区别。

因为，他只不过是在等。

即使他再疲惫，也必须等。

等一个重要的人和一件重要的事。

而这个人，已经坐到了他的面前，而那件重要的事，也即将要发生。

白石的双眼直勾勾地盯着萧落木，没有任何动作，也没有任何表情。

萧落木却仿佛没有看见白石，依然自顾自地喝着酒。

终于白石开口了。

“这个镇子的七家酒馆的酒都被你喝光了，这已经是最后一家了。”

萧落木叹了口气：“如果你早些出现，我也就不必喝那么多酒了。”

白石淡淡道：“可是如果不是因为你一个人喝了那么多，我也就不会明白你其实等的是我。”

萧落木笑了：“哦？我等你？我为什么要等你？”

“因为，你有事想告诉我。”

萧落木眯起了眼睛：“我没有。”

白石的头却往前勾了勾：“那么，假如我有事想问你呢？”

萧落木的笑容渐渐收敛。

他也把脸凑近了白石。

“你想问什么？”

“生亦欢去哪了？”

“生亦欢，已经死了。”

白石摇了摇头：“不，他没有死。”

萧落木的声音一如既往的平静：“哦？他没死？”

“绝没有。”

“那他去哪儿了呢？”

白石死死地盯着萧落木：“这个答案，只有你知道。”

萧落木不禁笑了出来：“我不知道。”

“不，你知道。”

“哦？”

白石的声音异常坚决："你说过，'生亦欢不可能回来杀人了'。"

萧落木只是淡淡道："那句话是风先生说的。"

"不，风先生说的是'他不可能杀人了'，而你说的是'他不可能回来杀人了'。死人，是不存在'回来'或是'不回来'的。"

萧落木笑道："我说的，也许是生亦欢的鬼魂呢？"

"你不信鬼神的。"白石摇了摇头，"你绝不会相信，这世上有鬼神。"

萧落木凝视着白石。

他的眼里，不停地闪烁着一种奇妙的光芒。

终于，他长吁了一口气。

"你为什么一定要找生亦欢？"

白石愣住了。

他为什么要找生亦欢？

为什么？

白石的眼中写满了犹豫："我不知道。"

萧落木没有再说话，他只是微微侧过了头，仿佛在仔细聆听着什么。

白石也注意到，酒馆外似乎传来了一阵沉重的脚步声。

萧落木脸上闪过一丝得意的表情。

"看来是他。"

他轻轻地把嘴放在白石的耳边。

"想找生亦欢，一切听我的。"

白石没有点头。

他也没有摇头。

他不明白萧落木的话究竟是什么意思。

他也没有时间去明白。

因为，脚步声的主人，已经站在了门口。

那是一个青年，

一个魁梧的青年。

青年黝黑又坚毅的脸上有着一双鹰一般的眼睛。

而那双眼睛，正直直盯着白石和萧落木。

青年打量了片刻，紧接着没有一丝犹豫，径直走了过来，猛地坐在了白石对面：“你叫做白石？”

白石尚未答话，萧落木却先开了口：“没错，他就是白石。”

青年眯起了眼睛，打量的更加仔细：“可是我听说白石是个很特别的人。”

萧落木道：“难道不是？”

青年摇了摇头：“我现在还没看出来，他究竟特别在哪里。”

萧落木叹了口气：“那你就错了。”

“哦？”男人仿佛这才发现萧落木，把头转了过来。

“在这个镇子里，只有最不特别的人，才是最特别的。”

青年嘴角浮现出一丝笑容，眼神却愈加的犀利：“你又是什么人？”

萧落木轻轻啜了一口酒：“我是他的朋友。”

“朋友？”

“没错，最好的朋友。”萧落木放下酒壶，“那种同生共死的朋友。”

青年却冷冷道：“我也有朋友，也是同生共死的朋友。但不是一个，是两个。”

萧落木没有丝毫表情：“既然你也有朋友，何不邀来一起喝两壶？”

“他们已经来了，”青年慢慢地抬起了双手，“这就是我的朋友。”

萧落木没有再说话，他只是仔细地凝视着那双手。

那双粗糙又坚硬的手。

青年接着缓缓道：“而且，我的朋友也想认识一下你的朋友。”

萧落木的眼神依然没有离开男人的手：“只怕我的朋友不想认识你的朋友。”

青年叹了口气：“该认识的，迟早都会认识，无论如何也避不开。”

萧落木微微闭上眼，摇了摇头：“我的朋友，是绝不会避的。”

男人皱起了眉，他又望向了白石："你真的不会避？"

白石点了点头："既然我的朋友说我不会避，那我就绝不会避。"

青年没有说话。

因为，他的朋友已经替他说了。

青年的铁拳瞬间已经狠狠打向了白石的鼻子。

白石没有避。

白石真的没有避。

世上没有人敢面对着这样一双铁拳不闪不避。

除非他是傻子，或是疯子。

可是白石既不是傻子，也不是疯子。

至少，在青年眼里，他不是。

所以，他愣住了。

他脸上的表情，比他凝滞在白石面前的拳头还要僵硬。

青年不禁奇道："你为什么不躲？"

回答的却依然是萧落木："既然知道你会停，那又为什么要躲？"

青年收回了拳头，却又把拳头攥得咯咯作响。

萧落木疲惫的双眼中却半是戏谑，半是从容。

青年的声音愈发的无情："这一次，我就不会再停了。"

萧落木笑着摇了摇头："不，你会停的。"

青年的脸硬得像铁，冷得像冰。

就在那一瞬间，他又已出手。

拳风刮得白石的脸生疼。

青年的拳头离白石的鼻尖只有一寸。

一寸，是个足够危险的距离。

危险到白石的每一根毛孔都感觉到死亡的气息。

可是白石没有避。

他依然没有避。

他只是微微地眯起了眼睛。

因为他已经清楚地看到，一寸，绝不是这个屋子里最危险的距离。

萧落木指尖发出的微光，几乎在同时贴紧了青年的咽喉。

只有半寸。

青年的拳头硬生生的停住了。

他不停地躁动、颤抖，仿佛在拼命地克制住那如火山一般的冲动。

萧落木只是轻轻笑道："我说过了，你会停的。"

青年的脸色突然一变。

他仰天大笑："我现在终于知道这个家伙特别在哪里。"

萧落木不禁好奇道："哦？"

青年放下了拳头："他之所以特别，一定是因为有你这个最特别的朋友。"

萧落木指尖的剑芒也缓缓消逝："毕竟，我是他最好的朋友，同生共死的朋友。"

青年望了望白石，又望了望萧落木，又大笑起来："既然大家都有那么特别的朋友，是不是该好好地喝一壶酒？"

萧落木点了点头，却又望着桌上的酒壶愁容满面："的确应该，可惜，最后一壶酒也已经被我喝完了。"

青年摇了摇头："看来，你不经常喝酒。"

"哦？"

青年笑道："如果你经常喝酒，你就会明白，只要你想喝，在酒馆里就绝不会找不到酒。"

他随手抄起一个酒坛，掷向了门边的柜台。柜台被打得轰然粉碎，露出了趴在地上瑟瑟发抖的伙计。

青年得意地哈哈大笑："你说是不是？小二？"

伙计慌忙抬起了脸，恐惧让他的脸一片死白。他颤抖着爬起，拉开了一个地窖，从里面抱出了一坛酒。

他使劲地咽着吐沫，仿佛用尽了毕生的力气走到了桌边："这……这是小店珍藏的最……最后一坛……"

终于他狠狠地打了一个冷噤，没敢再说下去。

因为青年的眼神又变得如利刃一般：“要是再废话，你就连滚的机会也没有了。”

伙计早已屁滚尿流消失得无影无踪。

青年又哈哈大笑，他满满地斟上了三碗酒：“不要管那些无谓的人，我们三人满饮此杯！”

话尚未尽，酒已入喉。

“好酒！”男人仿佛意犹未尽，抱起酒坛痛饮起来。

青年的笑声爽朗而又粗犷，狠狠地冲击着白石的耳膜。

然而白石却仿佛什么都没有听见。

他只是静静地看着面前的那碗酒。

酒里没有漩涡。

他的身前，也不是生亦欢。

可是那感觉，却依然似曾相识。

白石的瞳孔仿佛在不由自主地收缩，正如他的胃也在不住地痉挛。

他突然明白，他的身体在提示他一件事情。

一件极其可怕的事情！

他突然醒悟，那熟悉的感觉，是来自病无药！

来自病无药的毒！

白石猛然握住萧落木的手腕：“慢着！”

然而，他还是晚了一步。

萧落木碗中的酒，已经一滴不剩。

萧落木转过头望着白石。

他脸上的笑意一分未减。

直到那笑容和他的身体一样僵硬。

萧落木的身体直挺挺地仰倒下去。

在看到萧落木紫黑的嘴唇那一瞬间，白石顿时如坠冰窟。

这的确是病无药的毒！

白石的手不由自主开始微微地颤抖。

他当然明白，下毒的人绝不会是他自己，更不可能是萧落木。

所以只可能是一个人。

唯一的一个。

白石拼命忍住五脏六腑的抽搐，头也不回，反手挥出了拳头。

然而这一次，凝滞在半空的是他的手。

因为，他突然发现一件事。

青年的笑声，不知何时已经消失的无影无踪。

不，不止笑声。

空气不知在何时突然如此安静。

静得只剩下寒风呼啸的声音。

白石心里的不安越来越强烈。

他缓缓地转过头。

他的心脏仿佛要跳出他的胸口。

他看到了青年倒在了粉碎的酒坛和流溢的毒酒之中。他的身影甚至比之前还要魁梧，几乎占据了整块肮脏的地板。他脸上的笑容依旧豪迈，豪迈得就连那青紫的嘴唇也掩饰不住。

两个倒在地上的男人依旧在僵硬地笑着。

一个还在站着的男人却怎样也笑不出来。

世上最讽刺的事莫过于此。

可是，究竟是谁下的毒？

无边的寂静似乎给白石的的头脑带来了一丝清醒。

他突然有了几个莫名的想法。

那个伙计的脸，究竟为什么那么白？

难道真的是因为恐惧？

他究竟是不是一开始的那个伙计？

这个伙计，现在又在哪里？

难道，他是病无药的人？

白石的头开始隐隐作痛。

他深深地吸了一口。

想不通的事情，就不必再想。

白石一向是个简单的人。

至少他自己这么以为。

毕竟，目前还有更重要的事。

他伸手探了探萧落木鼻息。

萧落木的呼吸虽然急促，却依然有规律。

幸好，这不是致命的毒。

那另一个呢？

白石走向了青年。

青年似乎饮下了太多毒酒，僵硬的笑脸逐渐变得紫黑。

白石急忙伸出二指搭上他的手腕。

然而就在那一刻，白石突然明白了一件事。

笑的人未必真的想笑，可是想笑的人，迟早都会笑。

正如萧落木此时笑得够开心，可是他却未必想笑。

而高大的青年的确想笑，所以他真的笑了出来。

青年充满力量的手迅速地捏住了白石的手腕。

而另一只铁拳已经结实地落在了白石的额头。

白石终于认识了青年的朋友。

昏厥是什么样的感受？

白石不知道，也从来没想过会有知道的一天。

如同中了病无药的毒，头痛欲裂；又像饮了生亦欢的酒，亦真亦幻。

就在白石失去意识前的一秒钟，他望了望萧落木。

他看到了萧落木的眼角竟然也传来了一丝笑意。

也许，那只是幻觉。

太阳，是绿色的。

白石扑腾着，喘息着。

他拼命地弯起了身躯，想要看清提着他的男人。

他更想在那讨厌的男人脸上狠狠地打两拳。

可是他做不到。

他只不过是一条鱼。

一条离开水的鱼。

干燥而锐利的鳞片摩擦着他皴裂的皮肤，剧烈的疼痛从一道道血痕中迸发出来。翻滚的沙漠在炽热的烈日下仿佛一个无尽的炼狱，蒸腾的热浪让白石无色的血液瞬间融入令人窒息的空气之中。

可是白石还是不停地扭动。他宁愿跌入这炼狱，也不愿被男人拎在手中。

男人却笑了。

笑声沙哑又刺耳，和那无处不在的铃声交织在一起，撕扯着白石的灵魂，仿佛要把他拉出这具早已丧失活力的躯体。

白石终于精疲力尽，闭上了眼睛。

等到他的眼睛再次睁开，他头顶的，已不是那个绿色的太阳。

而是摇曳的火光。

可是白石却依然只能苦笑。

因为，他依然昏沉的头脑，让他如同死鱼一样难以动弹；而他面前的男人，虽然不再令他生厌，可是却比梦中更加的麻烦。

在他面前的，是那个面色苍白的伙计。

伙计看到白石睁开了眼睛，不禁阴恻恻地笑了出来。

他转头望向了另一边：“怨憎会，你的猎物醒了。”

另一个传来的声音却让白石那样的熟悉。

“我说过，挨了我这一拳，没有一个时辰他绝醒不过来，未必不如你的毒。”

那是酒馆里魁梧青年的声音。

怨憎会站起了身，他庞大的身影在这低矮的石洞中几乎舒展不开。

他一步就跨到了白石面前，挡住了本就微弱的烛光，让白石什么也看不清。但是白石知道，在那模糊的黑影中，怨憎会正在盯着他，没有眨一下眼睛。

白石没有动，也没有说话。

他知道，怨憎会会先开口的。

先找上门来的人，总是会先开口的。

怨憎会真的开口了。

但却不是向着白石，而是向着面色苍白的伙计。

“五阴盛，你说这家伙究竟有什么特别？生亦欢……”怨憎会的脸上突然一片黯然，“……叫我们一定要小心？”

五阴盛的声音仿佛永远都是那样阴阳怪气：“他有什么特别我不知道，我只知道等求不得老大回来以后，一定会对你很特别。”

“我知道，求老大一向都小心谨慎，不让我去招惹这家伙……”怨憎会长叹了一口气，可是转眼又喜笑颜开，“但是有爱别离支持，求老大也不会说什么的，是不是？”

怨憎会的脸，转向了石洞内最阴暗的一个角落。

白石愣住了。

那个角落。

空无一人。

难道怨憎会疯了？

还是那里真的有一个他看不到的人？

白石什么都没有看到，可是却真的听到角落里传来了一个苍老而低沉的声音。

“我劝求不得让五阴盛和你一起去，是怕你生性冲动一人前往，步了死和尚和老秃子的后尘。”声音停顿了片刻，“但是这并不代表我支持你。更何况，你不要忘了一件事。”

“什么事？”

“只要喝过生亦欢的‘大梦难觉’，就会被他看穿灵魂，甚至前世今生，至今从来没有走眼过。”

有人的地方未必有话。

可是有话的地方一定有人。

白石眯起了眼睛，拼命向角落看去。

在慢慢地适应了黑暗之后，终于依稀看清，在那角落里，真的坐着一个人。

不，那只能算是一具躯体。

因为，白石实在分不清，那究竟是不是只是一具尸骸。

那躯体的四肢干枯，须发苍白，几乎看不到一丝生机。甚至在他说话的时候，双唇也没有丝毫的嗡动。可是他那真气充沛的声音，在狭小的石洞里不停回响，成了证明他还属于这世间的最有力的证据。

怨憎会的声音却斩钉截铁：“没错，可是正因为我生平最敬重生大哥，所以他叮嘱一定要小心的人，我怨憎会就一定要把他弄个清楚。”

“既然你要的只是这个捕快的话，”五阴盛眼睛一转，“那另一个就没有用了，让我把他毒死吧。”

五阴盛飘忽的脚步移向了昏倒在另一边的萧落木。

怨憎会却伸手拦住了五阴盛：“不？他也不能死。”

五阴盛苍白的脸隐隐发黑：“为什么？”

怨憎会哈哈大笑，回荡的声波震得白石耳膜生疼：“因为他很有趣，我喜欢他，所以他不能死。”

五阴盛冷笑：“带回一个外人就已经坏了我们的规矩，你就不怕求老大回来？”

怨憎会猛地转头盯着五阴盛，眼中的火焰仿佛要焚尽五阴盛苍白的脸：“求老大从容淡泊，我怨憎会敬重他，他叫我杀，我就杀；你五阴盛阴险毒辣，我不喜欢你，你要杀，我就偏偏不让你杀。”

五阴盛的笑容愈加阴郁：“你不让我杀，可是你挡得住我的毒么？”

然而怨憎会仿佛毫不在意。他的脸上满是轻蔑：“你不过是从病无药身上偷学了点皮毛，而我的拳头却可以轻易地打爆你的头。”

五阴盛没有再说话。

怨憎会也没有。

只不过他们两人的手，一个干净利落举在了身前，另一个悄无声息背在了身后。

洞中刹那间如此寂静，只剩下了萧落木时而急促，时而微弱的喘息。

突然，怨憎会刚硬的眼神射出无法抑制的怒火与杀意，在那一瞬间他的拳头已然挥出。

五阴盛的手却没有动。

不但他的手，他全身上下连一根头发都没有丝毫的动作。

他的脸上浮现出一丝诡秘的微笑。

为什么？

难道他认定，怨憎会的拳头会停下来？

不。

绝不会。

至少怨憎会知道他绝不会。

今日之前，他的拳头出手过一千三百零七次，只停下过十三次。

因为有十三次，他的拳头才刚出手，对手就已经被吓死。

然而今天一天之内，他的拳头就停下过两次。

而且白石还没有死。

不但没有死，而且白石还活得好好的。

至少目前是。

所以，怨憎会绝不会容忍他的拳头停下第三次。

更何况，他对厌恶的人，手下从不留情。

而五阴盛恰恰就是这一类人。

所以，怨憎会的拳头绝不会停。

他的拳头离五阴盛的鼻子只有三分。

可是五阴盛却毫不在乎，反而冷笑着闭上了眼睛。

拳风撩动五阴盛的长发，在空中胡乱地飞舞。

然而，也只是拳风而已。

怨憎会的牙咬得格格作响，拳头上也是青筋毕露。

可是他的拳真的就那样停在了半空，再没有向前一毫。

不，不是没有向前。

而是无法向前。

在他的拳头和五阴盛的鼻子之间，竟然有着一面气墙把它们硬生生隔离开来。

怨憎会狠狠咬着牙："爱别离，你为什么不让我揍他？我忍了他不止一两天。"

爱别离干枯的身体中发出了一声长长的叹息。

"生离死别是别离，天南地北亦是别离，手足相残更是别离。离别已然太多，何苦再添别离。"

怨憎会面露愧色，缓缓地放下了拳头。

五阴盛却冷笑一声："怨憎会，你记住了，这次出手的可是你，我丝毫没有……"

他的话音未落，突然洞顶出现了一道亮光。

亮光中，缓缓又落下了一个人。

涂满油彩的身影，那是病无药的颜色；充满诱惑的香气，那是病无药的味道。

病无药冷笑："生亦欢尸骨未寒，你们两个居然就在他面前打生打死。"

尸骨未寒？

生亦欢死了？

他真的死了？

白石发出一声惊呼。

他不相信。

生亦欢，是不可能死的。

他猛地抬起头，正好看到了病无药与他对视的双眼。那眼神透露着毒蛇般的恨意，让白石不禁毛骨悚然。

然而转眼间病无药眼波流转，风情万种："求老大，这次你总不会不管了吧？"

求老大？

白石愣住了。

谁是求老大？

求老大在哪里？

突然白石眼角的余光似乎看到了一样东西。

不对，那是一个人。

也不对，那不是人，那里什么都没有。

可是，他眼角看到的，究竟是什么？

白石猛然转过头。

就在他的身边，不知何时，站了一个长衫男子。

求不得就那样背着双手，站在那里，仿佛已经和天地间的一切融为一体，他就像本该是石洞的一部分，从没有出现过，也未曾留下任何痕迹。

他深深地叹了口气，声音中没有任何感情："天下不如意事十有八九，可求之事更是万中无一。他们要打与不打，我又如何管得了呢？"

病无药却吃吃笑了："说得好，他们打与不打，谁又能管得了呢？"

突然，她的身影瞬间飘到了白石身旁。

她伸出一个指头，挑起了白石的下巴："不过你究竟会怎么死，我却一定管得了。"

她望着白石不安的双眼，笑得越发开心。

怨憎会皱了皱眉："你要杀他？"

"一定要。"

"为什么？"

"因为，他两天前本就该死。"病无药的脸上写满了厌烦，"我的毒也许一时毒不死人，可是总不会一辈子毒不死。"

五阴盛却缓缓问道："病无药，你先别忘了正事。收尾都收干净了么？”

病无药冷冷哼了一声：“跟着你们的那个姓风的师爷，还算有些见识，见到我的毒就闻风而遁，不可能找到这里。”

求不得的声音突然打断了病无药：“不要小看这个风师爷，他不是寻常的人物。”

爱别离也道：“没错。这里也不是久留之地了。”

突然，他那骷髅般的头颅居然仰起望向了病无药：“‘那个人’你是不是该解决了？还是你舍不得亲自下手？”

在那一瞬间，病无药脸上的无情与残酷居然刹那间消失得无影无踪。

取而代之的，是说不尽的温柔与爱怜。

“不，‘那个人’是我的，我不让他死，谁也杀不了他。”

爱别离叹了口气：“那只能希望他们永远找不到这里。”

“不，他们会找到的。”

爱别离僵硬的脸上居然露出了一丝诧异的表情。

五阴盛一脸不屑。

怨憎会满面惊愕。

就连求不得的背影也微微晃了晃。

因为，那声音，不属于他们任何一个人。

而是白石。

病无药纤长的手指锁紧了白石的喉咙，表情再度狰狞的扭曲：“你说什么？”

白石的脸因为窒息憋得通红，他挣扎想要开口，可是闭塞的喉头让他发不出一丝声音。而病无药脸上的笑容却愈加残忍，愈加狠毒。

不知何时，求不得反背着的手已然伸出，捏住病无药的手腕：“你现在就想杀他？”

病无药冷笑道：“求不得？怎么这时候你反倒要来掺上一脚？”

“你错了，我是想帮你。”求不得平静的声音没有一丝波澜，“你越想杀他，也许偏偏就越杀不了。不如，听他说完吧。”

病无药瞟了一眼已无力抽搐的白石，缓缓松开了手指："也好，反正我还有千百种折磨他的办法。"

白石猛烈地咳嗽起来，刚开放的气道仿佛还没做好迎接空气的准备，在剧烈的挛缩中传来阵阵的灼痛。

他艰难地喘息了片刻，缓缓抬起头来，盯着病无药那美丽却无情的眼睛，没有丝毫畏惧。

然而他没有继续再说下去，而是转头望向了求不得的背影："生亦欢在哪里？"

不知为何，他只相信这个背对着他的男人。这个从未存在，也不会留痕的男人。

病无药仿佛已经忍耐到了极限，身上的色彩忽明忽暗，不知不觉间有了些许微妙的变化。

五阴盛冷笑了一声没有说话。

可是怨憎会却按捺不住，大踏步上前提起白石的衣领："你是不是真的不想活了？"

白石却没有在意，他还是死死地盯着求不得的背影："生亦欢究竟在哪里？"

怨憎会提起了拳头。

这次，再也没有人阻止他。

他的拳头狠狠的落下，打在白石的肚子上。

白石的肌肉和脏腑仿佛都已被那股巨大的力量冲击的七零八落。他不知道他张嘴呕出的，究竟是食物还是血，抑或是他的胃。他的身体重重地撞在石壁上，痛得他几乎要再度晕厥。

怨憎会捏着拳头，放在他面前握得咯咯作响："再给你最后一次机会。"

然而白石依然没有在意。

他挣扎着直起了身。

他依然喘息着望着求不得的背影，眼里流露出一丝希冀："生亦欢到底在哪里？”

怨憎会的脸色铁青。

可是他却没有再出手。

病无药也没有。

因为，求不得居然转过了身。

他淡淡地望着白石，俊美而白皙的脸上平静如水：“生亦欢的确已经死了。”

“死了？”

“死了。叶鸣蝉的掌力实在太可怕，还没等我们赶到生亦欢就已经死了。”

白石低下了头，他的表情瞬间变得说不出的哀伤，就连嘴角边的血迹在这一刻居然也显得那样的凄凉。

“那他的尸体呢？”白石仿佛心有不甘，接着问道。

“没了。”

“没了？”

“在那样的大火中，除了灰烬，什么都留不下来了。”求不得淡淡道。

白石深深地叹了口气。

他的脸，在极度的悲戚之下竟然还掩藏着一分莫名的绝望。

“既然生亦欢的下落你已经知道了，”五阴盛却突然冷冷道，“那你也该说说什么叫做‘他们会找到的？’”

白石微微抬起了头。

片刻之后，他看到了。

他看到了这群不要命的杀手，脸上居然现出了本不可能有的诧异与惊惧。

杀手，是这个世界上最古老的职业之一。

古老得几乎忘记了什么是恐惧。

只有当某些很特别的时候，他们才会回忆起那些已经遗忘了很久的东西。

有时，是面对着一个更可怕的杀手。

而有时，却只是因为一句话。

一句简单到平淡的话。

一句从白石口中说出的话。

“这里，就是树林的地下，是不是？”

爱别离瞬间睁大了枯井般的双眼。

五阴盛脸上率先露出了掩饰不住的慌乱：“你……你怎么知道？”

见到白石一言不发，怨憎会的拳头仿佛又在蠢蠢欲动。

然而，一只手轻轻拍了拍怨憎会的肩膀。

那只手仿佛对怨憎会有着特别的魔力，轻易地安抚了他躁动不安的情绪。

那是求不得的手。

求不得只是淡淡道：“他会说的。”

一切，正如求不得所料。

白石缓缓开了口。

只是不知为何，他的双眼却没有离开病无药。

他的声音平静得如求不得一般，却流露出一份深深的落寞：“你有没有注意过生亦欢的眼神？”

病无药冷笑一声：“我和他相依为命那么多年，他什么眼神没有见过？”

白石沉默了片刻。

“不，你只是看过。但是从来没有注意过。”

“哦？”

“生亦欢的眼神，永远都是那样的清澈，没有一分悲喜。”

“我当然明白。”

“不，你不明白，”白石沉重地摇着头，“因为，他还有另一种眼神。”

“什么眼神？”

白石抬起头，仿佛在望着那看不到的天空，又仿佛在搜寻着什么久远的记忆：“那种眼神，我只见过三次。”

“哦？”

“第一次见到的时候，我正在山谷与你们巧遇。那次，也是我第一次闻到了‘大梦难觉’。”

病无药冷笑一声：“那一次，你就本该死的。”

“第二次见到的时候，是在衙门的后园。那次，我终于饮下了那壶‘大梦难觉’。”

病无药脸上尽是不屑：“多事的生亦欢又救了你一次。”

白石突然收回了目光：“没错。恰恰每次就在他救下我的那一瞬间，我看到了，那眼神里，没有丝毫欲望，可是却有着最纯粹的满足。”

怨憎会重重点了点头：“自从生亦欢来了以后，他从未让我们再杀过目标之外的人。”

白石接着道：“可是让我百思不得其解的是，为什么在生亦欢死之前，他眼中的那种满足却前所未有的炽盛？”

爱别离缓缓道：“生亦欢既已勘破生死，也许死亡对他来说不再有恐惧，而是一种解脱。”

白石断然摇了摇头：“生亦欢虽然对死亡没有恐惧，可是他却对生命有着异常的期盼。他那种眼神，绝不是因为死亡的到来，而是因为生命的延续。”

五阴盛冷冷道：“哦？那他延续的，是谁的生命？”

白石叹了口气：“曾经我以为那是因为他知道自己还有一线生机。可是直到我知道他真的死了以后，我才明白，延续的生命另有其人。”

病无药的眉毛微微挑了挑：“那是谁？”

白石猛然伸出一个指头，指向了病无药。

“他用自己的死换来的，就是你的生！”

病无药仿佛听到了世界上最好笑的事，她弓起身子，笑得如疯似癫，笑得歇斯底里。

她也伸出了一个指头指着自己的鼻尖："我？你说他救的是我？"

白石却高声道："没错，是你！"

病无药拼命压抑住自己的笑意："为什么是我？"

白石的眼中浮现出了点点血丝："如果他不死，就无法掩饰你其实也沾上了'午日兰花'。"

病无药笑的喘息不止："所以呢？"

白石的额头上青筋毕露："所以如果他不死，也掩饰不了你根本无法逃远。"

五阴盛的脸上异常阴冷，他看向白石的眼神仿佛两把锥子："然后呢？"

白石的脸上突然露出了一种奇异的表情："既然你根本没有逃走，那你唯一的可能就是还留在这片树林。"

怨憎会仿佛恍然大悟："而这片树林大火后唯一可能藏身的地方就是在这地下！"

病无药冷冷道："不要上了他的当。他说的一切，都只不过是一种可能而已。"

白石冷笑道："没错，的确只是可能。不过……"

突然求不得打断了白石："不过风化柳绝不会放过任何一个可能。"

爱别离枯尸般的身体猛然一颤。

他干涸的眼窝转向了病无药："求不得说得对，此地已不可久留了。"

病无药略一思忖："没错。可是在走之前，我还有最后一件事做。"

她转过身，残忍地望向白石，身上的油彩突然时明时暗："你死之前，我会让你死得明白。"

"哦？"

"生亦欢要救的人，不是我，而是你们。"

"我们？"

“没错，”病无药得意的笑着：“如果昨天你们真的找得到我，死的，只会是你们所有人。”

不知何时，病无药附近的空气已变得和她一样万紫千红。

白石的目光中流出了一丝诧异与震惊，可是转眼间却又仿佛在不经意地瞟着病无药身后的某样东西。

病无药脸上露出的阴狠让爱别离都不禁浑身一抖，她接着说道：“现在，你可以选择，是想经脉尽断，手足俱废活活饿死？还是想让血慢慢留上三天三夜而死？亦或是你想眼聋耳瞎，被群狼撕咬而死？”

白石深深的吸了一口气。

病无药轻盈的脚步，离他越来越近。

白石仿佛已看到，她身上各色的油彩，在空气中渐渐凝聚，化成一只巨手，带着令人窒息的腥风，慢慢地握紧，将要把白石捏得粉碎。

但不知为何，白石突然变得那样的平静。

平静得就像爱别离的身体。

平静得就像求不得的灵魂。

平静得就像萧落木的剑芒。

闪耀着幽蓝的光。

顶在病无药的喉头。

众人苍白的脸，映衬着萧落木蓝色的微笑，美丽而诡异。

而病无药的脸，已不再是苍白。

而是死白。

白得令她身上的油彩都仿佛褪去了颜色。

一切，都变得如此死寂。

没有呼吸，

没有动作，

甚至没有表情。

已没有人再知道，时间，是否一如既往地流逝，抑或是在某一刻归为了虚无，再定格为永恒。

直到，萧落木轻柔却戏谑的声音打破了这层障壁。

“听说‘人间八苦’在杀手组织里绝对可以排得上前十，如果只算当今还存在的，那便绝对可以排进前三。”萧落木饶有兴致地打量着每一个人扭曲的脸，“可是在我萧落木眼中，恐怕也不过尔尔罢了。”

他锋利的手指轻轻地拍打着病无药的喉头，声音却无比的温柔：“你说是不是？”

病无药宛若大梦初醒：“你……明明……难道你根本没有中毒？”

“不，我的确中了毒。”

“那……为什么你……”

萧落木淡淡道：“你的毒，只有一个办法能解，你难道猜不到么？”

求不得的声音已不似之前那样平静：“难道你喝了生亦欢的‘大梦难觉’？”

萧落木轻轻的摇着头：“不是‘他的’，而是‘我的’。”

怨憎会的嗓音也许是因为震惊而愈加高亢：“你放屁！‘大梦难觉’是生亦欢的独门……”

突然，怨憎会仿佛醒悟了什么，闭上了嘴，眼里却流露出了无尽的愤怒。

“怎么？是不是想明白了？”萧落木望着怨憎会笑了，“没错，就是生亦欢教我的。”

接着他又叹了口气：“不过这‘大梦难觉’的确是天下最可怕的迷药。我连夜配制了三十七瓶，又在三个时辰内全部喝完，才勉强适应了眼前的幻境。”

病无药却笑了：“原来如此。”

“哦？”

病无药望着咽喉上的剑芒，脸上的死白逐渐褪去。

“你没有杀我。”

萧落木眯起了眼睛，未置可否。

病无药笑得愈加娇媚：“你不敢杀我。”

“所以呢？”

“你知不知道，‘大梦难觉’的药效只能维持三个时辰？”

萧落木叹了口气：“可惜，三个时辰，马上就要到了。”

“那你又知不知道，我的毒有多快？”

“绝对比我的手要快。”

“那你以为你还有机会出手？”

“我已不需要出手。”

“为什么？”

萧落木轻笑着道：“我既然不杀你，你也不会杀我的。”

“我会的。”病无药狠狠咬着牙，“敢威胁我的人，没有一个能活下来。”

萧落木淡淡道：“那如果，我是来救你的呢？”

“救我？”

萧落木的表情竟然产生了一种微妙的变化：“不如我先给你讲个故事？”

病无药仿佛感受到了什么。

她缓缓转过了头，丝毫不畏惧近在咫尺的死亡。

蓝色的剑芒居然仿佛有生命一般，随着病无药肌肉的收缩而温柔地起伏，紧紧摩挲着她的肌肤，既不肯拂袖而去，却又舍不得吻出一丝伤痕。

她望向了萧落木的眼睛。

她突然觉得，那眼神中有一种温暖的光芒，那样的熟悉，让她暴躁的心在不知不觉中渐渐安静了下来。

那是萧落木的眼睛。

可是却是生亦欢的眼神。

五阴盛不知何时，站在了萧落木身后不远处。他的冷笑中夹杂的杀意让空气更加的冰冷：“想不到死到临头还有兴致讲故事。”

病无药却缓缓道：“既然他想说，就让他说吧。”

五阴盛的脸上写满了不解与诧异。

萧落木只是轻轻笑了笑。

“你们知不知道，天下最可怕的毒，是什么毒？”

“论见血封喉，莫过于西域邪影；论千变万化，莫过于唐门暗器；论神秘莫测，莫过于苗疆奇蛊。”爱别离思忖了片刻，“这三种毒难分轩轾，皆可以说是天下最可怕的毒。”

萧落木摇了摇头：“你错了。”

“哦？”爱别离的脸上写满了不信。

萧落木淡淡道：“这世上，早已没有最可怕的毒了。”

爱别离愣住了：“为什么？”

“因为只有在最可怕的用毒高手手中的毒，才是这世上最可怕的毒；”萧落木接着道，“而这世上最可怕的用毒高手，已经在二十年前退出了江湖。”

爱别离干枯的脸色竟然露出了一丝恐惧：“你说的……难道是……”

求不得冷冷接道：“‘蝶衣毒后’。”

萧落木没有说话，他却悄悄捏住了病无药的下巴，轻轻扭过她的头，安静地盯着她的眼睛。

那美丽而狠毒的眼中露出的情感，竟半似痛苦，半似解脱，凄美而又绝望，就连他，也看不懂。

怨憎会大声问道：“‘蝶衣毒后’？她的毒难道比得上唐门、西域和苗疆？”

萧落木的眼光依然静静盯着病无药，口中却回道：“蝶衣毒后最可怕的地方不是毒。”

“那是什么？”

求不得却突然接道：“是‘蝶衣’。”

“我说过，只有用毒高手手中的毒，才是最可怕的毒。而再可怕的用毒高手，也总有没有毒的时候。”萧落木笑了笑，“而蝶衣毒后，把天下万毒一点点染进她那件贴身穿着的‘万毒蝶衣’里，就连吃饭睡觉也绝不脱下，你说这够不够可怕？”

白石仿佛忘了自己正身处险境，不禁叹道：“的确够可怕。”

五阴盛阴冷的声音却突然响起：“不对。”

“哦？”

“如果‘蝶衣毒后’真的这么可怕，又怎么会就这样退隐江湖？”

求不得又仰天叹了口气：“可惜。”

“没错，的确够可惜。”萧落木点了点头，“可惜她毕竟还是个女人。”

白石满面疑惑：“女人又有什么可惜？”

萧落木望着白石笑了：“听说你有夫人？”

白石愣了愣，没有说话。

“那你就应该明白，这世上没有不洗澡的女人。”萧落木接着道，“更没有穿着衣服洗澡的女人。”

白石却沉默了。他没有再说什么，却仿佛在搜寻着什么难以追忆的往事。

怨憎会却被萧落木的话深深地吸引：“然后呢？”

萧落木叹了口气：“然后‘蝶衣毒后’就失去了那件‘万毒蝶衣’。而没有‘万毒蝶衣’的‘蝶衣毒后’，也就什么都不是了。”

五阴盛竟然也不禁有些动容：“想不到，这样可怕的女人也不得不甘心退出江湖。”

“不……她不甘心。”

众人都愣住了。

不只是因为那声音是从病无药的口中传来。

更因为，那声音哽咽得断断续续。

病无药妖媚的眼角，竟留下两行清泪，顺着缤纷的面庞，流过圆润的下颚，滴落在脚下。

萧落木淡淡道：“不甘心……那又能怎样呢？”

病无药呜咽着道：“她想出了一个更可怕的办法。”

爱别离睁大了眼眶：“哦？”

“既然染尽万毒的衣服也不够可靠，那最后就只剩下了——纹遍万毒的肌肤！”

白石倒吸了一口冷气。

厌憎会的脸色渐渐发青。

爱别离枯瘦的躯体，也不禁微微颤抖。

只有求不得依然一动不动。

五阴盛却拍了拍手：“是个可怕的办法，可是也的确是个好办法。”

萧落木望着泣不成声的病无药，摇了摇头：“办法虽好，可是太过危险，蝶衣毒后自己根本不敢尝试。而普天之下，也很难再找到其他人能够承受这万毒纹身之苦。所以，她只剩下了最后的选择。”

“那就是，用继承了她毒后之血的亲生女儿身上尝试。而她的女儿，就是我！”病无药的泪还在滴落，可是她的脸色又涨得血红，仿佛再也压抑不住心中的暴躁与怨毒。

突然，求不得平静的声音传进了病无药的耳朵：“你一心求生，却自幼受尽万毒纹身之苦；你一心求死，却又遇到了魔教医仙生亦欢出手相救。天下不如意事十有八九，可求之事更是万中无一。你又何必伤心怨恨呢？”

五阴盛皱起了眉，仿佛有着些许的不满。他望向了求不得的背影：“求老大，难道你早就知道？”

“猜到并不代表知道。”求不得摇了摇头：“生亦欢不想让我猜到，可是偏偏让我猜到。我本也不想猜到，可是却偏偏不得不猜到。”

爱别离缓缓道：“这么说，真的是生亦欢告诉他的？”

怨憎会大怒：“不可能！生大哥从来都守口如瓶，求老大都不知道，他又怎么会让一个外人知道？”

“你错了。”萧落木叹了口气。

“哦？”

萧落木纤长的手指轻轻地抚着病无药的咽喉：“对于生亦欢来说，什么守口如瓶，在她的生命面前，就什么都不是了。”

“她的生命？”

“没错，她的生命。”萧落木接着道，“她早已被万毒噬体，如果不是生亦欢形影不离为她续命，你以为她还能活得到现在？”

爱别离却深深叹了口气，干涸的双眼中仿佛闪过了一幕幕刻骨铭心往事：“亲别之愁，爱离之悲，却也比不上与自己亲手所挽救的生命永隔之痛。”

五阴盛的眼里却流露出了一丝莫名的畏惧：“可是生亦欢为什么偏偏要告诉你？”

“因为，我是他死前最信任的人，”萧落木的嘴角满是讥讽，“我答应了代替他为病无药续命。”

怨憎会怒意更盛：“放屁！放屁！生大哥凭什么信任你！”

“他信任我，只不过是因为我告诉了他我想要什么。”萧落木却依然从容不迫，“既然他知道了我想要什么，那么他也就知道了我不会要什么。”

怨憎会愤怒的脸上一片愕然：“就这么简单？”

求不得却突然接到：“这，已经足够了。”

五阴盛却眼珠一转：“那么，你要的又是什么？”

萧落木冷笑了一声。

他没有再说话。

突然，他转过了身。

他死死地盯着求不得那徘徊在虚幻与现实之间的身影，眼中迸发出了灼热而明亮的光芒。

而求不得仿佛也感应到萧落木的目光。

他缓缓地转过身来。

萧落木眼中的光芒似乎打扰了他的宁静，他的眉头竟然轻轻地皱起，略带一丝不安地望向了萧落木的视线。

“生亦欢究竟承诺了你什么？”

萧落木笑了。

他笑得很得意。

“他只需要告诉我能来到这里的方法就行了。”

“哦？”

“从白石在酒馆找到我开始，到怨憎会找上白石，再到把我们抓到这里，一切都在生亦欢的预料之中。”

求不得的瞳孔骤然收缩：“这么说，这都是生亦欢安排的一出戏？”

萧落木点了点头，又摇了摇头：“这的确是一出戏，不过，却也是一场够特别的戏。”

求不得的喉头微微耸动：“特别的人当然有特别的戏。”

“你不明白。”萧落木笑着摇了摇头，“这出戏的上半幕该怎么演，那是生亦欢的事；可是这下半幕想怎么演，就是我自己的事了。”

求不得轻轻向前迈了两步。

他白皙的脸在黑暗中竟然没有一丝违和。

“那么这下半幕，你想怎么演？”

萧落木笑着眯起了眼睛：“下面这半幕嘛，我想邀请另一个人和我一起演。”

求不得的不安似乎愈加强烈，他背后的双手竟然不自主地攥起又松开，就连他的眼角，也按捺不住地抽搐起来，终于他仿佛下定了决心一般问道：“谁？”

怨憎会粗重的低吼，五阴盛阴冷的嘲笑，病无药低声的抽泣，爱离别忧郁的叹息都在那一刻归为了宁静。

他们的眼中都流露出了复杂而各不相同的感情，却又都一齐望向了萧落木那薄薄的嘴唇。

他们期待，却又畏惧。

他们恐慌，却又侥幸。

白石第一次知道，一个名字，竟然会有那么可怕的力量。

可怕到能主宰一群杀人如麻的狂徒的喜怒，主宰他们的肢体，主宰他们的语言，主宰他们的呼吸。

可是白石还不知道。

这个名字。

还能够主宰生死。

人间八苦、萧落木、白石、甚至还有那个名字自己的生死。

可是他就快知道了。

因为，萧落木的口，终于还是张开了。

就在他的眼神，变得异常坚毅的那一刻，他的口中也吐出了一句话。

“那个剑客，那个绝世的剑客!”

沉默，有时不是因为和平，反而却是因为危险。

正如刚刚的沉默，就危险得如同在山洞中堆满的火药。

而萧落木的话，正好就是那一颗在空中放纵飞舞的火星。

不但可以点燃灿烂的火光。

更会把一切炸得粉碎。

而怨憎会的怒吼，也绝不输给火药爆炸时那通天彻地的巨响。

怨憎会的惊愕在极短的时间转化为了出离的愤怒：“不行！你！绝对！不能见他！”

“不，我一定要见他。”萧落木坚定的摇着头，“而且，我一定会见到他。”

五阴盛的声音依然阴冷，可是却仿佛在忌惮着什么，变得异常谨慎：“除了病无药和求老大，这个镇子绝没有人能见到他。”

“有了第一个，未必会有第二个，”不知为何，萧落木异常的淡然，“可是有了第二个，就一定会有第三个。”

爱别离嘶哑的喉咙里发出了阵阵苦笑：“你不明白。病无药是不会让你去见他的。只要病无药不想让你见，那你就绝不……”

突然，爱别离似乎想到了什么。他瞪大了空洞的眼睛，死死地盯着病无药，口里发出了讶异的惊呼！

怨憎会满面诧异：“爱老头，你怎么了？”

五阴盛冷笑了一声：“怨憎会，你真的蠢到没有发现一件事么？”

怨憎会脸色一黑："五阴盛，你有屁就快放，老子没工夫听你打哑谜。"

五阴盛尚未答话，求不得却开口了。

求不得短暂的焦躁仿佛已被他眼中平静的湖水迅速淹没，他淡淡道："三个时辰。已经过了。"

怨憎会想了很久。

真的很久。

可是他绝不后悔。

因为当他想通的那一刹那，他的脸色黑得发青。

他一向果断的拳头也开始发抖。

他的喉咙颤抖着问向病无药。

"你……为什么……还没有出手？"

萧落木却越俎代庖，笑着说道："我说过，她不会杀我的。"

他手上的剑芒不知何时早已消失无踪。

而他的手指，现在只不过是在轻抚着病无药的秀发，认真而仔细，温柔得好像久别的情人。

病无药面上的泪痕早已干涸。

她突然温婉得像一个名门闺秀。

她转过身，轻轻地拨开了萧落木的手。

病无药莞尔一笑："你为什么要见他？"

萧落木微微翘起的嘴角掩饰不住得意的满足。

他明白，他赢了。

至少这一局，他赢了。

不过，他也从没想到过自己会输。

即使面对的是人间八苦。

绝不会。

他望着病无药的眼睛。

她的眼中已绝没有一丝一毫的杀气。

有的只是一种奇妙的光芒。

这种光芒，萧落木已经很久没有见到过了，虔诚得让萧落木也不得不收起了他的玩世不恭。

“我之所以要见他，是因为他刚好也要见我。”萧落木的笑容逐渐收敛，“你一定明白。”

病无药没有说话。

她微微闭上了眼睛，轻轻地笑着。

怨憎会的脸色越来越差。

他黧黑的面庞竟变得和五阴盛一样苍白。

他粗暴的声音逐渐有些勉强。

“你不可能见到他的！病无药不会相信你的。”

“不。”病无药柔和的嘴角轻轻勾起，仿佛没看见怨憎会那惊惧而愤怒的脸，“我相信他。生亦欢虽然是个讨厌的家伙，可是他决不会害我。既然是生亦欢让他来，那我当然信他。”

她又转头望向了萧落木：“跟我走吧，他已经找了你好久了。”

五阴盛却阴恻恻地说道：“病无药，你不要忘了，我们人间八苦不管做什么决定，都必须要一起商议的。”

病无药哼了一声，望向了求不得：“求老大，还是要少数服从多数么？”

求不得默然。

怨憎会却大叫了一声：“五阴盛，你这次也支持我，对不对？”

五阴盛冷冷的笑道：“我只不过提醒她按规矩办事，可从来没有说要帮谁。”

怨憎会狠狠向着五阴盛脚下啐了一口，又望向了爱别离：“你呢？你难道也要放任她这样恣意妄为？”

爱别离苦笑道：“我若帮她，那就是和你别离；我若帮你，也难免和她别离。我们人间八苦同生共死，我又怎么能忍心因为一句话而让我们别离？”

怨憎会死死盯着爱别离，眼中的怒火仿佛已将他的脸烧地通红。

可是他最终依然还是没有说什么。

他转头望向了最后的人。

求不得。

他的声音却一反常态的低沉和落寞。

“求老大。”

求不得还是没有说话。

怨憎会深深叹了口气，仿佛蕴结着无尽的失望和沮丧。

“我和病无药一对一，剩下的，就全看你了。”

求不得仍旧没有说话。

他只是静静地，静静地凝视着萧落木的眼睛。

他清秀的面容上，有着三分凄然，三分无奈，三分不甘，却又总是混为一体，化为一种莫名的情绪，再也无法分割。

然而，他的眼中却射出一种沧桑却透彻的光芒，直直射进萧落木的眼中，仿佛就在那里生根发芽。

可是萧落木却毫不在乎。

他只是微微偏着头，轻轻的笑着，等待着下一刻的来临。

不管那是毁灭，还是重生。

终于，求不得叹了口气。

“你可以去见他。”

怨憎会面如死灰。

“但是，你得先和我赌一铺。”求不得却又接着道，“我求不得一生求功无功，求名无名。不如就用这种方式来决定命运。”

怨憎会青白的脸又瞬间满面欣喜。

“怎么赌？”萧落木仿佛颇有兴致。

求不得的手中不知何时出现了一个骰盅。

“一个骰子，猜中，你赢；猜不中，我赢。”

“如果我赢了，我就可以去见那个剑客？”

“我亲自带你去。”

“那如果我猜不中呢？”

“那你就得留下，你的一双手！”

萧落木叹了口气。

他抬起了自己的双手，仔细地打量着。

他轻轻笑道：“想不到这世上除了我自己，还有人对我的手感兴趣。”

他又望向了求不得：“你应该知道，在江湖中，手，几乎就等于命。”

“我知道。”

“你就那么想要我的命？”

“几乎等于，并不代表完全等于。”求不得摇了摇头，“毕竟，没有手，终究还是比没有命要好上那么一点。”

萧落木笑了：“要命还是要手，那是我的事；怎么能赌赢我，那才是你的事。”

“这么说，你还是要赌？”

萧落木没有再说话。

他只是轻轻闭上了眼睛，微微颔首。

求不得也没有再说话了。

他突然抄起了骰盅，在空中不住地晃动。

萧落木没有睁开眼睛，然而他的耳朵却仿佛有生命一般，轻轻地扭动，仿佛在仔细聆听着骰子与骰盅碰撞的每一个细微的声音。

天下间能自由控制骰子的手法有二十三种。

而其中萧落木精通的，有二十三种。

所以他知道，这二十三种手法无论有多么的匪夷所思，却都有一个共同点。

那就是，没有他的耳朵破解不了的。

只要是骰子，就一定会和骰盅接触。

而只要有接触，他就一定能听出骰子的点数。

可是萧落木还是皱了皱眉。

这次，似乎有点不同。

求不得的手晃动地越来越慢，幅度越来越小，逐渐变为抖动，直至最后，连一丝颤动的声音都没有。

萧落木猛然睁开了眼。

他死死地盯着求不得的手腕，脸色渐渐发白。

他，什么也听不到。

不知为什么，一旁的白石感到了一丝凉意。

白石反手一摸。

他的背上，早已冷汗淋漓。

为什么？

他在担心，还是在害怕什么？

连白石自己也不知道。

可是萧落木知道。

求不得也知道。

因为，萧落木脸上的焦虑已然掩饰不住。

正如怨憎会嘴边的笑意。

突然，求不得的手猛然向下一扣。

骰盅正正的落在了石桌上，居然没发出丝毫声音。

“猜猜吧，是多少？”

萧落木的嘴唇不住地嗫嗫。

可是他还是没能开口。

求不得静静地望着萧落木，没有丝毫表情。

终于，萧落木的牙缝中挤出几个字：“你，出千了。”

“没错，我出千了。”求不得道，“赌，从来都没有公平。”

萧落木深深叹了口气，声音中充满了无奈。

怨憎会早已喜形于色：“求老大从来没有输过。不过你还有一次机会，说不定你真的猜对了呢？”

萧落木大声喘着粗气，他仿佛因为紧张和恐惧消耗了太多的力量：“那我就只好放手一搏了。”

求不得淡淡道：“请。”

萧落木死死地盯着骰盅，眼皮不住的颤抖。

“我猜，”萧落木仿佛用尽全身的力气，“是一。”

怨憎会的的笑容瞬间凝固！

接着猛然变得煞白！

不！是死白！

萧落木却笑了。

笑得前仰后合。

萧落木脸上的惊恐早已一扫而光。

取而代之的依然是往日的轻松与狂傲。

萧落木望着依然一动不动的求不得：“怎么，很奇怪是不是？我居然猜到了。”

求不得平静的声音中夹杂了些许的意外：“你怎么猜到的？”

萧落木又道：“你的手法的确无声无息，让人听不到骰子丝毫的声音。可是却也有一个致命的弱点。”

求不得叹了口气：“那就是重量最轻的一点一定会在最上面。”

“你明知道存在这个缺陷可是还是用了这个手法，那是因为你太过自信，自信没有人会看破你这个自创的手法。”萧落木笑了笑：“只可惜一件事。”

“什么事？”

“这手法其实不是你第一个自创的。”萧落木春风满面，“在八年前，我就已经发明出了这个手法！”

求不得的眼中，竟然流露出了震惊与不信！

萧落木笑了。

他很喜欢这种表情。

很喜欢。

特别是当求不得这种无喜无悲的男人脸上也出现这种表情。

求不得的手开始微微地颤抖。

他似乎已经丧失了揭开骰盅的勇气。

萧落木微微一笑，向前探了探身子。

他的手缓缓伸向求不得身前的骰盅。

突然，一个声音打断了他。

“不，不是一。”

萧落木皱了皱眉。

这是白石的声音。

沉默已久的白石的声音。

萧落木没有理会。

他的指尖，离骰盅只有一尺。

白石的声音居然充满惊恐：“不要开！那不是一！”

萧落木只是笑了笑：“不是一，难道一点也没有？”

他的指尖，离骰盅只有七寸。

“一点也没有？一点也没有？”白石双眼茫然地喃喃自语。

萧落木摇了摇头。

他的指尖，离骰盅只有三寸。

突然白石眼中放出了精光：“对！就是一点也没有！”

萧落木脸上露出了极度的厌烦：“他的手法，只可能摇出一。”

他的指尖，已经轻轻搭上了骰盅。

所有人都屏住了呼吸，都死死盯着萧落木的手。

仿佛，在那骰盅下，沉睡着一个天使。

或是恶魔。

萧落木轻轻一笑，抬了抬手。

但是，他没能抬起那小小的骰盅。

因为，不知什么时候，白石已然出现在他身边，死死地按住了他的手。

萧落木皱了皱眉："放手。"

白石双眼通红："你不相信我？"

萧落木扬了扬眉毛："我只相信我自己。何况……"

他转过头来对着求不得笑了笑："买定离手，是不……"

然而他的笑容在那一瞬间仿佛被极速地冻结。

他看到了求不得的眼中，居然充满了自信。

他脸上的呆滞呢？双手的颤抖呢？统统去了哪里？

萧落木心中升起一丝不祥的预感。这种预感越来越冷，越来越暗，仿佛要将他吞噬，迫得他无法呼吸。

求不得淡淡道："你说的没错，赌场上的规矩，买定离手。"

求不得轻轻拨开了萧落木僵硬的手指，自己紧紧握住了骰盅。

可是他也没能揭开骰盅。

因为他的手也被白石的手死死按住。

白石深深吸了一口气："如果我也要赌呢？"

求不得一愣："你也要赌？"

"我当然要赌。"

怨憎会的声音响起："你凭什么赌？"

白石指了指一边呆若木鸡的萧落木："他凭什么赌，我就凭什么赌。"

五阴盛冷笑："他可是那个剑客要找的人。"

"不，他不是。"白石微微抬起了眼皮，"我才是。"

五阴盛愣了愣。

然而病无药却哼了一声："你以为我会相信你？"

"你未必会相信我。"白石叹了口气，"可是你也没有百分之百的把握不信我。这，就够了。"

病无药死死地盯着白石，脸上的表情忽而愤怒，忽而疑惑。而她身上的色彩也随之忽明忽暗，难以捉摸。

白石没有再理会病无药。

他转头望向了求不得。

“我，可以赌了么？”

白石仿佛听到求不得的喉咙里发出了一声沉重的叹息，而他的眼里，更是流出了说不尽的悲伤与颓丧。

“你赢了，我们去后洞吧。”

求不得缓缓说道。

他望向了爱别离，微微点了点头。

爱别离眼中闪过一丝犹豫。

然而他最后也只是叹了口气。

他干枯的身躯一动不动，却凭空向旁边移开了三尺。

在他的身后，竟然还有一个洞口。

白石放开了两个人的手。

在那一瞬间，骰盅顿时寸碎。

而剩下的，没有骰子，只有一堆齑粉，随着萧落木沉重的喘息刹那间在空中化为尘埃。

第四夜　快剑三的剑

火光忽明忽暗。

求不得的身影忽长忽短。

病无药身上的色彩在阴影中几乎看不出颜色。

这条通往后洞的道路似乎永远没有尽头。

月，也许已经升起。

可是白石看不见。

萧落木也看不见。

但他的脸早已恢复了血色。

萧落木的声音和以往一样轻快而从容。

“你怎么知道骰盅里一点也没有？”

白石笑了笑：“很简单。”

“哦？”

“因为，我根本不会赌。所以，我不会被他奇异的手法所吸引，在我眼里那手法并没什么特别之处。”

萧落木叹了口气：“看来这世上最可怕的，不是复杂，而是简单；不是陌生，而是熟悉。”

白石笑道：“对于你，也许是。”

萧落木摇了摇头：“不，对于所有人都是。”

他接着又道：“不过，这次得多谢你保住了我的手。”

白石也摇了摇头：“保住朋友的手并不是我的本事。”

“哦？”

白石的笑和煦得仿佛春日的阳光：“你以后会发现，我还很擅长保住朋友的命。”

“朋友？”

“你说过的，你是我最好的朋友，同生共死的朋友。”

“所以，你为了救这个朋友，居然敢骗我？”病无药森然的声音突然传进了白石的耳朵。

白石笑道：“我知道你不会杀我。”

“为什么？”病无药突然停住，转过头望着白石，眼里放出两道寒光。

白石没来得及说话，萧落木却打断了病无药：“因为，那个剑客不想让我死。而我，不想让他死。这个理由难道不够？”

病无药的眼睛又望向了萧落木：“那他又怎么知道，你不想让他死？”

“你难道没有听到？”萧落木忍不住笑了出来，“他是我最好的朋友，同生共死的朋友。”

白石和萧落木相视大笑。

在他们两人之间，仿佛有什么奇妙的东西在迅速地蔓延。

突然求不得的声音回响在甬道里：“希望你们出来之后，还能够笑的这么开心。”

白石收起了笑容，望向了求不得的身前。

他们停在了一扇门前。

紫色的门。

紫得仿佛落日下的晚霞。

求不得接着刚刚的话道：“如果，你们还能出来的话。”

白石皱了皱眉。

萧落木却仔细地端详着门扇上的每一条花纹。

求不得缓缓把手搭上了大门。

他的脸上，竟然有着前所未有的谨慎与专注。

就仿佛，在门后的，是一只择人而食的巨兽。

又或是嗜血如命的恶魔。

求不得双手猛地一推。

沉重的门声响起。

好暖。

在这十月深秋，这洞内的暖意居然让白石的胸口沁出了微汗。

而在这暖流之中，白石居然还闻到了一股香气。

一股似曾相识的香气。

他望了萧落木一眼。

萧落木却异常坚决，抬步迈了进去。

白石紧随其后，却愣住了。

门后不是地狱，

而是天堂。

不见边际的瑶池中一汪琼浆，散发着淡紫色的雾气，充满了整个洞窟，和紫色的帷幕混在一起，仿佛从天上垂下，又仿佛从地里涌出，全都平静得没有一丝波澜。

白石伸出手，轻轻地摩挲着那铺天盖地，层层叠叠的帷幔。

好滑。

好软。

宛若少女的肌肤，没有半点瑕疵，让白石的手不忍离开。

萧落木也伸出一个指头，白皙的手指在那抹淡紫上轻轻游过，没有留下丝毫痕迹，淡淡道："这样极品的丝绸，连我也是第一次见。"

白石放开了帷幔，缓缓蹲在了池边。

池水中有一个个或大或小的漩涡。

转啊转。

转啊转。

转得白石筋疲力尽。

转得白石头晕目眩。

他仔细地嗅了嗅，脸上露出惊讶之色："这池水……全是'大梦难觉'。"

"没错。"

这是病无药的声音。

然而却依依稀稀，几不可闻。

白石猛然抬头。

病无药不知何时已经走进了池中。

她的胴体在紫色的仙气中折射出各种婀娜的身姿，宛若瑶池中的仙女，诱惑却不带一丝情欲。

萧落木却笑了："居然想到用这种办法困住那个人，真不愧是生亦欢。"

求不得淡淡道："不是生亦欢，而是病无药。"

"哦？"

"这样一来，只有病无药自己能够见到他了。"

萧落木眯起了眼睛。

他仿佛看到，病无药身上的色彩在渐渐地变淡，她的头上，也渐渐渗出了豆大的汗珠。

而那漫天的紫雾，也逐渐变得透明，再也阻挡不了任何人的视线。

萧落木叹道："想不到不但'大梦难觉'能解病无药的毒，反之亦然。"

白石却没有搭话。

他的眼直勾勾地向前望着。

不是望着病无药。

而是望着瑶池尽头的一个身影。

一个男人的身影。

男人颀长而又健硕的身躯披着紫金交织的长袍，慵懒地斜卧在一张极具奢华的玉榻上，古典的脸庞棱角分明，使得他的神情威严而祥和，就好像是这洞中仙境的神。纵然是最耀眼而华丽的孔雀，在他面前也要黯然失色。

男人藏在金色长发下的那双碧绿眼眸凝望着萧落木和白石，没有说一句话。

可是不知为何，白石的目光仿佛被他那深邃的眼神紧紧地吸住，无法挪动。

然而男人却笑了。

男人微微的翘起了一边的嘴角。

白石的心猛然一跳。

那笑容……

迫人敬畏，无法直视！

这是什么样的笑容？

这又是什么样的人？

白石忍不住瞟了一眼萧落木。

萧落木的呼吸居然也有一丝急促。

可是他的头依然高高昂起，傲然望向那个男人。

他分明的看到，在那男人长袍下的腰间，隐约有一把剑。

一把长剑。

熠熠生辉的长剑。

不，那熠熠生辉的，也许只是剑鞘罢了。

又不知何时，病无药竟然伏在了男人的脚边。

像一只兔子，

一只最温顺的兔子。

病无药的眼中含情脉脉，仰起头来望着男人的脸。

男人的眼中却流露出了些许疲惫。

他轻轻抚着病无药的头："怎么今天带那么多人来看我？"

病无药的声音温柔而羞涩，像将嫁的少女。

"三郎，"她伸出一个指头轻巧的指向萧落木，"他说他是你在找的人；他还说，你也是他在找的人。”

“哦？”男人仿佛颇有兴致，抬起眼皮，望向了萧落木。

不，他没有望向萧落木。

至少，他没有望向白石熟知的那个萧落木。

因为，萧落木的表情变得异常的凝重。

却又隐含着蓄势待发的亢奋。

萧落木捕捉着男人的一举一动，甚至一个眼神，仿佛在解读着什么只有他自己才明白的讯息。

终于，萧落木开口了：“想不到被困在这里，你还如此逍遥。”

“反正我也出不去，这里既有美酒，又有美女，我又何不安心享受呢？”男人笑着伸了个懒腰，低沉而磁性的声音充满着魄力：“你说，你是我在找的人？”

“你在找的人是谁，那是你的事。”萧落木淡淡道，“我只在意，你是不是我要找的人。”

男人笑道：“那么，我又是不是你要找的人？”

“我不知道。”萧落木摇了摇头，“你是不是我要找的人，那要取决于你究竟是什么人。”

男人对萧落木的无礼似乎毫不在意。

“你有没有听说过‘快剑三’这个名字？”

话音刚落，萧落木的脸上却写满了意外与失望：“你就是那个让太湖三百水盗一夜之间消失的快剑三？”

快剑三笑了，仿佛他早就预料到一般：“你知道的看来不少。”

萧落木继续道：“我不但知道的不少，而且比你想象中的还要多。”

快剑三挑了挑眉毛：“哦？你还知道什么？”

“我还知道，”萧落木思忖了片刻，“有人说快剑三之所以叫快剑三，是因为他出手杀人，刚好三剑，不多也不少；又有人说快剑三之所以叫快剑三，是因为他的剑法排行天下第三。”

快剑三眯起了眼睛：“能知道这么多的，在江湖上也绝对不是普通人物。”

萧落木傲然一笑：“我萧落木如果是普通人物，又怎么敢一个人面对‘人间八苦’？”

快剑三不禁叹道：“像你这么特别的人，要找的人一定更是个惊世骇俗的人。”

萧落木的的眼神逐渐飘忽，仿佛沉浸在了极其精彩的往事之中：“绝对是。”

快剑三笑道：“既然如此，我倒也不介意做那个你要找的人。”

萧落木的脸上却浮现出了奇异的笑容。

“你知不知道，如果你是我要找的人，会怎么样？”

“哦？会怎样？”

萧落木笑的愈加诡秘：“我会杀了你。”

“为什么？”

“为了我自己。”

快剑三哈哈大笑，口中却说道：“那看来我还是不要和你扯上瓜葛比较好。”

萧落木又摇了摇头：“你错了。如果你不是我要找的人，你还是会死。”

“哦？又为什么？”

“为了生亦欢，”萧落木眼中露出了杀意，“这，才是我和他真正的交易。”

病无药却大叫起来：“不可能，生亦欢不可能让你杀了三郎！”

“不，他会的。”萧落木的声音斩钉截铁，“这就是生亦欢最后的遗愿。如果你的三郎今天不死，迟早有一天，你就会因他而死。”

病无药冷笑道：“我这么爱三郎，即使他不爱我，也绝不会伤害我。”

“正是因为你太爱他，而他却偏偏不爱你。”萧落木淡淡道，“爱的多一些的人，也总是会死的早一点。”

病无药笑了，笑得歇斯底里。

她望着萧落木的眼神仿佛在看一个疯子。

“生亦欢的确是个白痴，而你，更是个不折不扣的蠢蛋。”

“哦？”

“三个时辰早已经过了，你以为你能杀得了他？”病无药狠狠地咬着牙。

“生亦欢曾经告诉过我，你是个聪明的女人。”

“所以呢？”

“聪明的女人，绝不会在自己最爱的男人面前杀人。”萧落木轻笑着望向快剑三，眼中没有丝毫畏惧，“更何况，你也绝不是一个需要女人替你出手的男人，是不是？”

快剑三笑了。

他轻轻地抚摸着病无药光滑而缤纷的脊背，那双充满魔力的手仿佛安抚了她躁动不安的杀气。

“既然无论如何我都要死，那我更想知道，我究竟是不是你要找的人？”

“我不知道。”萧落木依然摇了摇头。

这次意外的人轮到了快剑三：“可是你已经知道了我是什么人。”

“快剑三只不过是一个代号。你可以叫快剑三，我也可以叫快剑三。”萧落木还在摇着头，“我想要找的人，可以叫快剑三；我不想找的人，还是可以叫快剑三。”

快剑三皱起了眉：“那可又怎么办呢？”

萧落木却不紧不慢：“那也很简单。”

“哦？”

萧落木缓缓掏出一块手帕：“你只要做一件事就可以了。”

“什么事？”

萧落木仔细的擦拭着自己的手指：“你介不介意，把你的剑借给我看一看？”

快剑三一脸淡然："我的剑可不是轻易能看的。"

萧落木却一声轻笑："我的手也不是轻易会出的。"

快剑三抚弄着自己下颌的短须："凡是见到我的剑的人，都活不到第二天。"

萧落木叹了口气："我这个人别的烦恼都没有，就是嫌自己的命太长了。"

快剑三点了点头。

他仿佛很满意。

然而在下一刻，屋内的空气瞬间飞速的流转。

因为，他的声音如同他的剑一样快。

"那我就满足你。"

"锵啷！"

声音低沉而又干枯。

快剑三的身影已然出现在萧落木眼前，宛若翱翔天际的雄鹰。

他的剑离萧落木的眉心不到三寸。

可是萧落木的双指已然挟住了快剑三的剑尖。

"好剑。"萧落木死死地盯着自己的手指。

快剑三道："的确是好剑。"

萧落木又道："好剑法。"

快剑三眉毛一挑："你见过？"

萧落木摇了摇头："没见过，所以是好剑法。"

快剑三也望向萧落木的手指："似乎你的指法要更好。"

萧落木道："那是因为你的剑似乎没有传说中的那么快。"

快剑三也道："你的手指却比我想象中的要硬一点。"

萧落木抬起了眼皮，盯着快剑三的脸。他的声音似乎充满了讥讽："我记得你说过，凡是见过你的剑的人，都活不到明天。"

快剑三再次仰天大笑。

他的脸上却没有丝毫的怒容。

他轻轻地放开了手。

剑柄还在不住的颤抖。

快剑三望着萧落木："但是，这把剑已经不再是我的了。"

"哦？"

"既然你这么喜欢我的剑，我就送给你了。你已经有了这个资格。"

萧落木却也笑了："不用了。看一眼，就足够了。"

快剑三向后退了几步，坐上了玉榻："别人碰过的东西，我不会再用了。"

萧落木叹了口气："可惜。"

"可惜什么？"

"这么好的一把剑，真是可惜了。"

他的手指微微动了动。

从剑柄到剑身，一点一点，慢慢的龟裂，粉碎。

白石望着地上的粉末赞叹一声："好内功。"

萧落木没有说话。

他只是抬起了头，不知望着何方。

萧落木依然只是淡淡笑着。

笑得那样的淡。

那样的飘渺。

飘渺得逐渐透明。

白石的笑容却逐渐僵硬。

他突然觉得，在刚刚那一瞬间，仿佛还发生了什么事情，只是他看不见，也听不见。

萧落木的眼睛，静静地看着病无药。

"我突然有一件事情很想不通。"

病无药也笑了，笑得很开心，也很残忍："什么事？"

"假如有个人突然手脚冰冷，这是怎么回事？"

萧落木轻轻向前迈了一步。

病无药笑道："也许他中了毒。"

萧落木仿佛恍然大悟："原来如此。那他究竟中了什么毒？"

他又轻轻向前走了一步，很慢，很慢。

病无药想了想："如果手脚冰冷，也许是中了'丹鹤顶上红'？"

萧落木紧紧皱起了眉头："说的也是。可是他不但手脚发冷，似乎双眼也有些昏花。"

他向前迈出了第三步，却微微有些蹒跚。

病无药摇了摇头："那一定不是'丹鹤顶上红'，或许是'断脉蜈蚣散'？"

萧落木叹了口气："如果是'断脉蜈蚣散'，那么他的心跳却加快了三倍，这又怎么解释呢？"

萧落木踏出了第四步，满面通红。

病无药冷笑道："那你说是什么毒？"

萧落木却只是淡淡的道："是什么毒已不重要，我只是想知道，你是什么时候下的毒？"

病无药道："在他出剑的那一刹那，我的手指轻轻弹了几下，你没有注意么？"

萧落木点了点头："很好，很好。怪不得你身上有六种颜色略微变浅了。"

病无药叹了口气："能瞒过你这么好的眼力，也算是我的运气了。"

萧落木微微笑了笑："可是你的运气也只能到此为止了。"

"哦？"

萧落木轻轻扶着额头："你没有注意到，已经过去了这么久，我还没有倒下么？"

病无药的脸色霎时变得苍白："你……"

萧落木又道："这'乐极生悲'虽然无药可解，然而他有一个致命的缺陷。"

病无药的瞳孔不禁一缩："什么缺陷？"

萧落木淡淡道：“对于内功到了我这样境界的人来说，它发作得实在是太慢了。”

话音未落，萧落木的身影已然跃起！

他那修长的手指刮起一阵凌厉的风，直直地点向病无药的咽喉！

可是病无药没有躲。

她来不及躲。

根本来不及！

如果说快剑三的剑法有如展翅的雄鹰，那么萧落木的手指便仿佛划破天际的流星！

可是就算萧落木的手指并没有那么快，病无药也不会躲。

她没必要躲。

根本没必要！

因为，在下一秒，萧落木的身体已然重重地摔在地下。

病无药的笑在这充满暖意的大屋内却显得如此的狰狞：“致命的缺陷不在我的毒，而是在你。”

白石猛然向前，想要扶起萧落木。可是萧落木的身子仿佛铅铸的一般，怎样挣扎都无法爬起。

病无药接着道：“你错就错在你太过自信。我下的毒根本不是‘乐极生悲’，而是‘五步离魂’！”

萧落木的嘴中不断地淌出白沫，他仿佛连抬起头的力气都已丧失。

他喘息着用最后的力气挤出了几个字：“你……怎么会……”

病无药苦笑着摇了摇头：“你和生亦欢都不明白，如果为了自己最爱的男人，别说杀人，就算是杀尽天下人，又是什么难事呢？”

萧落木没有再说话。

他也无法再说话。

他唯一能做的，只是留下了无声的叹息。

仿佛在叹息着生亦欢的智者千虑，又仿佛在叹息着病无药的执着无悔，也仿佛在叹息着自己精心策划的大戏已然提前落幕。

白石拼命抓起了萧落木的肩膀，拖向了面前的瑶池。

“没用的，那池水已经洗过我的身体。”病无药笑道，“现在只是一池普通的水了。”

白石一言不发，站起了身，默默望着病无药。

病无药冷笑道：“不用急，马上就到你了。”

白石没有答话，只是淡淡道：“给我解药。”

病无药仿佛听到了一个天下最好笑的笑话：“如果我不给呢？”

“如果我要你给呢。”

病无药的双眼瞪得硕大！

因为，她听得分明，说出这句话的，不是白石，而是快剑三！

病无药猛然转头。

快剑三的脸色只是微微有些阴沉。

“可是这‘五步离魂’没有解药。”病无药叹了口气。

“即使没有解药，你也一定能救他。”

“我救不了。”

“不。”快剑三摇了摇头，不知何时，他的手中居然又多了一把剑，“你一定能救他。”

“你要杀我么？”病无药苦笑道，“既然我们始终不是一路人，死在你手里，也未尝不是一件好事。”

“不，要死的不是你，”快剑三居然把剑横在了自己的颈前，“如果你真的救不了他，死的将会是我自己。”

病无药愣住了。

“可是他要杀你。”

病无药的脸上露出了一丝苦涩。

“他杀不了我。然而你不救他，我就会杀了我自己。”

快剑三的剑轻轻地割破了皮肤。

“让他活着出去，也许我们都会死在这里。”

病无药的嘴角仿佛诉说着无法形容的悲哀。

“即便死，死的也是你们人间八苦，绝不会是我快剑三。”

快剑三的剑深深地陷入了肌肉。

“什么人我都能救，唯独不能救想杀你的人。”

病无药咬着银牙，仿佛要尽最后的努力。

“可是，我却想让他活着。”

快剑三的剑上流淌着殷红的血。

滴答——

滴答——

落在地上的，不是快剑三的血。

而是病无药的泪。

“我不用救他，你也不用死。”她的声音低沉而绝望，没有一丝生气，“‘五步离魂’没有解药，也不需要解药。三个时辰后，他自然会醒的。”

快剑三的剑停下了。

他盯着病无药的双眼中，尽是残酷的得意，却又难免一丝动容。

他张了张嘴，仿佛想说些什么。

可是他尚未出口的话语，却凝滞在喉中。

因为，

就在这时，

他听到了，

一声。

呜咽。

不。

与其说那是一声呜咽，不如说是一个慵懒的哈欠。

很轻。

真的很轻。

可是这个哈欠在这烟雾缭绕的密室中，却又异常的清晰。

清晰得仿佛就在耳边。

不断地环绕，

不断地膨胀，

不断地回响。

就在耳边。

快剑三的耳边。

白石的耳边。

也许，也在病无药的耳边。

快剑三皱了皱眉。

他的身影在刹那间消失无踪。

而在下一刻却又仿佛从来就没有动过。

然而在那一瞬间。

仅仅是一瞬间。

白石没有看到剑影飞舞。

可是他看到了紫姹绽落。

快剑三的双手中不知何时又各多出了一把剑。

两把微微颤动的剑。

白石这辈子看到的剑已不计其数。

然而白石心中还是一惊。

因为他看到，快剑三的剑锋在白石的眼前浅唱低吟，仿佛两把剑在交相应和。

白石惊道："好快的剑！"

快剑三微微一笑："你说这一次，我的剑能不能快过萧落木的手？"

"不知道。"

"哦？"

白石叹了口气："因为，这一次，你的剑已经快过了我的眼睛！"

快剑三仰天大笑，双眼却未曾松懈分毫。

屋内的樊篱全都消失，一览无遗，只剩下云雾蒙蒙。

而在那云雾的深处，出现了一个黑影，朦胧得无法看清。

但是白石明白，那不是人影。

世上绝没有那么小的人影。

而就算真的有，也绝不可能发出那样的一声哈欠。

就在这时，病无药的心脏仿佛停止了跳动。

快剑三瞠目结舌。

白石也不禁深深吸了一口气。

在他们面前的，是一只猫。

一只黑猫。

一直在轻轻打着哈欠的。

黑猫。

如果说黑猫带来厄运，白石一定不会相信。

可是如果说黑猫带来恐惧，白石却深信不疑。

但是有一个前提。

这只黑猫是一只……会笑的猫！

会笑的猫？

世上有这样的猫？

有！

绝对有！

这只猫那样的真实，真实得仿佛如同白石的一呼一吸，却反而衬得这云莱之地犹如幻梦一般。

黑猫迈着婀娜的身子，轻轻地踱着，曼妙得仿佛出浴的少女。

它的头却不时望着他们，惨惨地笑着。

快剑三的眉头紧锁，他双手死死地握着手中的剑，指节已然攥得发白。

白石盯着猫的眼睛，一动不动。

他的心中有一种不祥的预感。

非常不祥。

他似乎看到，那只猫游移的眼神逐渐坚定，直直地望向一个人。

病无药。

猫又笑了。

笑得很开心。

白石不知道猫开心的时候会是什么样子。

但是他至少看得出，猫的嘴咧得很大。

大得几乎露出了所有的牙齿。

甚至是它的喉咙，它的食管，以及它的胃。

它的牙齿死白而又尖锐，就像是折断的骨头，仿佛还渗出了丝丝血迹。

白石出手了。

他不得不出手。

尽管他很恐惧。

可是他也很勇敢。

勇敢的人也会恐惧。

可是恐惧绝对吓不倒勇敢的人。

而且他实在是不得不出手。

因为，他看到了黑猫高高跃起，扑向了病无药。

它那狰狞的面容，仿佛要将病无药吞噬。

所以，他终究是出手了。

他早已算准了黑猫的来势。

白石很少出手，但他一旦出手了，却也很少失手。

可是这次他失手了。

至少他明白自己即将失手。

因为，有一个人比他出手更快。

快剑三。

一个人的名字也许什么都不能代表。可是一个人的绰号却往往能说明很多问题。

快剑三不是名字。

绝不是。

尽管白石也不清楚。

可是他已然明白，快剑三的剑的确够快。

所以，他宁愿相信，快剑三是一个绰号，而不是一个名字。

快剑三的单手剑已足够让白石赞叹。

可是他的双手剑却比单手剑还要快上一倍！

白石的拳还未击出，快剑三的剑至少在黑猫身上斩了七下。

白石明白，他的拳，只能失手了。

如果，他没看到下一秒钟发生的事。

他的确可以这样以为。

可是，他还是看到了。

猫在空中随意地翻滚着，扭动着。

在它和快剑三的身影交错之后，居然没有留下一丝伤痕。

而它的爪子，直直探向了病无药的额头。

黑猫居然躲过了快剑三的剑？

难道说这黑猫真的不是来自人间？

但是无论如何，白石已然不需收手了。

他的拳，猛然击向黑猫的胸口。

可是病无药却没有动。

即便她似乎已经感到，那黑猫的爪子，即将印在自己的头顶。

自从她的泪和快剑三的血融为一体那一刻，她的眼中，已只剩下了苍凉的灰暗。

可是黑猫的爪子竟没有碰到病无药。

因为，病无药的身子，竟然向一旁移开了三尺。

即使病无药一动不动。

白石心头一松。

他看到了推开病无药的那只手。

那只苍劲而纤长的手。

求不得的手。

一只无处不在，却又无处可在的手。

一只难以察觉，却又不可忽略的手。

白石不禁又望向了黑猫。

他不禁毛骨悚然。

因为，他看到了。

那只黑猫狭长的瞳孔，竟然也在望着他。

而且，那双猫眼中，写满了讽刺与讥笑。

这是为什么?

很快，他便得知了答案。

答案就是。

病无药的一声惊呼。

不。

只是半声。

这个答案，让白石的脸上露出了极度的惊骇。

因为，他分明地看到，病无药绚丽的脖颈突然裂开，血液喷涌而出，在空中挥洒，竟然映出了更加绚丽的颜色。

宛若一道彩虹。

和病无药的身躯交相辉映的彩虹。

美得，仿佛一幅画卷。

一幅缓缓合上的画卷。

白石看着自己的手，眼里充满了不信。

如果仅仅是因为他的拳，没有碰到黑猫的一根毫毛，他也绝不会露出这样的的眼神。

可是如果说，他根本没有看见黑猫是怎样接近已然跃出三尺的病无药呢?

那他是否还能相信自己的眼睛?

而且，那只黑猫，现在就站在他的身前，把那充满死亡气息的笑容，再次绽开。

白石的手第一次有些颤抖。

他仿佛觉得，有什么东西把力量从他的手臂中缓缓地抽走。

因为，他明白。

他深深地明白。

他的拳没有被黑猫躲开。

绝没有。

可是他的拳却从黑猫的身体上穿了过去。

这只猫，一定来自地狱！

黑猫仿佛看穿了白石的心。

黑猫浅浅一笑。

这笑容中，居然仿佛有着赞许。

可是更多的，是怜悯。

那怜悯，残忍得让人头皮发麻，让白石的胃都忍不住地抽搐。

这种抽搐的感觉从他的胃开始，传染着他的五脏六腑，甚至骨骼肌肉。

可是白石早已顾不上了。

因为，黑猫已再次跃起。

它那双巨大而又黑暗的瞳孔注视着白石的额头。

白石奋起全力。

他的双手拳化为掌，掌又化为指，在一瞬间已出了十九招。

然而他的毛孔还是在下一秒全部收缩。

尽管他心中隐隐早有预料。

他的手，再一次穿过了猫的身体。

而猫的爪子，早已在白石额头上按下。

白石在那一瞬间，终于感受到了死亡的气息。

白石眼前的一切都在漂浮，正如他的灵魂，仿佛正在被扯离他的身体。白石的双膝早已丧失了力量，他的双手勉强地撑住了地面，头也软软地垂下，甚至连呼吸的力量也已消失。

他仿佛看到，黑猫化为了死神，在向他微笑，招手。

嘀答——

嘀答——

一滴又一滴。

那滴落的不是血。

而是地狱的邀请函。

可是白石的脑子却猛然清醒。

因为，他在这滴血声中，听到了一声轻轻的呻吟。

虽然他早已分辨不出声音是不是出自他自己的口中，可是他至少能分清，那是一个女人的呻吟！

难道是病无药？

病无药没有死？

白石抬起头。

病无药的喉头，早已断开。

断开的喉咙是不会发出声音的。

那又是谁？

白石回过了头。

快剑三离他不远。

也离那个女人不远。

一个黑衣女人。

一个肩膀上滴着血的女人。

快剑三手中的剑依然在轻颤。

他的剑颤得有多欢快，他的脸色就有多凝重。

雾气依然在弥漫。

白石恍惚中觉得，那女人朦胧的身影依稀有些熟悉。

可是白石突然觉得，似乎少了什么。

猫呢？

那只黑猫呢？

那死神的化身呢？

在那电光火石的一刹那，究竟发生了什么？

白石想不通。

他只是摸了摸自己的喉咙。

没有血，也没有伤口。

刚刚的那一切，难道都只是幻觉？

难道从来就没有过那梦魇般的黑猫？

可是为什么病无药的血，染红了一池清泉？

究竟哪一部分是梦，而那一部分又是现实？

快剑三的声音却没有丝毫的虚幻："这种能扰乱视觉的武功天下只有一种。"

女人没有说话。

快剑三微微一笑。

他的身影旋即跃起，与剑光交织在一起，将纱帐般的雾气瞬间撕裂。而女人的身影也如同幻影般闪烁，就如同那只黑猫，妖异而又美丽。

两个黑影已然停止。

快剑三的剑再次沐浴在那一抹殷红之中。

白石却惊呆了。

那女人……

是叶子！

那清隽的面容，单薄的身躯，分明就是叶子！

那在寒风中瑟瑟奋发抖的叶子！

叶子的脸上，居然还是一片淡漠。

她肩头的两处伤口，依然还在汩汩地流着鲜血，可是她却没有丝毫在意。

仿佛那已然不是她的身体。

不。

那从来就未曾是她的身体。

快剑三静静地看着自己的剑，眉宇间微微地露出一丝庄严，似乎沉浸在遥远的往事之中。

“化气为物，扰人耳目。”终于他开口了：“你用的是‘沆瀣一气’。”

叶子依然没有说话。

快剑三接着道：“你趁我们被黑猫所吸引，在暗中布满了银蚕丝刃。所以不管病无药向哪边躲避，都会正中你的毒手。”

叶子依然没有说话，她只是握紧了自己的双拳。

在她的十个指头上，套满了银白色的指环。

刚好十只，不多，也不少。

就像猫的爪子，娇小却又锐利，温柔却又凶残。

快剑三抬起了头，微微一笑：“可惜，我和‘沆瀣一气’交过手。”

他的双剑缓缓抬起：“而且不止一次。”

叶子微微抬了抬眼皮。

她轻轻抖了抖双手。

银幕刹那间将她的身影掩藏。

快剑三双剑已出。

“锵啷啷……”

银色的指环落在地上，沉在水中。

刚好十只，不少，也不多。

然而叶子却消失了，正如同没人看见她的到来，也没人看见她的离去。

白石猛然转身。

求不得呢？

求不得的身影已然消失。

而病无药绚烂却又逐渐泛白的躯体，还在地上苦苦挣扎。

她断裂的喉头不断抽搐着，已不再涌出鲜血，而是一个个血色的气泡，从喉管喷出，却又在空中消逝。

就像病无药那短暂而激烈的生命。

快剑三不知何时已轻轻伏在病无药的身边。

他凝视着病无药的双眼，露出了一种白石无论如何也无法理解的神情。

而病无药的眼中，也露出了一种复杂的光芒。

不过，快剑三却仿佛能够看懂。

他看到了，那怨恨的眼神中，似乎还保留着一丝渴求。

白石叹了口气："她需要你。"

快剑三没有说话。

他深深吸了一口气。

他俯下了身子。

他吻上了病无药的唇。

然而他的眉头却突然猛然一皱。

因为病无药的脸上露出一种极度厌恶的表情。

她的牙齿也死死地咬住快剑三的唇。

咬得鲜血直流。

咬得皮开肉绽。

快剑三却毫不在意。

他就那样盯着病无药的眼睛。

那样深情。

渐渐地，

渐渐地。

变得释然。

他仿佛终于明白了什么。

他的眼中，也闪过一丝黯然。

病无药却笑了。

虽然她已经无法再笑。

可是快剑三知道。

她的确笑了。

因为他明白，快剑三已经懂了。

她，已经得到了。

得到了她最后想要的东西。

病无药放开了牙齿，眼中的光芒渐渐晦暗。

快剑三叹了口气。

这时，他做了一件事。

做了一件白石无论如何都猜不到的事。

快剑三的手刹那间已插进了病无药的胸膛。

病无药的胸口几乎没有流出血。

因为病无药的血早已流干。

然而她闭上了眼睛，安详而满足，没有一丝痛苦。

留下的，只是面无表情的快剑三和满面愕然的白石。

快剑三又叹了口气。

“她知道我不可能爱上她。所以她不要我的吻，而却宁愿死在我手里。”

快剑三望向目瞪口呆的白石，面上竟然露出一丝凄然：“至少，是我送她最后一程，你说是不是？”

白石被震惊得语无伦次：“这……你究竟是爱她……还是恨她？”

“这不是爱，也不是恨。”快剑三仰首昂然：“这，是我的恩赐。”

“恩赐什么？”

“解脱。我快剑三，亲自赐予的，完美无憾的解脱。”

白石哑然。

可是快剑三却是一凛。

因为，他听到了，洞外遥远的石阶之上，传来了足以惊心动魄的哀嚎。

他紧接着笑了笑。

“看来，我们今晚的故事，还远没结束。”

白石也静静地望着那两扇紫色的洞门。

洞门也许是被叶子打开，仿佛恶魔的口，将要把一切吞噬。

白石本来以为，这扇大门之后，一定是地狱。

只是他现在才知道，地狱，不是在大门的里面。

而是外面。

那种想呕的感觉白石已经逐渐地习惯。

自从今夜开始。

他相信今后他再也不会呕了。

因为，在这半个晚上让他想呕的事情已经实在太多。

可是他还是呕了出来。

连着他的心，连着他的肝，更连着他的胃，一起呕了出来。

至少，他以为他可以。

白石很想闭上他的眼睛。

也许这样，他的胃就可以停止那可怕的无规律的颤动。

因为，只要闭上了眼睛，他就不会看见那副令他一生难忘的景象。

尸山，

和血海。

前洞已成了坟场。

一个时辰前还在冷嘲热讽的人，现在已经成了尸体。

新鲜的尸体。

五阴盛苍白的身体失去了最后一丝血色，也失去了最后一点生灵的气息，俯在地上，流出的血将白石的脚踝淹没。

豪情万丈的怨憎会，早已被切成了八块，魁梧庞大的身躯散落在地，就连一具尸体也算不上。

而形若枯骨的爱别离，也真的成了一具枯骨，而且是头身分离的枯骨。

唯一剩下的生气，就是重伤的求不得，颓坐在被鲜血浸透的石壁边，捂着自己被切断的右手，望着死去的同伴，眼里尽是绝望。

白石相信，就连世上最坚强的守墓人，也绝不可能在这种地方清醒的呆上十秒。

如果非要在这里呆上十秒，那么只有两种结局。

一是疯。

二是死。

然而白石的眼睛依然大大的睁着。

也许他已未必清醒。

可是他却舍不得闭上眼睛。

因为，在这尸山血海中，还有一个完整的活人。

而且是个女人。

叶子。

叶子的轻功不快也不慢，使得白石一路上刚好能嗅到叶子身后残影留下的气味。

直到那股淡淡的香气被血腥掩盖。

而叶子现在正坐在尸体之间。

坐的那样淡然。

仿佛每一具尸体，都只不过是瓶中的一束花。

或是墙上的一幅画。

仅此而已。

令白石不可思议的是，叶子坐在这杀戮的地狱里，却是那么的美。

宛若地狱之花。

美得让人叹息。

也让人窒息。

美得让白石舍不得闭上眼睛。

叶子却笑了。

“你追我追到这里，是想杀我，还是想要我？”

白石深深地吸了一口气。

浓重的血腥呛得他无法呼吸。

可是至少他停止了喉头的颤抖。

“你真的是叶子？”

叶子偏着头，玩味的眼神饶有兴致：“你还记得我的名字？”

她脸上的笑，天真却又魅惑。

白石又道：“这些人都是你杀的？”

叶子没有回答。

她却轻轻地站起身来，走到白石的身边。

白石的眼睛直直望着前方，一动不动。

叶子伸出一只手。

她手上细细的血管，仿佛叶子的脉络，却更显得那只手白得刺眼。

叶子轻轻抚着白石的脸。

她的声音空洞又虚无：“叶子能飞多远？”

“叶子生于树枝，死于树下，怎么能飞呢？”

叶子叹了口气，她的手顺着白石的下颌不断地游移。

“那落叶呢？”

“风有多远，落叶就能飘多远。”

叶子的眉头微蹙，她的手上下玩弄着白石的喉头。

“那风呢？”

“风？风总有停的时候。”

叶子的瞳孔，已然是望不见底的深渊。

她的五根水仙般的指头，骤然缩紧。

白石仿佛听到一声碎裂的声音。

可是他没有动。

他知道死亡就在眼前。

可是他还是无法动弹。

他清楚的知道自己的每一块肌肉都保持着最完美的状态。

可是他不想动。

不知为什么，在这一瞬间，他突然觉得死亡是一件不那么可怕的事情。

甚至，死亡本身，可以美得让人舍不得闭上眼睛。

不只是眼睛，还有他的皮肤，也在享受着死亡的每一刹那。

如果说这就是死亡，如同叶子的手指一样，微微的发凉，却又柔软得如同梦境，那么他宁愿永生沉醉在这濒死的快感里。

然而，这快感无论如何也不能永恒。

甚至说连一刹那也无法奢求。

因为死，真的是一件很快的事。

快到犹如快剑三的剑，刺进叶子的肩头。

叶子依然没有发出丝毫的声音。

她的脸上也依然没有半分的痛苦。

白石只知道，当他清醒时，快剑三已然挡在他身前：“多陪了病无药片刻，来迟了实在抱歉。”

紧接着他凝视着叶子叹了口气：“想不到我的双剑都杀不死你。”

叶子只是轻轻的“哼”了一声。

快剑三又道：“那我也别无选择了。”

他转过头望着白石：“你知不知道我究竟为什么叫做快剑三？”

白石摇了摇头，他背上的冷汗早已把长衫浸透。

快剑三接着道：“既不是因为我是天下第三剑，也不是因为我杀人只用三剑，而是因为……”

快剑三没有继续说下去。

因为，他已不能张口。

不能张口的只有哑巴和死人。

快剑三虽然不喜欢说话，可他也绝不是哑巴。

白石明白，快剑三更不可能是死人。

所以快剑三只能是第三种人。

嘴里咬着剑的人！

快剑三的嘴里不知何时多出了一把剑！

他周身的剑气，又比之前更盛一倍！

快剑三的眼睛死死盯着叶子。

他眼里流露出来的不是杀气。

而是霸气。

就连叶子仿佛也不敢直视。

不但不敢直视，叶子的周身居然开始发抖。

簌簌发抖。

她的脸上居然流露出了恐惧的神色。

难道快剑三的第三把剑，真的让这地狱的魔女也无法承受？

就连她那虚无的瞳孔中，居然也第一次露出了某种情感。

那究竟是什么？

白石不知道。

但是他的确很想知道。

可是他已经没有这个机会了。

因为，快剑三的剑已出手。

当快剑三只有一把剑的时候，白石已觉得他的剑法天下罕有；当快剑三的左手也握住剑的时候，白石才明白快剑三之前的剑法根本不算什么。可是当快剑三有三把剑的时候，白石已经没有语言可以形容快剑三出剑的速度，因为白石早已看不清他究竟是何时出的剑，又是如何出的剑，甚至他是否已经出剑。如果说世上还有一把剑的速度能够快过快剑三的第三把剑，那么就只可能是他的第四把剑。

白石不知道快剑三究竟有没有第四把剑，可是他知道，他自己绝对躲不过这样的一剑，就像叶子也绝不可能在这样的剑法中还能活下来。

叶子的瞳孔骤然收缩。

她发出了凄厉的尖叫。

恐惧，从她的瞳孔中喷涌而出，无法阻挡，甚至将她的叫声也一起湮没。

可是快剑三的脸色却变了。

死人，是不会叫的。

特别是死在他这样快的剑法下，更是连发出死前的呻吟也来不及。

所以，叶子还没有死。

快三剑的三把剑，居然没有染上一滴血。

快三剑的剑的确够快。

可是他自己明白，他的速度还远远做不到剑过无血。

而且他的双眼早已看得分明。

他的剑，被人紧紧地捏在一只手中！

三柄剑！

一只手！

这世上，居然还有人能够抓住他的剑？

有！

绝对有！

至少，他面前的这个男人就可以！

这个黑衣男人的脸离他只有半尺，可是不知为什么，快剑三却根本看不清他的五官。他的周身仿佛围绕着一层看不见的气流，就连空间也为之扭曲！

就是这样的一个男人，就那样凭空地出现在叶子身前，仿佛他从一开始就站在那里一般，为她挡下了这至快的三剑！

然而叶子的尖叫没有停止！

反而愈加刺耳！

那绝望的声音，不知传得究竟多远，究竟多快，就连远方的山林，似乎也传来了狼嚎般的应和！

白石的耳膜似乎也已不能承受。

他用力地捂住自己的耳朵，似乎想要把那穿透他手掌的音波驱赶！

他咬着牙，抬起头来望着叶子。

他惊讶地看到，叶子脸上的惊悚，并没有因为男人的出现而消失，反而愈加的蔓延！她仿佛见到了世上最可怕的东西一般，眼里充斥了无法抑制的恐惧，恐惧到她的身体也痉挛地扭曲！紧着她的身体仿佛被刺破的气球，在一瞬间逃命般缩进了山洞的角落，蜷曲着瑟瑟发抖！

快剑三的脸却微微有些发青。因为，他发现他用尽全力也无法拔出手中的剑！

男人的脸色虽然无法看清，可是他的声音中却充满了讥笑："速度还不错，可惜力量差了一点。"

快剑三突然松开了自己的手。

还有嘴。

剑又在一瞬间碎裂，化为齑粉。

快剑三的身影飞速地后退，可是男人的掌还是狠狠的印在了快剑三的胸口上，发出了沉闷的声音。

快剑三狠狠地撞在了石壁上，嘴角流出一丝鲜血。他微微闭上了眼睛，仿佛在重新积攒着力气。

他勉强笑道："世上能接下我第三把剑的人，已经没几个了。"

男人看看了看自己的手。

那只手仿佛铁铸的一般，没有半分伤痕。

男人没有再理会快剑三。

他扭头望向了白石。

不知为什么，虽然白石看不到，可是在男人望向他的那一刹那，他感觉到了，那眼神中，唯一有的，就是死亡。

他的声音也仿佛经过了那气流的扭曲，奇异而又浑厚："你，害怕了。"

白石狠狠地舔了舔嘴唇。

紧张的神经让他的口腔异常的干燥与苦涩。

然而一个声音轻轻地传进了他的耳朵。

"让我来。"

一只颤抖的手搭上了白石的肩头。

那是求不得的手。

剩下的那只手。

求不得不知何时，已然站在白石的身边。

他扭曲的脸仿佛还在因为肢体的断裂而抽搐，可是他的眼神中却写满了坚定。

白石望着求不得的残肢："可是你……"

"你不要忘了，我是求不得。"

"哦？"

"我若求死，偏偏就不会死；我若求苟活，那一定活不下来。"求不得站在了白石的身前，坚决的话语不容置喙："更何况他杀了我们人间八苦，就一定要死在人间八苦手中。"

男人哈哈大笑："什么人间八苦，这些个蠢货有勇无谋，轻易落入了'丝刃杀阵'，简直是废物中的废物！"

他的左脚向前迈了一步，踩扁了怨憎会支离的残躯。

求不得的牙齿咬得格格作响。

男人笑得愈发猖狂："这个老鬼算是内功深厚，可惜那个废物一死，老鬼就方寸大乱，取他性命还不是易如反掌？"

他的右脚向前迈了一步，踢开了爱别离破碎的头颅。

求不得的眼中喷出了血花。

男人笑得上气不接下气："最后这个还算识相，可是他以为他能逃得走？随便一掌就可以要了他的命。"

他的双脚站在了五阴盛的尸体前，仿佛要将这唯一一具完整的尸体摧毁。

求不得的口中发出了最后的吼声。

在那一刻他的身影已经扑了上去。

可是白石似乎看见，在求不得疯狂的表情下，却掩藏着一丝不易察觉的自信与得意。

仿佛，面前那可怕的男人只不过是一只兔子。

一只落入他陷阱的兔子。

然而，那也许只是白石的幻觉罢了。

或者，是求不得的幻觉。

因为，在下一秒，男人的掌又印在了求不得的额头。

在求不得倒下去后，他的双眼也未能合上。

而那双眼中留下的，只有出离的不信与愤怒，仿佛被什么人深深地欺骗。

可是白石没有在意。

也无法在意。

因为，男人的目光再一次穿透气流，灼烧着白石的脸。

男人没有说话。

似乎也没有动。

似乎。

仅仅是似乎。

突然白石的躯体直直向后飞去，重重撞在墙上。

白石半跪在地。

他已不再是呕，而是喷。

黄绿色的液体与已干涸的黑血混合在一起，再次浸湿了大地。

然而他拼命地抓住男人的手臂，不让他再向前一分一毫。

男人嘶哑着笑了："力量倒还不错。"

突然，他的手腕一翻，掐住白石的咽喉，将他死死地卡在洞壁上："不过一样要死。"

如果怨憎会的拳头算得上可怕，那么这个男人的手就已然是恐怖。

他只不过出手三次。

已经倒下了三个人。

男人又笑了。

他的声音仿佛来自地狱。

在白石的耳中愈来愈模糊。

可是他依然紧紧抓着男人的手，没有丝毫放松。

男人仿佛也有些意外。

他深深叹了口气：“你其实早就害怕了，对不对？早点投胎转世，就不用怕了，又有什么不好呢？”

白石没有说话。

他也无法说话。

它的喉中已无法再挤出一丝气体。

他的眼前也一片黑蒙。

然而就在他以为自己将要丧失意识的那一刹那。

他的耳中突然传来了一声怒吼。

就连地洞也随之震颤的怒吼。

是男人的怒吼。

白石喉咙上的压力刹那间消失无踪。

他重重地跌落在地上，勉强喘息着抬起了沉重的头。

他居然看到了。

男人背后插满了银丝，血如泉涌。

而银丝的另一头，竟然在叶子手中。

为什么？

这是为什么？

男人救了叶子。

可是叶子却伤了男人。

白石不明白。

他也不想明白。

他只想，快点爬起来。

他想在男人的头上来上狠狠的一拳。

他起的的确够快。

可是他却没有出手。

因为，男人出手比他更快。

只不过，不是向白石。

而是向叶子。

男人翻身跃出，不顾银丝在他背上划得鲜血淋漓。

他的掌反手按上了叶子的额头。

叶子没有动。

她的脸上，没有痛苦，有的只是无尽的恐惧。

她煞白的脸上，大睁的双眼死死盯着近在咫尺的男人，颤抖着说不出一句话。

男人却笑了。

男人背后撕裂的伤口张牙舞爪，露出了狰狞的面孔，可是男人扭曲的声音竟然又有着一丝莫名的温柔："你又不乖了。"

叶子仿佛受惊的小鸟。

又仿佛绝望的囚徒。

她僵硬的四肢不住地抽搐。

男人伸出一只手。

一只沾满血腥的手。

他轻轻地抚摸着叶子的脸，望着她痉挛的脸笑了。

"等我解决了他们，就带你走，好不好？"

叶子没有说话。

她没敢说话。

只是不知道为什么，她的抽动越来越强烈。

直至她疯狂地撕扯着自己的衣服，抓挠着自己的躯体，眼里只剩下了混沌与迷蒙。

男人站起了身，走向了白石。

一步，

一步，

又是一步。

白石别无他法。

他只有握紧了拳头。

“等等。”

男人的脚步停住了。

这是快剑三的声音。

男人转过了身。

快剑三嘴边的血丝已被拭去，仿佛安然无恙。他的脸色异常平静，似乎还带着一丝揶揄：“你要不要试试我的第四把剑？”

男人冷笑道：“所有人都知道，你是快剑三，不是快剑四。”

快剑三也笑了：“所以和我交过手的人，没有人知道他们究竟去了哪里。”

男人沉默了。

快剑三叹了口气：“你的武功的确很高，你的‘沆瀣一气’也臻于化境。但是你也没有把握接住我的剑，对不对？”

男人依然没有说话，可是他周身的气流却更加的扭曲。他的气势在一瞬之间暴涨，填满了整个房间。就连白石的骨骼，仿佛也在这重压之下咯咯作响。

然而不知何时，快剑三的双手和嘴里又各出现了一把剑。

男人道：“你的第四把剑呢？”

快剑三的嘴巴没有动，可是声音却依旧从他的喉咙传出：“我的第四把剑，叫做无形剑。”

“无形剑？”

“没错，因为在它没出鞘之前，没有人看到过它的样子。”

“那它出鞘以后呢？”

“它一旦出鞘，就必定深深地插入你的身体，一样不会有人看见。”

男人嘎嘎地笑了，声音仿佛暗夜中的鸱枭：“我还是不相信你有第四把剑。”

“哦？”

“如果第四把剑真的有你说的那么可怕，你又何必跟我多费唇舌？”

“我的这第四把剑太贵重，”快剑三淡淡道：“我实在舍不得让它染上你的血。”

男人又沉默了。

白石虽然无法看见，可是他仿佛感觉到，男人的嘴角出现了一丝犹豫。

空气，突然凝固一般的死寂。

那种感觉，就像是悬在喉边的利刃。

也许它会切入你的喉咙。

也许不会。

可是不管它会不会。

它总是在那里。

不曾离去。

打破寂静的，不是男人。

也不是快剑三。

更不是白石。

而是来自天边的狼嚎。

一声接一声，此起彼伏，逐渐逼近。

白石仿佛感到了男人身上的一丝焦躁。

终于他冷笑了一声，缓缓向门外走去。

他的每一步落下，都仿佛有千斤的重量，撼动着整座山，仿佛要将它踏得粉碎。

就这样，男人逐渐消失在门外的夜色里，如同一只威严而迅捷的猎豹，绝尘而去。

白石已然倚在墙边，不住地喘息，他几乎耗尽了所有的力气。他努力地调整着呼吸：“你其实根本没有第四剑，对不对？”

快剑三随意地把剑插进了长袍：“你说呢？”

白石笑得很费力：“我记得你说过，被别人碰过的东西，你绝不再用。”

“所以呢？”

“像你这样洒脱的人，又怎么会在乎一把剑有多贵重？”

快剑三叹了口气：“你的脑子看起来比你的武功好用很多。”

白石摇摇头：“我只是一个普通捕快。就凭你能吓走他，我就远远不如你。”

快剑三没有说话。他只是径自向门外走去。

白石不知哪来的力气，他的手猛然抓住快剑三的衣襟：“你不能走。”

“为什么？”

“因为，你是这场凶杀唯一的幸存者，我一定要带你回到衙门。”

快剑三的眼中突然露出一丝嘲笑。

这让人无法直视的眼神，代表了终结。

白石突然感到颈部传来了一股巨大的冲击。

他的灵魂伴随着那种无法抗拒的眩晕破体而出，在这充斥着血腥与死亡的房间里旋转飞舞。

在他失去意识之前，脑海中莫名浮现了一张张的脸。

一张张陌生却又熟悉的脸。

这些脸白石似曾相识，却又实在记不起来。

可是，为什么这些脸里，好像总是少了些什么？

白石很疑惑。

真的很疑惑。

第五昼 小良的牙

白石低下头，望着自己的躯体。

他一丝不挂，赤着脚站在广阔的草原中。

这是哪里？

他努力地回忆着。

对，他不是死了么？

难道这里就是死后的那个世界？

他抬起头。

天空中有一片云，光彩夺目的云。

好高的云。

白石不禁眯起了眼睛。

一阵寒风吹过，在白石的身上居然凝起一层霜。

薄薄的寒霜。

可是白石一点也不觉得冷。

突然，他觉得身上有些潮湿。

他伸手一抹。

薄霜化成了水。

他抬起头。

那片云也无影无踪。

也许是因为云消雾散，太阳在不停地膨胀。

白石的额角开始流下了豆大的汗滴。

他舔了舔嘴唇，

嘴唇居然已开始干裂。

不知从何方，响起了铃声。

这铃声，仿佛是在招魂，围绕着白石，无止无息。

白石的头目又是一阵晕眩。

在恍惚之中，他仿佛听到了一声轻轻的呢喃。

缠绵而诱惑。

那是魔女的喘息。

他仿佛感觉到，一个冰凉而柔滑的东西钻进了他的衣衫。

就像是一条蛇，愈来愈紧，让白石难以呼吸。

又仿佛情人的胴体，和白石的每一个毛孔紧紧结合在一起。

只不过没有任何温度而已。

他猛地睁开眼睛。

那又是一场梦。

然而此时此刻，他的怀中，真的有一具胴体。

女人的胴体。

单薄而洁白的胴体。

原始的冲动让白石的身体瞬间燥热起来。

他已经很久没有这种感觉了。

久得自己都忘记了该做什么。

女人的舌头顺着白石的胸口舐到了白石的咽喉。

柔顺的触感刺激着白石的每一寸神经。

突然，她猛地一口咬在了白石的肩头。

突如其来的疼痛没有浇灭白石的欲火，却仿佛带来了一种莫名的快意。

鲜血，顺着白石的肩膀渗进了女人的牙齿。

鲜红与洁白，毫无保留的展示着自己那血腥而异样的魅力。

白石竟发出了意想不到的呻吟。

女人笑了。

咯咯的笑了。

她抬起了头。

那竟是叶子。

她是沉默的少女。

也是冷酷的杀手。

可是更是叶子。

随风飘落的叶子。

她的双眼微闭，双手在白石身上不停地探索。

叶子的声音仿佛微风的呢喃，细不可闻，却又连绵不断。

“带我走。”

“快带我走。”

“只要带我走，我都给你。”

“不管你要什么，我都给你。”

那是魔女的勾引。

那是原始的诱惑。

那是男人的死穴。

可是，那是叶子的脸。

而不是荷影。

突然，白石的耳边传来了了荷影温存的声音。

他猛然睁开了眼。

他更猛然地，一把推开了叶子。

叶子抬起头，眼里充满了惊诧。

可是紧接着，那份惊诧变了。

变得恐惧而涣散。

就仿佛在那地洞里一般。

她抽搐，

她颤抖。

她歇斯底里。

她声嘶力竭。

她的嘴边流出了涎液。

她的眼角涌出了泪水。

她拼命地抓着自己的头发。

她尽力地划着自己的肉体。

她在地上翻滚着，扑腾着，留下了目瞪口呆，不知所措的白石。

直到，一个轻快的声音响起。

“看样子，她是毒发了。”

白石猛然惊觉，在这里，不只有他和叶子。

一个男人，一直坐在不远处的篝火旁，笑吟吟地看着眼前发生的一切。

从头至尾，未离开过。

那是萧落木。

“毒发？”

“一种奇怪的毒。”萧落木眯起眼睛端详着求生不得，求死不能的叶子，“一种能上瘾的毒。”

“你认识这种毒？”

“当然认识。”

“那你能帮她？”

“你要帮她？”

“当然要。”

萧落木笑了：“既然你要帮她，那我就帮她。”

萧落木的身影刹那间闪到了叶子身旁。

他的指头轻轻地点在了叶子的后颈，闪过一阵蓝光。

叶子的喘息逐渐平静，四肢逐渐松弛，缓缓地闭上了眼睛。

“她昏睡过去，至少一个时辰不会发作了。”

白石突然意识到一件事。

他脸色一变："刚刚……你都看见了？"

萧落木笑道："你指的是她那样对你，还是你那样对她？"

白石脸色又是一沉："既然你都看见了，为什么不阻止她？"

萧落木叹了口气："我本以为你会喜欢的。早知你不喜欢，快剑三也不必多此一举了。"

"是快剑三救了她？"

"不止她，还有你和我。"

白石环顾四周。

这里仿佛是镇边那终年被浓雾包绕的山谷。

"那快剑三呢？"

"不知道。"萧落木摇了摇头，"那是他自己的事。"

白石叹了口气。

昨夜的一切，仿佛依然历历在目。

就像是一个噩梦。

然而却是最真实的噩梦。

白石甚至以为那真的只不过是一个噩梦。

可是，他的身前，却又分明睡着一个叶子。

噩梦里最恐怖的叶子。

白石紧紧皱着眉头。

他突然想到了，是谁让他经历的这个噩梦。

"你为什么还在这里？"

"你迟迟不见醒转，我怎能弃你而去？"萧落木的笑容异常的和煦，"我们可是最好的朋友，同生共死的朋友。"

白石猛然一颤："我记得上一次你说这话，似乎是为了骗我吃怨憎会的拳头。"

"这次不一样。"萧落木的表情渐渐严肃，"这次，我们真的是最好的朋友，同生共死的朋友。"

白石凝视着萧落木的眼睛。

那双眼里，有的是白石在这个镇子从未见到过的赤诚。

白石叹了口气："我相信你。"

"哦？"

"毕竟，我们昨天真的同生共死过，是不是？"

萧落木摇了摇头："只是同生，未曾共死，毕竟我们也还都活着，是不是？"

白石和萧落木都不禁哈哈大笑。

毕竟，活下来是最值得庆幸的，是不是？

白石笑得上气不接下气："我做梦也想不到，在这个奇怪的镇子，居然能找得到你这样一个朋友。"

萧落木的笑容却停止了。

他的眼睛里闪耀出了一种犹豫而疑惑的光芒。

白石不禁一颤。

萧落木的眼神让他浑身发毛。

萧落木却叹了口气。

"难道你真的不明白？"

"明白什么？"

"在这个镇子里，最奇怪的，甚至唯一奇怪的，是你。"

"是我？"白石皱起了眉，"这个镇子那么奇怪，你居然说奇怪的是我？"

萧落木没有再说话。

他低下了头，静静地望着面前噼啪燃烧的篝火，仿佛在思考着什么。

终于，他缓缓道："白兄，你觉得，究竟什么才是奇怪？"

"这个镇子，每天都在出现奇怪的人；这些奇怪的人每天都在做着奇怪的事；最后他们每天又都在奇怪地死去；最可怕的是，居然没有人觉得这一切是奇怪的。你说，这难道不叫奇怪？"

萧落木又叹了口气。

他缓缓地摇了摇头。

“奇怪，还是不奇怪，其实都在一线之间。”

“哦？”

“关键的问题在于，”萧落木抬起了眼睛，“这些奇怪的人，做这些奇怪的事，究竟有没有一个不奇怪的理由。”

“难道有？”

萧落木面色凝重的点了点头：“当然有。”

“哦？什么理由？”

“据说，这个小镇，埋藏着二十三年前天下第一大盗‘飞天狐狸’留下的宝藏。”萧落木的声音轻快而随意，望着白石的双眼却蕴含着一份凝重，“所以，一切都不奇怪了。”

白石愣了愣：“你的意思是，这些人都是为了宝藏而来？”

“十有八九。”

白石深深吸了一口气：“那究竟是一笔什么样的宝藏？”

萧落木眯起了眼睛，仿佛在努力地拼凑着记忆：“你有没有听说过曾经的‘大冶’？”

白石摇了摇头。

萧落木口中的每一句话，都让他觉得新鲜而陌生。

萧落木便接着说道：“那是天朝边陲的一个小国，二十三年前在一场足以令其灭亡的战争中，向天朝求援。为此，他们派出了十二个高手护送，献上了国家最贵重的珍宝。”

“结果呢？”

“没了。”

“什么没了？”

“财宝没了，人没了，国也没了。”萧落木叹了口气，“财宝被‘飞天狐狸’夺走了，护卫全死光了，国家得不到救援，也就灭亡了。”

白石沉默了许久。

终于他咬着牙道：“那飞天狐狸呢？”

“从那以后，就没有人再听过这四个字了。”萧落木挑了挑眉毛，

“如果不是一年前江湖上传说飞天狐狸已经死在这里，也许永远不会有人再回忆起来了。”

白石仿佛突然想起了什么：“那你呢？这也是你来这个镇子的理由？”

“不是，不过也是。”萧落木点了点头，却又摇了摇头，“那宝藏我毫不在意，可是我要找一个人，一个为了宝藏来到这个镇子的人。”

“那究竟是什么人？”

萧落木突然抬起了头。

他望着茫茫的浓雾，眼中也映射出了同样的迷离。

那眼神里，露出了一种复杂之极的感情。

那感情，比期待更加兴奋，比不甘更加痛苦，却又比敬畏更加虔诚，就像萧落木自己一样，神秘得让白石头痛不已。

“相思剑客！”

“相思剑客？”白石满面疑惑。

萧落木的眼中缓缓泛起一抹蓝光，他仿佛什么也看不见，什么也听不见，他只是自顾自地说着：“有人说他其实就是武当双剑之一，也有人说他的真实身份就是寒霜剑客杜白霜，可是没有人真的知道他究竟是谁，也没有人真的看到过他的脸。江湖上只知道，凡是有名剑出世的地方，就一定会有他的身影，而只要有他的身影，那把剑就一定会成为他的囊中之物。”

“而他，就在这镇子里？”

“我一路追寻他，从江南去到漠北，从关外又来到岭西，直到他来到这镇子百里之内，才失去他的踪迹。”萧落木道，“自此之后，江湖上就再也没有他的消息。”

“可是他又有什么理由来到这个镇子？”

“人相思，剑亦相思，人剑之间，更是相思。而据说那笔宝藏，里面刚好有‘大冶’的镇国宝剑。你说，他是不是一定会在这里？”

“那只怕也未必。”

“那么，岭南三剑的死呢？”

“难道他们三人是死在剑下？”

“不。”萧落木摇了摇头，“要杀死这样三个一流的剑手，未必有更可怕的剑；可是要在这样可怕的剑阵下活下来，一定要比他们更加懂剑。”

白石叹了口气：“就算他真的在这里，可是没有人知道他是谁，那又怎能找到他？”

萧落木的嘴角时而紧绷，时而抽搐，眼中露出森然的幽光：“只要让我看到他的剑，他的剑法，甚至只是留下的剑痕，无论如何遮掩，我也能一定看出他的影子。”

“你已看过快剑三的剑，他不是你要找的人？”

“没错，当生亦欢告诉我在那地洞之中有一个绝世剑客的时候，我本十拿九稳。”萧落木的叹息中写满了失落，“可惜，他最终也不是我要找的人。”

“你为什么要找他？他是你的仇人？”

萧落木眼中的蓝光渐渐黯淡，仿佛被什么往事占据，变得深邃而戒备：“这，是我的事。就算是生死与共的朋友，也总有些自己的事。”

白石叹了口气：“我明白了。”

“我说的话，你都明白了？”

“你说的话，我一句都不明白。”白石摇了摇头，“可是我却明白另一件事。”

“什么事？”

“你要找的人，就是我要找的人。”白石望向萧落木，眼神坚定不移，“从今天起，在这个镇子里，你就多了一双眼睛。”

萧落木笑了。

他本该笑的。

这世上没有比拥有一个朋友更值得开心的事。

可是萧落木的笑却异常诡异，笑的让白石头皮发麻。

白石不禁皱紧了眉头。

萧落木指着白石笑道："帮我之前，你是不是该先解决自己的事？"

"我的事？"白石愈加疑惑。

然而，疑惑在下一瞬间化为了惊惧。

因为，白石分明的感到，有一只冰凉的手扯住了他的脚踝。

白石猛然低头。

那只手臂，纤细而苍白，仿佛是墓园中的枯骨，却又蔓延着片片瘀痕，宛如腐躯上的尸斑。

那是叶子的手。

叶子不知何时已然醒转。

她混沌的大脑似乎仍未清醒，她只是死死拉住白石，口中发出断续的低语。

"带我……走……"

白石慌乱得不知所措。

他只得又望向了萧落木。

萧落木的笑早已停了下来。

不知为何，他的表情，渐渐变的凝重而警惕。

白石不禁叫道："你到底是不是我的朋友？"

萧落木道："当然是。"

"那你为什么还不出手？"

萧落木叹了口气，抄起一大片树枝，丢进了篝火里。

"她中毒实在太深了，我也无能为力了。"

白石又叫道："那你至少也得帮我一把。"

"我就是在帮你。"萧落木的脸色愈加阴沉。

"哦？"

"我把这把火烧旺，那就已经是救了你的命了。"

"为什么？"

萧落木伸出了一个指头，指向了白石的身后。

“你看。”

白石没有回头。

因为，他不敢回头。

他分明的从萧落木的眼睛中，看出了掩饰不住的凛然。

那是一种绝不该在萧落木身上出现的感情。

面对人间八苦，他从容无惧。

面对快剑三，他挥洒自如。

甚至面对自己的死亡，他也只不过一笑置之。

可是如今，他的眼中竟然一片凛然。

那他的身后会是什么？

白石不知道。

他也不想知道。

他更不敢知道。

他背后的凉意麻痹了他的神经，甚至让他感觉不到叶子不住的抓挠。

可是他偏偏不得不去知道。

因为，他明白一件事情。

一件要命的事情。

对于恐惧，只有两种选择。

面对。

或是死亡。

他缓缓转头。

在无边的薄雾中，渐渐浮现了一对眼睛。

不，不是一对。

也不是几对。

而是几十对！

上百对！

血红的眼睛！

在悄无声息中，竟然已经离白石那么近！

近到白石已经听到那些喉中咕哝的呜咽。

近到白石已经感到那些鼻中粗重的喘息。

近到白石已经看到那些眼中残忍的杀意。

那是狼。

上百只野狼。

嗜血无度的野狼。

不知不觉中，白石已然极寒彻骨。

他的脚步虽然没有后退，但是他忍不住又转头望向了萧落木。

不知何时，萧落木仿佛成为了他最可靠，也是最值得信任的臂膀。

萧落木却只是静静地往篝火里添着干柴，肃穆的神情中却有着一份镇静，安抚了白石那慌乱的心。

狼群仿佛也和萧落木的眼神一样平静。

它们只是静静地围着白石和萧落木，伸着猩红的舌头，释放着恶意的气息。

萧落木随手将最后一根枯枝丢进篝火中，然而那篝火的微光在血一般的目光中那样的微不足道。

萧落木站起了身，轻轻地拍了拍手上的尘。

他淡淡道："我跟了你那么久，早就知根知底了，不如直接见面吧。"

谁?

他在和谁说话?

和狼么?

白石不懂。

狼群却懂。

它们渐渐地让出了一条路，而他们的脸上，竟然出现了一种野兽才有的恭敬与服从。

在那条路上，缓缓走出一个影子。

不是狼。

而是人。

一个白石熟悉的人。

小良。

他终于明白了，小良那森白的牙齿究竟像什么。

像极了一头狼。

小良身上的气势居然和快剑三一般威严，却又比快剑三多了一份苍凉与野蛮。

仿佛，他就是这群恶狼的王。

“传言中，这附近的群山之中，有被狼养大的孤儿，”萧落木望着白石愕然的脸缓缓道，“后来，便真的成了狼王。”

“我……被狼养大，但……不是孤儿……”小良的声音异常生涩，“我有母亲……四岁那年……死的……”

萧落木深深叹了口气，眼睛却没有离开蠢蠢欲动的狼群。

他的手轻轻的抚过篝火，五个指头顿时燃满了火焰。

然而萧落木似乎没有丝毫的痛楚，他炽热的手指猛地指向狼群，吞吐的火焰似乎在高声嘶吼着，几乎压下了狼群的气焰。

“你是不是孤儿，那是你的事。”萧落木浅浅笑着，“可是你的兄弟们是不是饿着肚子，恐怕就关我们的事了。”

小良也笑了。

笑得纯真而血腥。

他伸出了一个指头，指向了白石脚下的女人。

“它们不吃……你们……我要她……”

白石却突然开口了：“不能把她交给你。”

“为……什么……”

“因为，她是这个镇上凶案的凶手，”白石眉头紧锁，“而我是这个镇子的捕快。”

“只有……我……才能……救……救她……”小良的脸上，露出了一丝焦躁。

他突然呲开了惨白的牙。

狼群仿佛收到了至高的命令，纷纷伸出了冷酷的舌头，舔舐着贪婪的嘴唇。

他们的眼中没有畏惧。

有的，只是对死亡的期待。

不论是敌人，

还是自己。

白石的脸瞬间煞白，他张开的嘴动了动，仿佛还要说些什么，却被萧落木按住了肩头。

“你说你能救她？”萧落木脸上按捺不住的好奇。

“我……能……”

萧落木拉着白石后退了几步：“这样的话，就带她走吧。”

白石大惊失色：“可是……她是凶手……”

“活着的凶手才是凶手，”萧落木摇了摇头，“活着的捕快，也才是捕快，你说对不对？”

白石叹了口气，又闭上了嘴。

“谢……谢……”

小良背起了尚在呓语的叶子，在群狼的簇拥下转过了身。

“等一下。”

不知为何，白石又开了口。

小良微微侧过头，紧锁的眉头仿佛昭示着忍耐的极限。

“她的身边，有个足够可怕的人。”白石仿佛想起了几个时辰前被恐惧支配的那个夜晚。

“哦？”小良没有丝毫表情。

“你打不过他的。”白石摇了摇头。

“打不过他。”小良笑了笑，“那就……撕碎他好了……”

然而就在那一刻，小良猛地抬起了头，尚且稚嫩的喉管中，发出嘶哑的吼声。

群狼紧接着一个又一个，咆哮惊天动地，震得白石心惊胆战。

许久之后，小良的脸色才渐渐恢复平静，和群狼一同缓缓消失在山涧之中，只留下了惊魂未定的白石。

还有一言未发的萧落木。

白石深深呼出一口气。

他却又笑了。

“我们又同生共死了一次，是不是？”

“也许吧。”

萧落木也笑了。

只不过，他这一次，笑的有些许的勉强。

因为，他的嘴角，竟莫名泛出了丝丝血迹。

白石目瞪口呆。

萧落木仿佛意识到了发生了什么。

他伸出白玉般的手指，轻轻拭去那一抹殷红，却又抬到眼前，一动不动的凝视着，眼中流溢着复杂的感情。

那种感情，让白石有一种错觉，他仿佛看到了周围的空气在逐渐地扭曲，一切都慢慢在渐渐淡化、消失，而另一幕景象却又渐渐地展开。

直到最终，白石仿佛回到了城边的那个酒馆，而萧落木就坐在他的身边，面对着暴躁的怨憎会，脸上露出的笑容，神秘莫测。

那笑容，预示着不久后白石无法想象的一切。

可是现在的萧落木，并没有笑。

甚至在他的脸上，连一丝可以称作笑容的东西都没有。

可是白石为什么还会有这种错觉？

为什么？

白石吃吃道：“萧兄，你……”

萧落木的视线依然没有变化，可是手指却开始微微的颤抖。

“不必多虑。”他抬起头施然一笑：“也许我实在太累了吧。”

白石却依然放不下心。

他思忖了片刻：“不如，你来敝舍暂住几日如何？”

“哦？”萧落木轻轻挑了挑眉毛。

“你难道忘了，你说过我是这个镇子最奇怪的人？”

“所以呢？”

“既然我是这个镇子最奇怪的人，那我家一定就是这个镇子最奇怪的地方。”白石笑道，“而这个镇子最奇怪的地方，恰恰就不会发生奇怪的事。”

白石又伸出一只手拍了拍萧落木的肩膀：“更何况，我夫人做的汤，你一定要尝一尝。”

“在这个奇怪的地方太久了，我早已见怪不怪了。”萧落木哈哈大笑，“不过，尊夫人的汤，我倒的确有兴趣尝一尝。”

然而在下一刻，萧落木却皱起了眉头。

不是因为他看到了白石刹那之间改变的脸色。

而是因为，他也听见了，那一声轻轻的叹息。

是谁？

那是谁？

难道还有谁在这浓雾之中窥视着这一切？

当然有。

而这个人，竟然已经渐渐出现在了他们的眼前。

男人迈着不紧不慢的步子缓缓走来，就如同在三天前的那场大火中一样，手中的扇子轻轻摇动，所到之处，浓雾尽散。

那是风化柳。

风化柳一步步走到了萧落木的身边，他的嘴靠近了面无表情的萧落木的耳朵，眼睛却直勾勾的盯着白石惊诧的脸：“你要是真是去喝那碗汤，你可能就再也没有喝汤的机会了。”

白石脸色铁青：“你是什么意思？”

风化柳笑了。

“不要在意，我的意思是，”他轻轻地摇了摇头，“不论是这个破山涧也好，还是你家也好，他现在哪里都不能去。”

“为什么？”

“因为能救他的，只有我，”风化柳一脸淡然，“所以，他唯一的选择，就是跟我走。”

“救他？为什么要救他？”

“为什么？”风化柳笑了。

他转身抓起萧落木的手，鼻翼轻轻的翕动着，仿佛在嗅着什么只有他闻得见的气味：“他不懂，你呢？”

“我？”萧落木微微闭上了眼睛，笑了笑，“懂不懂，是我的事，可是你到底有没有把握帮我，那便是你的事。”

“把握？”风化柳放开了萧落木的手，“当然没有。不过，我可以赌一赌。”

“哦？”萧落木愣了愣，随即嘴边露出了一抹嘲弄，“你既然没有把握，我又凭什么要陪你赌？”

“因为，我们出身江湖的人，总是喜欢赌上一赌的。”风化柳突然合上了扇子，弯下身把脸凑近了萧落木，“更何况，就算你不陪我赌，你一个人也要赌的。”

萧落木的脸上竟露出了一丝犹豫。

风化柳又笑了笑，直起了腰，扇子在他的手中又突然绽开，就像一朵刹那间盛开的茶花：“你要明白，做一个决定有时很简单，有时也很难；我不会等你，毒不会等你，你要找的人，更不会等你。”

萧落木眯起了眼睛：“看来你知道的的确不少。”

风化柳苦笑着摇了摇头：“如果耳朵能像眼睛一样可以闭上，我想我就不必知道太多不想知道的事情。”

萧落木没有再说话。

许久之后，他缓缓点了点头。

风化柳笑了。

满意的笑了。

他转向了一脸懵然的白石，却又瞬间满面担忧：“至于你，早些回去休息吧，已经快要晌午了。”

风化柳顿了一顿。

“别忘了，你的夫人，还在家里等着你。”

他的脸上，在不经意的瞬间，似乎闪过了成千上万种感情交织的光芒。

白石从来没有想过，在十二个时辰之内，他居然会经历那么多事情。

简直比他一辈子经历过的还要多。

他曾在偏僻的酒馆里，尝过致命的铁拳；

也曾在阴暗的地洞中，面对着最可怕的杀手；

更曾在尸山血海中，和快剑三一起死里逃生；

最后在凶残的狼群前，也算是有惊无险。

他没有尝试挑战命运，可是却一直被命运所挑战。

他未曾惧怕，也未曾退缩。

可是在他推开门的那一刹那，他的心，仿佛被什么东西狠狠地攥住。

后厨的猪肺汤传出的肉香、荷影身上的清香和窗边袅袅升起的线香混合在一起，竟然发生了微妙的反应，变得喷香扑鼻，浓烈无比。

可是，冷汗依然顺着他的面颊，沾湿了衣衫。

因为，他分明的看到，一脸苍白的荷影，双眼微微地闭着，静静地伏在桌边。

荷影是他的夫人。

夫人，本是没什么可怕的。

然而，荷影的脸，实在是太白了。

白得，就像一张薄纸。

却依然那样的美。

美得，又像皎洁的月。

白石疯狂的嗅着，想要探查空气中是否有丝毫的血腥。然而他的嗅觉仿佛已然在那股辛辣的香味中麻痹。

他只得屏住呼吸。

他放轻了脚步。

一步，

又一步，

轻轻地靠近。

他害怕了。

仿佛是在害怕，打破了什么。

却又更是害怕，他什么也打不破。

在他渐渐接近荷影的时候，他的瞳孔骤然收缩。

他这次看的更加分明。

荷影垂下的右手。

握着，

一把刀，

一把利刀！

白石的眼睛死死地瞪着。

他突然一阵眩晕。

仿佛天地都开始旋转了起来。

难道……荷影已经……

等等。

等等。

白石突然又想起了什么。

这世上最可怕的刀，并不是最锋利的刀。

而是染血的刀。

然而荷影手中的刀，却白得就像她的脸。

白石猛地抱住了荷影。

他仔细的检查着荷影的身体。

没有一丝伤痕。

而荷影，竟在这时睁开了眼。

她的气息，虚弱却惊喜："你回来了？"

白石望着荷影手中的刀，心有余悸："你……你这是……"

荷影的声音有气无力："你一夜未归，我好担心。若你终不能归，我便随你而去。"

白石的喉头有些许的哽咽："我是捕快，这不过是我的分内之事。而你又何苦……"

"保护镇子，是你的责任，"荷影站起了身，抱过白石的头，手温柔地抚着白石的脸颊，"可是我的责任，就是爱你。"

白石转过了头，没有让荷影看到他瞬间发红的眼眶。

荷影却似乎没有在意，只是转身从厨房盛出了一碗汤。

白石直勾勾盯着香气四溢的热汤，愣愣地没有说话，也没有动。

"你最喜欢的猪肺汤，还不快喝口暖暖身子。"荷影吟吟轻笑。

"是啊。好久没喝到你的汤了。"白石仿佛从梦中惊醒，端起汤碗一饮而尽。

白石似乎喝得太急，呛地猛一阵咳嗽。

然而荷影没有看到，在白石掩嘴的衣袖下，一股暖流浸湿了大衣的衬里。

因为不知为何，那碗热腾腾的汤，竟然在他的眼中急剧地扭曲，异化，直到娇嫩的猪肺，破碎得仿佛怨憎会零散的残肢；圆润的杏仁，苍白得就像爱别离孤单的头颅，对着白石不住狞笑；就连那香浓的汤汁，也化作了五阴盛的鲜血，淹没了他的脚踝，又淹没了他的胸口，最后淹没了他的头顶，却还是排山倒海，永无止境。

第五夜　荷影的泪

白石已经倒挂了很久。

真的很久。

他几乎已经放弃了挣扎。

血液，不断涌入他的脑颅，让他的头愈发胀痛。

他的双眼一片模糊。

他索性闭上了眼睛。

低头，不过是绿阳蔽天。

抬头，尽且是漫地黄沙。

毕竟，他只是一条鱼。

在沙漠中快干的鱼。

一条在人手中倒挂的鱼。

一条在铃声中发臭的鱼。

铃声。

铃声。

那无处不在的铃声。

那扰人心魄的铃声。

那魔鬼摇动的铃声。

铃音冲撞着，纠缠着，却又无论如何也不肯停歇，在白石的双耳不停地游荡，不停地旋转。

转啊转。

转啊转。

转得白石头痛欲裂。

转得白石郁郁寡欢。

他再也忍受不了。

他猛地睁开了眼睛。

然而他的大脑里还是一片空蒙。

刚刚他到底做了一个什么梦？

他想不起来。

实在想不起来。

唯一不同的是，在那个梦里，仿佛有种声音在他的耳边环绕。

那声音温柔而和煦，就像是荷影的梦呓。

白石轻轻搂过荷影。

可是……

荷影呢？

为什么白石抓了个空？

白石猛然坐起。

荷影不在他身边。

床居然是那样的干净，整洁，没有一丝睡过的痕迹。

荷影去哪里了？

白石再次向窗外看了看。

漆黑的夜，苍白的月。

现在这个时候了，荷影究竟哪里去了？

白石忍不住想跳下床，去找荷影。

可是他没有。

因为，他马上就听到了荷影的声音。

“你终于醒了。”

那声音，冷淡而萧索。

可是那的确是荷影的声音。

绝不会错。

白石皱了皱眉。

他向声音的源头望去。

他看到荷影静静地坐在屋内的角落。

是那样的静，静得要和阴影融为一体。

他看不到荷影的面庞，可是那轮廓除了荷影不会是第二个人。

他不禁轻声唤道："荷影？"

在那一瞬间，荷影猛然一颤。

白石急忙跳下床，两步走到荷影身前。

"你怎么了？"

白石心中一紧。

荷影的眼中……

是写不尽的惶恐！

她的眼睛瞪得极大，浑身战栗着，把整个脸收进了阴影里，半张着的口深深地喘息，却没有再发出一丝声音。

白石脸上一阵彷徨。

难道他说错了什么？

突然他的心中一动。

这一幕，为何如此的似曾相识？

可是他又偏偏地想不起来。

在刚刚那一瞬间，究竟是什么，像闪电一般在他的脑海中燃起了一片光明。

他死死地盯着荷影的眼睛，拼命想要看明白那如潮水般汹涌的情感。

他试探着问道："你在……害怕么？"

荷影的脸色逐渐恢复了平静。

然而却平静得可怕。

平静到已不再是平静。

而是死寂。

“我刚才做了一个噩梦。”

“梦见什么了？”

“我忘了。”荷影的眼皮低低地垂下，正如她漆黑的长发。“是可怕的梦。”

白石沉默了。

荷影却缓缓地走到窗边。

她轻轻地推开了窗。

窗外的风是那样的凉。

陪伴着荷影飘散的发。

和白石涌动的思绪。

突然，白石深深吸了口气，声音有着一丝颤抖。

“不，你怕的，不是噩梦。”

荷影望着窗外；

白石看向脚尖。

“你在害怕什么？”

荷影没有回头；

白石不敢睁眼。

“你是在害怕我么？”

荷影一言不发；

白石无止无休。

“今天萧落木告诉我，我才是这个镇子最奇怪的人。”

荷影嘴唇轻咬；

白石喉头颤抖。

“他说的是真的么？”

荷影终于转过身，嫣然一笑：“你的确很奇怪，真的。”

“为什么？”

“大好春宵，良辰美景，你偏偏要大煞风景，枉自辜负。”

荷影的手轻轻抚上了白石的胸膛。

“你，是不是喝过生亦欢的酒？”

白石愣了愣。

“他的酒，是不能随便喝的。”荷影抬起了头，“答应我，以后不要再喝了。”

白石望着荷影的双眼，竟有诱惑千般，风情万种。

荷影的眼波，悄悄的流转。

流转。

转啊转。

转啊转。

转得白石醉生梦死。

转得白石流连忘返。

白石的手，终于忍不住捧起了荷影的脸。

站在窗边的荷影，衣裙微微地飘起，仿佛正要从窗外飞去。

她的发丝，就像仙女般，迎着微风舞动。

荷影望着他的眼睛，嘴边带着浅浅的笑意。

那笑意，如此温馨。

却又如此动人。

白石猛然一把将荷影拉进了怀里。

荷影的头深深埋进了白石的胸口。

白石似乎感到，在荷影身上那层单薄的布下，暖暖的身子在微微地颤动。

白石的身体突然起了一种反应。

一种奇妙的反应。

白石当然知道那是什么感觉。

只是那种感觉，熟悉却又陌生。

就像他昨夜昏倒前看到的那一张张面孔。

明明曾经很接近，可是偏偏又想不起来。

可是他不需要想起来。

绝不需要。

他只需要知道该怎么做。

毕竟，他已是一个男人。

而不是男孩。

荷影的呼吸声越来越急促，响在他的耳边。

白石似乎感觉到了，荷影那单薄的躯体下，也等待着和他一样的爆发。

激情的爆发。

白石似乎觉得，自己的神智有些不清。

他体内的冲动越来越难以压抑。

仿佛有一个不属于他的灵魂，在猛烈的呼啸，要冲出这脆弱的躯壳。

白石猛地把荷影按倒在床。

月色下的荷影，隐隐地泛着一层绯红的霞光。

白石吻遍了荷影的每一分肌肤。

那如绸缎般的手感，让白石欲罢不能。

在灵与肉交融的那一刹那，荷影偏过了头。

她紧紧闭着双眼，睫毛不住地抖动。

她的眼角，仿佛在闪闪发光。

白石的动作规律却并不机械。

他眼中的光越来越热切，越来越狂野。

甚至，已不再是他自己。

而荷影的喉咙中，也逐渐发出含混不清的呻吟。

她的手，无意识地在白石的左臂上抚弄着，无止无休，而她的眼神却早已陷入一片迷蒙。

荷影猛然翻身，把白石压在身下，化为了一只野兽。

她的眼睛，渐渐变得一片湛蓝。

而在那片湛蓝中，仿佛有着一股无穷的力量，吸引着白石的灵魂，仿佛要将它吞噬。

她不顾一切地蠕动着，起落着，纠缠着，嚎叫着，以至于，白石也无法再分清，荷影脸上的，究竟是汗，还是泪。

这个世界上，仅仅剩下了两个疯狂的生命。

不，也许只有一个。

就在白石即将释放的那一刹那，他突然有一种奇妙的感觉。

他的头顶，仿佛有着一种轻微的灼热。

那种灼热，让他如芒在背，让他惴惴不安。

甚至让那一股极致的快感，就如同潮水一般飞逝而去。

白石的动作缓缓停了下来。

而荷影眼中的湛蓝也渐渐消失。

“你……你怎么了？”

白石一动不动。

他的表情，麻木而沉静，仿佛丝毫没有在意他身上的女人。

他只是微微偏过了头，望向了一处普通的墙壁。

那堵墙壁，普通得就像是白石的手臂，吸引不了任何人的注意。

可是白石还是死死地盯着那一点墙壁，安静得没有发出任何声息。

荷影猛地俯下身，挡住了白石的视线：“你究竟……怎么了？”

白石却仍然没有丝毫动作，甚至就连眼神都没有丝毫变化，却仿佛能够穿过荷影的脸，再穿过平常的墙，凝望什么只有他才能看到的东西。

荷影来不及掩饰脸上的惊惶，她抓住白石的双肩，徒劳地摇动着，想要把他从混沌中唤醒。

白石的确醒了。

不但醒了，而且动了。

他猛地把荷影压到了身下，却一把捂住了她的嘴。

他静静地望着荷影惶恐的眼神，缓缓地把一个指头放在了嘴边。

他接下来又笑了。

笑的那样的诡秘。

他的手指又缓缓地从嘴边移开，顺着荷影的手臂，又顺着床沿，指向了刚才凝望着的墙壁。

“那里，有人。”

荷影的瞳孔猛然收缩。

“他，看了我们好久了。”

从未有过这样简单的几个字，让人如此的不寒而栗。

漆黑的暗夜中，荷影的脸色刹那间变得煞白。

白石僵硬地扭过了头，没有丝毫感情的双眸就像一具木偶。

荷影伸出了颤抖的手，想要去遮住白石的眼睛。

然而，就在下一瞬，白石的身影猛地弹起，从窗外射出，兔起鹘落。

眨眼之间，他已站在了那面墙外。

就在那墙壁上，有着一道，极为微小的缝隙。

白石默默地看着那道缝隙。

缝隙却望着白石讥笑不已。

白石弯下了腰，轻轻把眼睛贴了上去。

他和墙壁紧紧贴在了一起，甚至听得到墙壁的呼吸。

屋内的卧床，在他的眼下一览无遗。

可是床上，空空如也。

荷影呢?

白石猛然转过了身。

荷影胡乱地披着一件长衫，站在丈外，苍白的脸上，满是绝望。

白石却什么也没有看到。

他什么也看不到。

他什么也不能看到。

他抬起了头。

星河清晰如雪。

却又清晰如血。

在他的眼前。

转啊转。

转啊转。

转得白石进退不能。

转得白石左右为难。

荷影缓缓走向了白石。

她的脚下，不由得有些发软。

白石却仍只是痴痴地望着天空，脸上的表情忽而开心，忽而肃穆。

荷影终于挪到了白石身前。

“你……在看什么？”

“嘘……”白石一阵惊惶，仿佛害怕荷影惊扰了什么东西，“你仔细看。”

白石伸出了手，直直指向了那轮弦月。

荷影不住冷颤：“你在看……那月亮？”

白石皱起了眉，仿佛荷影在说的是一件世上最荒诞的事情。

“那不是月亮。”

“那……是什么？”

“那是地狱的大门。”白石脸上的肌肉死死的绷紧，“病无药就在里面，正在向我招着手。”

荷影半张着的嘴，疯狂地想要吸入空气，可是恐惧仿佛堵在她的喉头，呛得她的不住地痉挛。

“别怕，别怕，她出不来的。”白石却突然笑的前仰后合，“生亦欢也在那里，她出不来的。”

荷影的脸上，竟然流下了两行清泪。

“白石？”

白石兴高采烈。

“白石……”

白石手舞足蹈。

“白石。”

白石歇斯底里。

“你还爱我么？”

白石戛然而止。

月光下的疯狂瞬间化为一出默剧。

沉默的，不止有白石与荷影。

还有肆意倾泻的泪。

白石闭上了眼。

刚刚还形若疯癫的脸庞，只剩下了疲倦与颓丧。

不知过了多久。

“当然，”白石笑了，却略有一丝苦涩，“为……什……么……不……呢？”

“真的么？”

“你不信么？”白石仿佛下了最艰难的决定，“那么，你看。”

他睁开了眼。

他望向了荷影。

他的瞳孔，就那样大睁着，不曾移动分毫。

不论，那蓝色的光芒。

有多么耀眼。

有多么华丽。

有多么璀璨。

他也不曾。

移动分毫。

直到，时间的尽头。

直到，世界的末日。

直到，人生的终结。

或者直到，静谧的毁灭。

就像那不知何时飘来的琴声。

若痴若狂。

若疯若癫。

若泣若诉。

既让白石陌生，

又让白石熟悉。

就在这一片死寂中。

举手投足之间。

轻而易举地。

毁灭了静谧。

唤醒了白石。

业已沉睡的瞳孔。

只不过，在那之中，竟有着罕见的迷茫。

荷影的脸，却愈加的苍白。

白石突然抱住了荷影的双肩："夜太寒，你该回去了。"

"那你呢？"

白石把头转向了琴声："我得去看一看。"

"可以不去么？"荷影的声音，仿佛如同哀求一般。

"不，我一定得去。"白石深深叹了一口气。

"为什么？"

"我不知道……"白石犹豫了片刻，"但是，我得去看一看。"

荷影的双臂环住白石的腰际："那如果，我不让你去呢？"

白石，静静地站了很久。

真的很久。

荷影的温度，很暖。

真的很暖。

可是白石却只是低下头，望着荷影轻微颤抖的睫毛。

那睫毛上，仿佛挂着若有若无的露水。

"可是，我还是得去。"白石的声音平静得没有一丝感情，"至少，我得去看一看。"

他缓缓地。

缓缓地。

拉开了荷影的手。

紧接着却深深的拥住了荷影。

“等我，我很快，就会回来。”

白石转过了身。

他会有一丝不安么?

那，还重要么?

他不知道。

他只知道，那琴声现在还萦绕在他的耳边。

而那琴声的来源，似乎，离他不是太远。

至少，他的耳朵，能够听见。

更幸运的是，他的眼睛，也能够看见。

就在不远处，他看到了一个身影，倚在了树边。

然而白石却站住了。

他没有再靠近。

因为，他眼前的这一幕，竟是如此诡异。

诡异得，就连他这几天做的各种噩梦都无法与之相比。

他居然看到，瞎子靠在枯树边，静静地拉着手中的二胡。

可是他的另一只手上，竟然没有琴弓。

没有琴弓!

那么他耳边的旋律，究竟是怎么回事?

白石不知道。

他轻轻地向前挪了两步。

那旋律，居然真的愈来愈响。

瞎子却突然笑了。

他转过了头，面向白石，仿佛在嘲笑着他的震惊。

“你……听得到?”

白石没有回答。

他不需要回答。

他脸上的愕然足以回答。

瞎子也根本不需要任何人的回答。

他又咯咯地笑了："这个镇子，越来越疯狂了。"

白石肃然道："你拉的……是什么曲子？"

"我拉的，不是曲子。"

"那是什么？"

"是故事。"

"谁的故事？"

"每一个人的。"

白石愕然："那你……怎么能知道每一个人的故事？"

"我不需要知道每一个人的故事，"瞎子的手停了下来，"我只要拉出所有的故事，那自然便能拉出每一个人的故事。"

他摸索着直起了身，蹒跚着想要离去。

"等一等。"白石突然开了口。

"哦？"瞎子微微偏过了头。

"那么，你的故事呢？"

"我，没有故事。"

白石的表情愈发沉重："没有故事的人，绝不会无端装成一个瞎子。"

他的手，在不知何时偷偷握紧。

瞎子冷笑了一声："这个镇子，没有人不知道我就是瞎子。"

白石摇了摇头："聋子既然可以不是聋子，那瞎子，也未必一定就是瞎子。"

瞎子的脸，藏在黑暗中，看不出任何表情。

"你不但不是瞎子，而且……"白石死死盯着那一片漆黑，"你刚刚，就在我的屋外窥视着我，对不对？"

瞎子没有说话。

沉默，永远都不是最好的结果。

甚至，不是结果。

沉默，是一口足够深的井。

井下的，也许是水。

也许不是。

你总会有一天知道的。

只是，你不知道的是。

那口井，究竟有多深。

就像白石，永远不知道，这个瘦小佝偻的瞎子，究竟会沉默多久。

更不知道，他面上那两口封死的枯井中，究竟是水。

还是血。

终于，瞎子静静地向前走了两步。

在那里，月光恰好打在他紧闭着的双眼上，显得奇诡而可怖。

紧接着，他做了一件事。

一件让白石的心脏几乎停止跳动的事。

甚至让白石后悔他说了上一句话的事。

瞎子。

睁开了眼睛。

那的确是两座枯井。

一对干涸的眼窝中，早已没有了眼球。

取而代之的是，无尽的虚空。

那已不再是奇诡。

亦绝非恐怖能够形容。

那仿佛是妖魔的两张嘴，在不住地狞笑。

笑得白石毛骨悚然。

然而无可置疑的是，这样的一对眼窝，也许能看透未来，也许能窥破命运，可是偏偏不能看到眼前的白石。

瞎子原本紧闭的嘴，也渐渐咧开。

“你要不要再走近一点，看个清楚？”

白石没有说话。

他甚至连呼吸都已经停止。

他仿佛觉得，自己每一次噏动双唇，都会惊动一个最可怕的魍魉，将自己拖入暗无天日的深渊里。

还好在他窒息之前，瞎子再次闭上了眼睛。

“我说过，我舍弃了肉眼，换了这对天眼。”

“那你……究竟看到了什么？”

“死亡。”

“谁？”

“无尽的死亡。”瞎子仰起了头，脸上的表情变幻莫测，“没有人，能躲得过。”

白石的喉头仿佛有些痉挛：“你既然看得见，你为什么不走？”

“走？”瞎子的嘴仿佛已经咧到了耳根，“走不掉的，没人能走掉。”

“为什么？”

瞎子突然把头往前一探。

恰好，把嘴伸到了白石的耳边。

“告诉你一个秘密。”瞎子的声音干枯而刺耳，仿佛食腐的夜枭，“这个镇子，是活的。”

白石的瞳孔骤然收缩。

“死亡，只会一个，接一个。”瞎子依然喋喋不休，“直到，喂饱这个镇子。”

突然，瞎子又桀桀的笑了。

“可惜的是，镇子永远不会饱。”

他终于转过了身，踏着暗夜中的梦魇，无声无息的，消失不见，只留下了白石，呆若木鸡。

第六昼　叶鸣蝉的愤怒

白石手中的勺子，慢慢地搅着面前的稀粥。

荷影静静地坐在桌前，淡雅而又清新，仿佛一朵荷花。

“今天的粥，还喝得惯么？”

“当然。”白石轻轻地啜着白粥。

“那么，”荷影不免有些小心翼翼，“昨天的汤呢？”

“哦？”白石仿佛有些意外。

他思忖了很久。

终于他笑了笑，温暖而歉疚：“我最近，不想看到荤腥。”

“是么？”不知为何，荷影突然笑得异常开心，“那今晚，我给你煲素汤好不好？”

“好啊。”白石笑得，竟比荷影还要灿烂。

他站起了身：“我该去衙门了。”

荷影的声音说不出的温柔：“外面下着雨，别淋湿了。”

白石应了一声，抓过门边的蓑衣斗笠，穿戴整齐。

他顺手往腰间一摸。

那里，什么东西也没有。

有什么不妥么？

没有。

完全没有。

风，摇摆不定。

雨，缠绵不清。

和他第一天走向县衙时，一模一样。

红面的车夫宿醉街头。

结实的裁缝哀叹不已。

只不过，那扇朱红色的大门前，少了一个人。

叶子。

白石抬起了头。

门前，少了一个叶子。

天上，有着无数叶子。

有的，是随秋风飘落的叶子。

有的，是被狂风碾碎的叶子。

还有的，是在枯树上挣扎着，迟迟不肯离去，渐渐萎黄、挛缩，最后消逝不见的叶子。

叶子，卷过了白石的脸，拥着白石的发。

白石闭上了眼。

他，仿佛觉得，自己就是叶子。

既是那面色苍白的叶子。

又是那在风中飘落的叶子。

可是白石明白。

如果他再不出手的话。

他也许就会成为，被狂风碾碎的叶子。

所以他出手了。

然而这世上总是有不同的手。

就连这镇上，也有着太多的手。

人屠的手，是鲜血与死亡的手。

生亦欢的手，是爱与罪的手。

病无药的手，是生命与消逝的手。

而在下一刻抵在白石额头的这只手，绝对更是一只非同凡响的手。

那样白皙而有力的指头，只会属于一个人。

萧落木。

“你的反应好像慢了点。”萧落木的脸上神采飞扬。

“你的手，倒是和往常一样快。”白石叹道。

“那是当然。”萧落木笑吟吟地望着白石，“如果这双手不够快的话，恐怕就不能多喝几碗尊夫人的汤了。”

“萧兄想要尝尝内人的手艺，随时在镇西寒舍恭候。”白石也笑了，“看来，风先生真的能帮到你？”

“我若是帮得了他，那是他命不该绝；若是他该逢死劫，那就算是我风化柳，也未必能救得了。”风师爷不知何时，已然举着一把油伞，静静地站在萧落木的身后。

萧落木的神情却渐渐浮现出一丝落寞。

他收回了手，却又平摊开来，望着一滴滴雨水落在他的指上，又溅得粉碎。

“也许吧。”萧落木淡淡道，“也许老天知道，这场雨，我还没享受够呢。”

风师爷却摇了摇头：“只怕这雨再下下去，你就说不出这样的话了。”

“哦？”

“这世上，没有人会觉得，在这种鬼天气到一个全是尸体的地洞里，会是一种享受。”

“地洞？”白石愣了愣，“难道我们要去……”

“没错，叶捕头等了你们很久了。”风师爷叹了口气，“叶捕头今天心情很差，我们还是尽快去会合他吧。”

白石皱起了眉。

他从没有想到，焦黑的土地和纯净的雨水，混合在一起，竟然能散发出这样浓重的腥味。

而那股腥味，在胡衙役奋力撬开一块焦土时，就愈发浓重了。

重得让白石仿佛感到，那一股腥味仿佛如同一群群冤魂，张牙舞爪，拼命从他的鼻孔中钻进他的身体里，撕裂他的灵魂，占据他的肉体。

那不是土腥。

而是血腥。

胡衙役望着黑暗而狭窄的洞口："堂堂的人间八苦，居然会躲在这里？"

他转头看了看白石，眼中半信半疑。

萧落木笑道："他进去的时候不省人事，出来的时候人事不省。你若要问他，不过是夏虫语冰。"

叶鸣蝉却冷冷道："多说无益，我们都下去。"

"不，不能下去。"

这是瞎子苍老的声音。

瞎子的脸上，丝毫没有昨夜的神秘与奇诡，有的，只是莫名的惊惶与畏惧。

"你又要做什么？"叶鸣蝉脸色铁青。

瞎子局促地抓捏着手中的胡琴，指节攥得发白："那下面，是魔鬼！无尽的魔鬼！我不能！我绝不能下去！"

叶鸣蝉冷哼了一声，没有再理会瞎子，而是转头死死盯着胡衙役。

"你，先下去。"

胡衙役脸上现出一丝犹豫。

他望着那幽深的地洞，双脚不由自主地向后退了半步。

仿佛，那是猛兽的大口，即将把他吞噬。

这世上的恐惧，大体不外乎两种。

一种恐惧，让人几乎忘记一切。

而另一种恐惧，却能让人忘记第一种恐惧。

当胡衙役抬起头的那一刹那，他看到了叶捕头的目光就像两道冰冷的利刃，刺入他的五脏六腑，几乎将他的骨髓与思维也一起冻结。

所以，胡衙役猛地一颤，身不由己跳入了地洞里。

然而，同样颤了一颤的人，却未必只有胡衙役一人。

甚至，白石的颤抖，来自内心更深处一种无以名状的情绪。

恍惚中，他仿佛觉得，在胡衙役脸上，看到了什么最为可怕的事情。

可是他想不起。

实在想不起。

萧落木却似乎误会了白石。

“怎么，”他轻轻拍了拍白石的肩头，“还没有恢复过来么？”

白石愣愣地看着萧落木，没有说话。

萧落木笑了：“没关系，我先下去，万事有我。”

说罢，他也翻了下去，轻盈得就像一只翩翩起舞的蝴蝶。

白石却从混沌中猛然惊醒。

他伸出手去，徒劳地在空中一抓，仿佛要将萧落木留住。

可是，他甚至没有触碰到萧落木在空气中残留的任何一丝气息。

白石呆住了。

他的手僵在半空，仿佛错过了生命中最重要的什么东西。

那是什么？

他不知道。

他也不知道将来会不会有一天会知道。

他只觉得，一种曾令他安心不已的东西，正从他的指缝间一点一点地逝去；又仿佛，空中有着一个隐藏的幽灵，伏在他和萧落木之间，一寸寸地啃食着那条无形的纽带；再或者，萧落木的身影竟渐渐模糊，逐渐化为一个触不可及的虚像，随着风的呻吟，即将在下一刻，碎裂为不曾存在的幻影。

风化柳似乎特别在意白石的怪异。

他缓缓把白石凝在空中的手按下。

“走吧，不要想太多，”他直视着白石的眼睛，瞳孔中放出异样的光，“我们一起下去。”

白石没有再说什么。

他闭上了眼睛。

他纵身一跃，仿佛那洞口通向的，是另一个世界。

一个曾经熟悉，却早已被他遗忘的世界。

萧落木的脚步轻快而有力。

左脚。

右脚。

又是左脚。

白石跟随着萧落木，一丝不苟，一步不差。

仿佛是萧落木的影子。

这又让白石心里的惶恐，慢慢地平静。

刚刚那一刻，恐怕只不过是错觉吧？

他忍不住开口问道：“你要找的人……找到了么？”

“快了。”萧落木的脚步依旧不紧不慢，“虽然还没有，但是我已经感觉到，就快了。”

“是么？”白石笑道，“那就恭喜你了。”

“到时候，”萧落木的声音仿佛也有些兴奋，“恐怕你还要为我做个见证。”

“什么见证？”白石不禁奇道。

“到时候你便知道。”萧落木突然停住了脚步，转过身望着白石，眼里绽放出一种狂热的光芒，“也许，你这一生，再也见证不到这么精彩的故事了。”

白石还想问些什么。

可是，来自洞窟深处的惨叫打断了他的思绪。

那是胡衙役的声音。

叶鸣蝉脸色一沉，猛地挤开众人，冲入了前方的黑暗。

萧落木和白石对视一愣，也紧随而去。

就在不远处，胡衙役的惨叫已然萦绕在耳边。

可是白石却没有看到胡衙役的身影。

因为，就在刚刚的一刹那，叶鸣蝉手中的火折突然从手中跌落在地，让洞窟又堕入一片黑暗。

然而白石感觉得到。

这，就是那个洞窟。

那个人间四苦葬身的洞窟。

然而洞窟内究竟发生了什么？

是什么，让铁一般冰冷的叶鸣蝉，竟也拿不住手中的火折？

仅仅是因为，那四具不成人形的尸体么？

这一切，马上就有了答案。

因为风化柳也来了。

风化柳从怀中掏出了火折，缓缓打亮。

摇晃的火光依稀地映出了他们的影子，居然如瞎子口中一般，像来自地狱深渊的魔影，不住地狞笑，疯狂地舞动，面对着堕入它们掌中的猎物。

然而白石却不禁颤抖起来。

他甚至希望，这唯一的一点光明，未曾出现。

跌倒在地的胡衙役，仿佛已经丧失了最后一点理智，他疯狂地嚎叫着，拼命地把身躯挤向背后的石壁，如同要钻进去一般，而他的下身，已被不可知的液体或是体液浸个湿透。

熟悉的石洞，依旧布满了干涸至黑褐色的血迹，仿佛引来了方圆十里内所有的蚊虫鼠蚁，在血迹上轰鸣着，拥挤着，和不可忍受的腥臭混合在一起，化为有形的物质，冲破了耳膜，刺穿了眼球，撕裂了鼻孔，又从喉管里爆炸开来，折磨着每一个人的五感。

然而，最可怕的，绝不止于此。

对于白石来说，最可怕的是，在那一片片血迹、蚊虫、鼠蚁之中，竟然——没有一具尸体!

一具也没有!

支离破碎的怨憎会，血流成河的五阴盛，粉身碎骨的爱别离，甚至连死不瞑目的求不得，竟然通通都消失不见!

白石终于明白。

尸体，有时候并没有那么可怕，恰恰相反，尸体在它该在的地方，才最令人安心。

风化柳忍不住摸出折扇，皱了皱眉：“这里，果然不是一个让人享受的地方。”

萧落木却注意到了白石的异样：“你怎么了？”

“人间四苦，”白石神色木然，“本应该死在这里。”

风化柳闻言倒吸了一口凉气。

萧落木却笑了。

“是么？”他轻轻地在洞窟中踱着，仿佛想要发现些什么蛛丝马迹，“这可就怪了。难道，是快剑三做的么？还是，他口中那个看不到脸的男人？”

是谁呢？

究竟是谁呢？

白石不知道。

他甚至没有听到萧落木究竟在说什么。

因为，他正在死死盯着一个人的脸。

这个人的脸上，露出了一种表情。

一种让白石极其熟悉的表情。

因为，那种表情，和白石自己脸上的一模一样。

那双眼中所封藏的，是震惊，是迷惑，是不知所措。

这本不该在这张脸上出现的表情，让白石的世界，只剩下了一片黑白。而在黑白之中不断闪回的，是一幅幅他本该遗忘，却不知被谁从记忆中抽出的画面。胡衙役的恐惧，荷影的颤抖，叶子的尖叫与沉默，在他的眼前不断地循环。而又仿佛有一只手，用一根细细的丝线将这一副副画作穿成一串。突然在某一个瞬间，这一片黑白霎时被涂满了颜色，向白石昭示出了一切的本源。

叶鸣蝉厌恶地瞥了一眼依然失魂落魄的胡衙役，转身向洞外走去：“我们走。”

“去哪里？”风化柳随口问道。

“尸体，是不会走的。”叶鸣蝉冷冷道，“但是如果他们走了，那我们也该走了。”

叶鸣蝉的身影，已快要没入洞口。

然而他却停住了。

叶鸣蝉是不会轻易停下的。

除非，他有不得不停下的理由。

而现在，他就有。

不是因为挡在身前的白石。

而是因为白石脸上的表情。

那是一种异样的愤怒。

又是坚毅的悲痛。

那表情仿佛有着一种无与伦比的力量。

让叶鸣蝉不得不停下了脚步。

“叶大人。”白石的声音沉重得仿佛千斤岩石，“不用走了。”

叶鸣蝉没有说话。

“前天夜里，你去了哪里？”

“这不关你的事。”叶鸣蝉脸色愈加阴沉。

“那好。”白石不紧不慢，“那么，叶子为什么那么怕你？”

“哦？”萧落木不禁奇道。

“叶子在你面前，没有说过一句话。从来没有。”

“这世上总有些人，是不爱说话的。”

“但她看你的眼神，那分明就是内心最深处的恐惧。”白石终于想起为什么今晨的胡衙役，昨夜的荷影，甚至那一晚的叶子，眼神都让他那样的熟悉。

“胡说八道。”叶鸣蝉冷哼一声。

“是么？”白石紧接着道，“那你刚刚，究竟是在惊讶什么？是不是因为你也有些意外，那些被你杀了的人，为什么没有躺在这里？”

“说的很有趣，”叶鸣蝉不怒反笑，“不过，我没空再听你的故事。”

他的巨掌已然按上了白石的肩膀。

“让开，”叶鸣蝉的眼睛里流露出了可怕的杀意，“我最后说一次。”

“哦？”萧落木扬起了眉毛，身影却不知不觉中靠近了白石，“叶捕头就这么急着走么？”

风化柳紧紧攥住了手里的铁扇，面色凝重，一言不发。

胡衙役却仿佛终于从惊吓中回过了神，握着手中的棍棒，挣扎着从地上爬了起来。

白石依然纹丝不动。

他甚至没有看一眼叶鸣蝉的眼睛。

“我要看一看。”

“你，想看什么？”叶鸣蝉紧紧咬着牙。

“我至少要看一看，你的身体。”白石丝毫没有在意那逼人的杀意，“那一夜，我亲眼看见，叶子在那个凶手背上，留下了‘银蚕丝刃’的痕迹！”

他突然抬起了头，死死盯住了叶鸣蝉的眼睛！

而在这一刻，整个宇宙仿佛都处于一种极致的平衡，任何一个细微的改变都会将一切破坏、爆炸、坍缩，直至归于死寂。

没有人再说话，没有人再呼吸，甚至没有人发出一丝一毫可能会打破这份平静的声音。

这世上，唯一能绽放出色彩的，只有目光。

三个人的目光。

萧落木、风化柳和白石。

而不知是人为，抑或是天意。这三道目光又恰好都集中在一个人的身上，又恰好在不同的位置以一种神奇的排列构建出了一种微妙的均势，维持着这个世界的完整与秩序。

白石的目光，射进了叶鸣蝉的眼里，仿佛要在他的双眼急速地游走，直到他的内心，解开他埋藏在最深处的隐秘。

萧落木的目光，钉住了叶鸣蝉的双手，分开了他的肌肤，错开了他的骨骼，就连肌肉间最细微的颤动也尽收眼底。

而风化柳的目光，却飘忽在叶鸣蝉的头顶，仿佛在观察着气流的盘旋，又或者是在审视着思维的跃动，不明所以。

可是谁也没想到，就在下一刻，打破平衡的却是平衡自己。

叶鸣蝉笑了。

开心地笑了。

如释重负地笑了。

谁也没有想到，他就这样笑了。

“你想看是么？”叶鸣蝉笑得不可自已，“那我就给你看。”

叶鸣蝉向后退了两步。

风化柳竖起了耳朵，聆听着这脚步，是走向毁灭，抑或是光明。

叶鸣蝉的手慢慢地拉开了大氅。

胡衙役握紧了铁棒，担忧着大氅之下，究竟是地狱，亦或是平静。

叶鸣蝉缓缓褪下了劲衣。

萧落木眯起了眼睛，分辨着黑暗中的躯体，究竟是魔鬼，亦或是正义。

叶鸣蝉默默地转过了身。

白石不动声色，沉静似水，仿佛早已预料到了一切的结局。

然而，白石不是神。

他只是一个捕快。

一个最普通的捕快。

所以，他总是会出错的。

而且，他的错误，似乎比别人多得多。

特别，是在这个不该出错，或是只能出错的镇子。

因为，尽管灯光昏暗，尽管若隐若现，洞窟中的三对眼睛依然看得分明。

叶鸣蝉的背上，光洁如斯。

古铜色的皮肤一片匀称，完美得没有一点瑕疵。

风化柳依然没有说话。

胡衙役却长吁了一口气。

只有萧落木，转过头望着白石，欲言又止。

“看清楚了？”叶鸣蝉的大氅瞬间又将自己裹紧，“这个镇子，还没有能伤到我的人。”

“看清楚了。”白石的声音低沉而失落。

“看在你尽忠职守的份上，这次就饶了你。”叶鸣蝉大踏步向洞外走去。

然而，他的脚步又停住了。

因为，白石依然没有让开。

“你，真的不想活了么？”叶鸣蝉似乎丧失了最后一点耐心。

“多谢你饶过了我，”白石苦笑着，眼皮却轻轻抬起，平静地望着叶鸣蝉，“只是，我不能饶过你。”

“你究竟，看到了什么？”萧落木忍不住问道。

“我，什么都没看到。”

“那你还不滚开。”叶鸣蝉的咆哮，再也无法按捺。

“正是因为什么都没有看到，所以更不能饶过你。”白石淡淡道，“我们初次见面那一天，你忘了么？”

白石看着叶鸣蝉的眼神无悲无喜。

就像昔日的叶鸣蝉。

叶鸣蝉扭曲的脸惊慌失措。

就像昔日的白石。

“其实，你不该让我看你的身体。”白石又叹了口气，“不管你的背上究竟有什么，或是什么都没有，输的都是你。”

“初次见面的那一天？”风化柳的扇子轻轻拍打着自己的脑门，似乎沉浸在回忆里，“你说的，难道是……”

“是‘人屠’。”白石点了点头，“那天，我亲眼看见他的刀从你的胸口刺入，又从你的背后穿出。”

萧落木恍然大悟，双目发出炯炯的神采：“可是他的身上一个伤口都没有！”

白石的眼神略微有些暗淡，仿佛在为身前的这个魁梧的男人惋惜：“那是因为，你刚刚故意走到幽暗的角落，让我们察觉不到你在用‘沆瀣一气’干扰我们的视觉，对不对？”

叶鸣蝉没有回答。

他反而闭上了那双深邃的眼睛。

白石的拳，却早已握紧。

因为，事到如今，甚至连胡衕役都已明白。

这绝不是海啸之后的宁静。

而是死亡之舞的楔子。

而是地狱之声的前奏。

而是杀戮之章的序曲。

就在叶鸣蝉双眼睁开的那一刻。

一切都变了。

既是终结。

又是开始。

再没有血与火之中不倒的斗士。

有的只是。

狰狞咆哮的魔鬼。

灭绝人性的杀意。

冷酷如冰的手臂。

再也不需要掩饰的沆瀣一气，在叶鸣蝉的身上疯狂地膨胀，直到将他完全裹在那团奇异的黑雾里。

这奇诡的景象让胡衙役的双腿一阵发软。

他的牙齿不由得开始不停的战栗。

而叶鸣蝉却像一只嗜血的豹子。

他是熟练的猎手。

也是冷血的野兽。

恐惧，不但能满足他异常的渴望，更是他追逐的食粮。

在恐惧的介导下，他无孔不入，他无处不在，他无所不能。

“你害怕了。”

叶鸣蝉的拳已然挥出。

胡衙役的身体狠狠地撞在石壁上，生死未卜，甚至来不及哼出一声。

他手中的铁棍，在石壁中疯狂地弹动，发出尖锐刺耳的声音，最后又落在白石的脚下，不住地颤动，震荡着洞中的空气，就像那一晚叶子的尖叫一般，就要把白石的耳膜刺穿。

然而，白石并没有在意。

确切的说，是他没能注意。

叶鸣蝉来自深渊的声音，竟也唤起了他的恐惧。

那濒临死亡的恐惧。

叶鸣蝉简单的四个字，在白石的脑海中不断地回响，却又仿佛在空中化为了一只巨手，紧紧地扼住了白石的喉咙，就像那晚一样，让白石几近窒息。

他本不该想起这些的。

因为，叶鸣蝉不但像猎豹一样，充满着对恐惧无限的贪婪，更是像蜘蛛一般，天生对恐惧极度的敏感。

他和叶子一样，都喜欢在自己的领域布下那些可怕的丝线。

很少有人能看到叶子的线，而当你不小心触碰到时，你就已经再没有机会看见。

然而从没有人能看见叶鸣蝉的线，也从没有人能触摸到叶鸣蝉的线，可是当你真正能触动叶鸣蝉的线的时候，你早已不需要知道那里究竟有没有线。

而白石的恐惧，已然触碰到了叶鸣蝉的线。

那无形无影，却又星罗棋布的线。

“你，也害怕了。”

这一次，不是回忆，不是幻觉，真实得再也无法忽略。

叶鸣蝉的手，真的攥紧了白石的喉咙。

死亡，究竟是什么样的?

那一夜，白石本有机会明白的。

可是叶子的反戈拯救了他。

然而这一次呢?

萧落木和风化柳来得及拯救他么?

他不知道。

他只知道，这一次，叶鸣蝉的指头，实在缩紧得太快。

快到在一瞬间，他的头颅就在一片模糊中丧失了所有的空气和血液。

难道，这就是死亡?

在朦胧中，白石似乎看到了一片奇异的景象。

然而，他没有惊惧，没有讶异。

因为，这不是第一次。

绝不是。

虽然，他分明地感到了，从尾巴传来的那一股剧痛。

他的身躯僵直，却弯不了腰。

他的血液倒流，却抬不起头。

因为，他只是一条鱼。

一条被人倒提在手中的鱼。

可是，即便是鱼，也会有恐惧。

然而却不同于人的恐惧。

在恐惧面前，再脆弱的鱼，也至少会做一件事。

白石甩了甩尾巴。

他的身体，居然意外地垂直落下。

跌入了滚烫的黄沙。

不。

黄沙居然是冰凉的。

凉得如同少女的手，抚摸着白石的每一片鳞甲。

不。

那也不是黄沙。

而是蓝海。

蓝得仿佛像荷影昨夜的眼眸。

白石干枯的肌肤在一瞬间被注入了无尽的活力。

他睁开了眼睛。

就在那一瞬间，一切镜花水月，在不知不觉中烟消云散。

他呆住了。

不知何时，更不知为何，他的手中紧紧握着胡衙役的铁棒，刺穿了叶鸣蝉的肩，惊讶了萧落木的眼，更迷茫了他自己的脸。

而这翻天覆地的一切，却只在电光火石之间，偏偏来得及凝固了萧落木尚在空中的手，恰恰赶得上堵住了风化柳仍是半张的口，更是刚刚够时间截住了叶鸣蝉致命一击的拳头。

叶鸣蝉死死地盯着自己的伤口，通红的眼中写满了愤怒与不信。

他大吼了一声，提起了另一只拳头。

然而，那只手却又瞬间软软垂下，仿佛丧失了一切力量。

白石惊讶地抬起了头。

血，从叶鸣蝉的嘴角流出。

光，从叶鸣蝉的瞳孔流逝。

也许一切，都是因为，那把插在叶鸣蝉头上的扇子！

一把漆黑的扇子！

扇子并不可怕。

可怕的是握着扇子的手！

更可怕的是手握扇子，以诡异的姿势倒立在叶鸣蝉头顶的风化柳！

叶鸣蝉的声音断断续续："风，风化柳，你，你……"

风化柳的表情异常的肃穆。

肃穆得有些让人恐惧。

他淡淡道："沆瀣一气唯一的破绽，就在头顶，对不对？"

叶鸣蝉没有开口。

他也许再也开不了口。

风化柳的身影翩然飘落。

"叶捕头，我早已怀疑你了。只不过，我实在没有赢你的把握罢了。"

叶鸣蝉缓缓地闭上了眼睛。

他的喉头发出了一声沉重的咕哝，似是不甘的低吼，却又似是绝望的叹息。

叶鸣蝉跪倒在地，衰弱已极，嘶哑的声音仿佛是从喉中一个字，一个字的挤出。

"你们……不要忘了……一件事……"

"哦？"风化柳的眉头微微一皱，他轻轻地，一步一步地走近了叶鸣蝉，"事到如今，你还有什么可说的？"。

突然，叶鸣蝉狠狠地瞪大了双眼，仿佛把心中的那股凶悍刹那间化为了他无尽的生命力："你们不要忘了，老子才是本镇第一高手！"

巨大的吼声在狭小的石洞内激荡回旋，竟仿佛凝成了一把把利刃，刮破了风化柳的衣衫，又聚成了一柄柄大锤，敲击着风化柳的胸膛。

就在那一瞬间，叶鸣蝉高大的身影猛然站起，鲜血兀自从他的额头不住地流下，可是他却似乎感觉不到丝毫的痛楚，转瞬之间，他的手已挟着风雷般的呼啸，挥向了风化柳的胸口。

风化柳已无退路。

他也不需要退路。

他知道叶鸣蝉有一双铁一般的手。

可是他更知道，那并不是真的铁手。

所以，他挥出了手中的铁扇。

然而在下一刻，他就明白，他错了。

这世上真的有人的手，是比铁还硬的手。

比如说叶鸣蝉的手。

在那沉闷的声响过后，风化柳的脊背狠狠地撞上了山洞。

他碎裂的衣衫下，左臂上奇特的刺青流淌着浑浊的血，竟是狼狈至极。

叶鸣蝉纵声大笑，顺着这一掌之势，隐没在了洞口外，再也看不到踪迹。

风化柳伸出颤抖不已的手，慢慢地抹去了嘴角的血渍，脸色失望之极。

他转头望向了白石："可惜……"

然而他没有再说下去。

因为，他看到了一幅奇异的景象。

他看到了白石脸上的表情。

白石好像根本没有注意到叶鸣蝉是生还是死，甚至究竟是不是还在这里。他竟然只是愣愣地望着萧落木，脸上写满了惊疑。

那萧落木呢?

风化柳的眉头紧锁，又偏了偏头。

他心中竟是一沉。

如果白石的表情不过是奇异，那萧落木的样子已然称得上奇诡。他修长的手指凝在半空，却是不住的颤动，仿佛已耗尽了他全身力气。他的双眼涣散而空灵，没有人知道，他究竟在看着什么，抑或是没有在看着什么。似乎此时此刻，那个飘逸洒脱的灵魂，已不愿被束缚在这具朝不保夕的躯体。

白石终于如梦初醒。

“萧兄？”

萧落木没有说话。

白石缓缓走近。

“萧兄？”

萧落木依然没有说话。

白石死死地盯着萧落木的双眼。

渐渐地。

渐渐地。

他看到了。

他分明地看到了。

白石从萧落木的双眼中，看出了一种奇特的感情。

白石猛然打了个冷战。

不，不是一种，而是十种，百种，千种！

无数种难以言说的表情在瞳孔中那一片无尽虚空里混合、交融、发酵，最后竟酿成了一坛毒酒，泼在白石的眼前。

转啊转。

转啊转。

转得白石惊慌失措。

转得白石毛骨悚然。

突然，萧落木的嘴微微咧了咧。

他的口中喷出了一道黑血。

他的眼中却只剩下了一片苍白。

他的头重重地跌落在地，发出了沉闷的声音，在洞中回响，久久没有消散。

“你今天，见到叶捕头了么？”

矮胖的裁缝睡眼惺忪地抬起了头，只看到白石脸上隐不去的一片怅然。

“没看见。”裁缝眯缝的双眼里尽是不满。

“是么？”白石沉默了片刻，“如果你看到了，记得来衙门报官。”

“知道了。”裁缝大大地打了个呵欠。

白石机械地转过身，走向了门外。

突然，他的脚步停住了。

他缓缓转过了头，目光瞬间扫遍了整个铺面。

裁缝皱了皱眉：“怎么？”

“叶捕头出什么事了，你不想知道么？”

裁缝笑了：“我只是个裁缝。”

白石踱了两步，来到了一堆布匹旁边。

他伸出手，擦拭着布上的灰尘：“看来你的生意不太好。”

“这个世道，还有什么好做的生意？”裁缝淡淡道。

“既然这样，”白石轻轻摩挲着花布上的片片殷红，“我来照顾照顾你的生意如何？”

裁缝却笑了，他望着白石身上的差衣：“差爷要要的话，拿去便是了。”

白石摇了摇头：“只可惜，我白石从来没有不问自取的习惯。”

“你已然问过，”裁缝淡淡道，“而我也已然答允。又怎么会是不问自取呢？”

白石放下了花布，一步步走到了裁缝的面前。

他的眼神渐渐森然：“我既然要拿裁缝的东西，只怕，还是要问裁缝本人比较好。”

“我说了，我就是裁缝。”裁缝的眼里竟然流露出了些许不安。

“是么？”白石猛然抓起了裁缝的手。

那双老茧密布，却苍劲有力的手。

“我从来没有见过一个裁缝，会有这样的手。”

“哦？”裁缝没有丝毫的慌乱，却伸出了一个指头，“那你又有没有见过一个车夫，会有那样的脸？”

白石顺着裁缝的手望去。

路边的马车上，长须白面的车夫，竟在不住地冷笑，显然注视他们已久。

“这可就麻烦了，”白石叹了口气，“一个假裁缝，一个假车夫，你说我是先顾哪一头好呢？”

“他是不是车夫，并不重要，我是不是裁缝，也不重要。”裁缝再次眯起了眼睛，“重要的是，差爷你，究竟是不是捕快？”

白石愣了一愣：“我是不是捕快，你跟着我去衙门不就知道？”

裁缝却笑了，笑得眼泪都要流出来：“那倒不用，我现在就知道你绝不是一个捕快。”

“为什么？”

“因为，一个死人，是做不成捕快的。”

裁缝的另一只手突然拍向了白石的胸膛。

然而他的手腕却在一瞬间被白石死死扼住。

白石叹了口气：“看来你这双手不但粗得做不了裁缝，而且慢得连人也杀不了。”

裁缝狡黠的挤了挤眼睛：“杀人的手，未必是够快的手。”

“哦？”

“你知不知道，够多的手，也一样杀得了人。”

白石奇道：“这么说，你有三只手？”

“我一个人当然只有两只手，”裁缝摇了摇头，“可是如果我有两个人呢？”

白石心中一动。

他突然听到了背后那若有若无的破空之声。

白石只得放开了裁缝的手，侧身闪过。

三片树叶擦过了白石的脸颊，又狠狠钉在了墙板上，粉身碎骨。

裁缝哈哈大笑："多谢相助！"

他猛然撞开了身后的墙，刹那间在后巷消失不见。

车夫冷哼一声，随手又射出几片树叶，反身几个起落，也无影无踪。

白石略一踟蹰，便从后巷追了出去。

然而，就在他的脚踏出墙洞的那一瞬间，他呆住了。

后巷，竟然是一个小小的市集。

沽酒的汉子矗立在酒桶之后，声高气粗。

售鸡的小伙蹲坐在竹笼一旁，挤眉弄眼。

献艺的师傅纵跃在火盆边缘，大汗淋漓。

卖菜的老农委顿在担子中间，无精打采。

白石在人群中一步步的走去。

剃头摊子、糖球摊子、馒头摊子……

可是，却没有人注意到他，甚至没有人看得到他，他仿佛只是一个游离在尘世之外的幻影，不属于这个市集，而市集，更不属于他。

突然，白石的脚步停住了。

他呆呆地站在市集中央。

他的心里，渐渐地升起一丝不安。

而这一丝不安，逐渐地氤氲，扩大，飘散，占据了他的五脏六腑，侵入了他的四肢九窍，最后把他的每一个毛孔、每一个发丝，都填得剩不下一点缝隙。

这，究竟是为什么呢？

白石抬起了头。

灰蒙的天空在他的眼前竟开始不住地旋转。

转啊转。

转啊转。

转得白石心烦欲呕。

转得白石神迷意乱。

他实在忍受不住。

他张开了口。

他仿佛听到自己的声音飘渺虚幻，宛若来自遥远的天边。

“各位乡亲，你们……”

突然他的声音也停住了。

因为，在他张口的那一刹那，喧嚣的市集竟然变得鸦雀无声。

白石侧耳聆听，竟然连一丝呼吸也没有。

白石张皇四顾。

然而，这却让他的头一阵眩晕。

就算这些日子经历了生与死，地狱与天堂，他依然不敢相信他的眼睛。

十余个小贩，居然停下了所有动作，瞪大了眼睛，死死盯着白石，那眼神中的敌意，仿佛在盯着一个来自异界的怪物。

白石的眼前有一些模糊。

他深深地吸了一口气。

只有这样，他才不至于马上晕厥。

而这一口气，也让他的眼睛再度明亮。

可是，他马上就后悔了。

因为，更明亮的眼睛，自然就看得更清楚。

而当他看清楚的那一刻，他的头脑中蓦然升腾起一片白色的水雾。

他分明地看到，那十余张脸，竟然有着同样的面容，同样的表情，甚至是同样的眼神！

那些漂浮在水雾中诡异的脸，竟在同一时间，向着白石狞笑，不住地狞笑，仿佛天塌地陷，放出了九天十地中，无穷无尽的鬼怪。那笑声越来越远，直到水雾渐渐散去，只留下了白石一人，静静地站在原地，仿佛这里从来就没有裁缝，没有过车夫，没有过小贩，甚至没有过市集一般。

然而就在那一刹那，他突然明白了一句话。

一句瞎子说过的话。

“你回来了？”风化柳站在衙门口，手中缓缓摇动着折扇。

“我回来了。”白石竟有着一丝落寞。

“没能找到叶鸣蝉么？”

“没有。”白石机械地摇了摇头。

风化柳的声音冰冷如雪：“那你回去吧。”

“他们怎样？”

“萧落木和胡衙役我自会照看，无须你担心。”

突然白石打断了风化柳的话：“那么，黎大人呢？”

“哦？”风化柳不禁有些意外。

“我要见黎大人。”白石的话斩钉截铁。

“黎大人自然是在洞中，”风化柳略一沉吟。“你要见他，便自己去吧。”

白石缓缓向后园走去。

而风化柳就站在那里，静静望着天际，不知所思何事。

当白石和风化柳擦肩而过的那一刹那，他停住了。

他突然转过了头，注视着风化柳清瘦的侧脸。

“怎么了？”风化柳从脖子到眼角，一动未动。

甚至白石没有看见，他的嘴，究竟到底有没有张开过。

“听说风师爷来这个镇子已经很久了。”

“我退出江湖三年，”风化柳平静如水，“就在这个镇子呆了三年。”

“看来你很喜欢这个镇子。”

“没错。”

“为什么？”

“因为，这个镇子足够无趣，”风化柳淡淡道，“而一个金盆洗手的人，恰恰需要这么一个无趣的镇子。”

“哦？是么？”白石挑了挑眉毛，“可是萧落木说过，这个镇子已经越来越有趣了。”

“有趣，那是对他们江湖中人说的。”风化柳终于瞟了一眼白石，又缓缓把眼神移了开去，“可惜，我已不是。”

“那么，对黎大人呢？”

风化柳对这个问题似乎毫无兴趣：“你亲口问问他，不就知道了。”

白石沉默了。

他又凝视了片刻风化柳那僵硬的面孔，终于拔腿离去。

风化柳的周身竟弥漫着一股危险的气息。

这究竟还是不是真正的风化柳？

是不是那个，从人屠手中救了他一命的风化柳？

黎大人在洞中佝偻的身影打断了白石的思绪。

他的双脚，仿佛已被死死地钉在那里，落地生根，从来没有离开过。而他的手，依旧在那几个血红的字上不住地摩挲。

白石轻轻地走近了几步：“黎大人。”

黎大人仿佛什么都没有听见，依然只是在喃喃自语：“无可奈何花落去……无可奈何……花落去……”。

白石把嘴凑近了黎大人的耳边：“黎大人。”

黎大人恍若梦醒，他转过了头，却让白石心中一惊。

不过是数日不见，黎大人干枯的眼窝已深深陷入了头颅中，宛若炼狱中的饿鬼。

白石定了定神：“它死了。”

黎大人浑浊的眼睛露出了一点微光。

“谁死了？”

“镇子。”白石的话仿佛千斤般沉重，“这个镇子死了。”

“你，都看到了？”黎大人的声音止不住的颤抖。

“我都看到了。”白石的眼前仿佛浮现出了那些可怕的景象，“现在的镇子里，已经没有一个镇民了。在裁缝铺，在车夫家，在每一个屋子里面，我都找到了不止一具尸体。他们，全都被替换了。”

黎大人又沉默了。

他转过头，望着石壁，未发一言。

“你是本镇的县令，”白石接着道，“你，不应该不知道的。”

黎大人长叹了一口气，半是羞愧，半是绝望：“我的确知道。”

“那，他们是因何而来？”白石步步紧逼，“他们，又是因何而死？”

黎大人蹒跚着挪了两步。

他的手无力地搭上了石壁。

“他们，是因它而来；也是因它而死。”

“哦？”白石满面疑惑。

“时至今日，我不得不告诉你。”黎大人望着那句诗，渐渐变得满面痴迷，“留下这句诗的，便是飞天狐狸！”

白石回忆起了萧落木的话：“二十三年前，绝迹江湖的飞天狐狸？”

“没错，”黎大人干枯的手指，顺着那七个字的笔画缓缓游移，“传说中，这是飞天狐狸唯一留下的线索。只要掌握了这七个字的秘密，就能在每年的立冬之夜，让那笔宝藏重见天日。”

白石的脸色一沉，哼了一声：“那么，你要的也是那笔宝藏？”

“宝藏？”黎大人突然笑了。

那笑声，竟愈来愈凄凉，愈来愈萧索，最后竟化为了呜咽和悲鸣。

“我要的，不过是我的命。”

白石愕然：“你的命？”

黎大人仿佛已然神智混乱，他不停地用额头和双手拍打着石壁。一道道血痕和七个血红的大字混为一体，再难分离。

“两天了，只有两天便要立冬了，”黎大人不住的胡言乱语，“圣上，绝饶不过我。”

白石心中又是一惊：“圣上？难道说你……你是……”

突然，黎大人停住了。

他的身体僵直在半空，仿佛一座朽木雕成的人像，一动不动。

然而，又仿佛有什么神灵赐予了这座雕像生命与活力，让它不停地的生长，饱满，充实，最后又在这具躯壳中灌满了坚韧的魂魄，化为了一个饱经风霜的睿智老者。

黎大人昂起了头，他仿佛突然想起了自己究竟是谁，究竟从何而来，又究竟为何而去。他眼中的混乱与迷惑一扫而空，居然现出了一股难以名状的坚毅与果敢："不错！我便是皇上特命的密使，来此地调查二十三年前被劫走的贡品。我已向皇上立下军令，若是不能功成，便献上此头！"

白石惊得张口结舌。

"我甫一踏入镇子，便已发现杀机四伏。各路高手互相杀戮，就连我的随从，也都死于人间八苦之手；我本想以这残破之躯诱敌在前，大内第一高手叶鸣蝉黄雀在后，却万万没想到……"黎大人脸上一片黯然："万万没想到，叶鸣蝉竟也见财起意，悍然叛走……只怕，我孤掌难鸣，再难为圣上分忧……"

黎大人仰天长叹一口气，却向白石挥了挥手："你走吧，要为这个镇子陪葬，我一人足够。"

然而白石却一言未发。

他甚至也一动未动。

然而片刻之间，他的脸上竟闪过了几十种复杂难解的感情。

那感情中，有着对荷影的愧疚，有着对叶鸣蝉的愤怒，有着对镇民的怜悯，更平添了对黎大人的敬重。这些感情，仿佛在争夺着对白石大脑的控制，无尽无止，至死方休。

然而，再狂的飓风也终会停止，再猛的浪涛也终会平息，白石的感情终在出其不意的一瞬间定格，渐渐化为实体，将白石的脸塑得无比坚定。

他笑了笑，从容而无谓："既然尚有两日，我们未必没有机会。"

"我们？"这次轮到黎大人愣了愣，旋即又放声大笑，"你有这份心意足够，只可惜……"

"可惜什么？"

"可惜，"黎大人叹了口气，又摇了摇头，"这七个字实在有着太可怕的魔性，就连我也差点不能自拔，又怎能让你也堕入这诱惑之中。”

白石默默地抬起了头。

他望向了那七个字。

无可奈何花落去。

无可奈何。

花落去。

白石越走越近。

越走越近。

近得让他的鼻尖已然感受到了石壁的冷漠。

然而，无论他如何调整自己的情绪，那一笔一划，都仿佛丑陋的蜈蚣，又好似蠕动的蛆虫，亦极似石壁的伤疤，引动着白石的胃，让白石恶心欲呕。

“是么？”白石紧紧地皱着眉头，“这七个字，在我看来不过是一副毫无意义的图画罢了。”

等等……

图画？

图画！

白石突然觉得，他的脑海中突然被一束莫名的光映得雪亮。那道光从他的双眼中直射而出，投射在那七个大字上。它们仿佛具有着无穷的魔力，让那歪曲倾斜的笔画一个个仿佛被从无尽的沉睡中唤醒，扭动着，雀跃着，离开了他们本应坚守的位置，却不顾一切的首尾相连，钻入了白石的脑中！

那已不再是七个晦涩的大字！

而是一幅清晰分明的！

地图！

白石猛然转过了头！

他看得分明！

在黎大人的眼里！

闪烁着和他一模一样的光芒！

“今天的汤，还合你的胃口么？”

荷影似乎漫不经心地搅动着面前的粥，眼角却偷偷地瞟着白石。

“当然。”白石笑了笑，“不然，我会喝得一滴不剩么？”

“那就好。”荷影笑靥如花。

荷影伸出了玉手，想要收走白石面前的碗筷，却被白石一把抓住。

“怎么……”荷影满面绯红。

“我们走吧。”

荷影愣了愣，没有说话。

白石的眼神却是异常的严肃：“过了立冬，我们就走吧。”

“过了立冬？”荷影笑了，“好啊。”

“你不想知道为什么？”

“我又何必知道呢？”荷影淡淡笑着，“你想走，我便陪你一起走。”

白石也笑了。

笑的那样开心。

笑得那样灿烂。

笑的那样自由。

他紧握着荷影的手。

他抚摸着荷影的发。

他凝望着荷影的眼睛。

仿佛那是一片星空。

最美的星空。

他看着群星此起彼落。

他看着群星交相辉映。

他看着群星忽暗忽明。

他愿意，就这一辈子沉睡在这里。

永远不醒。

永远。

不醒。

第六夜　蝎子的孤独

“你终于醒了。”

蝎子只是沉默了三秒。

在这三秒钟内，他已经把一切都想起。

“我还是宁愿不醒的好。”蝎子的声音，是那样的疲倦与麻木。

“神”笑了：“放心吧，我只有最后一件事拜托你了。”

蝎子冷冷道：“你以为我还会再相信你么？”

“神”叹了口气。

这次，从阴影中浮现的，不是一样东西。

而是两样。

在那熟悉的面具旁，静静地躺着一把剑。

一把闪耀着奇异光芒的剑。

一把仿佛有着生命的剑。

剑仿佛是一个美人。

绝世的美人。

而且，是只属于他一个人的。

美人在对他微笑，对他招手。

蝎子忍不住伸出了手，一把抓住剑柄。

在那一刻，一股奇妙的触感从他的指尖绽放，流进了他的四肢百骸，那犹如爆炸一般的快感让他几乎无法压抑住发自内心的嘶吼。

他死死地攥着剑柄，再也不肯放开。

“怎么样？”

蝎子的呼吸断断续续：“这……这是？”

“这是你的剑。”

蝎子喃喃道：“这是……我的剑？”

剑气在他的手中舞动，在黑夜里闪耀着惊人的光芒。

蝎子闭上眼睛。

他在聆听。

仔细地聆听。

他在聆听着，剑的呻吟。

那时而缠绵旖旎，时而销魂蚀骨的呻吟。

“神”好像已经看透了他的心：“这次，你信不信？”

蝎子狠狠地喘着气：“你究竟要我做什么？”

“神”缓缓道：“我要你去一个地方。”

“什么地方？”

“在县衙的东南三里，有一棵枯树。”

“这就行了？”蝎子满面疑惑。

“神”轻笑了一声：“当然不是，你找到以后，还要帮我杀人。”

“杀谁？”

“神”的声音古井无波：“所有人，所有你看到的人。”

蝎子冷冷道：“然后呢？”

“三天之后，你就能知道你的过去，所有过去。”

“神”的声音充满了诱惑。

蝎子望着手中的剑。

“三天。”

“没错。三天。”

“成交。”蝎子抬起了眼睛。

“神”笑了：“我知道你一定会答应的。

“为什么？”

“因为我是神。”“神”淡淡的笑着，“而你，是蝎子。”

蝎子的声音却冷得像冰：“我希望这是最后一次了。”

“神”的笑声是那样得意：“当然是最后一次。我保证。”

苍凉的古树下，坐着一个男人。

一个长须白面的男人。

任由月光穿过树隙，洒在他的面庞。

男人曾无数次的站在树下。

也曾无数次的等待。

可是这一次却有一点不同。

只有一点。

突然一个低沉的声音从树后传来：“‘飞花公子’花满天。”

长须男人笑了笑：“‘五丁开山’丁五。”

树后又走出了一个矮胖的男人，搓着自己粗糙的手：“你这次等得似乎很焦躁。”

花满天笑道：“那是因为，我第一次等男人。”

丁五道：“怪不得听说飞花公子风流多情，原来从来只愿意等女人。”

花满天脱口而出：“总共等过三百零九个女人。”

“这么说我丁五真是荣幸之至。”

花满天不住冷笑：“你不止荣幸之至，恐怕更要受宠若惊。”

“哦？”

“我花满天不但不等男人，更绝不会救男人。”

丁五又是一笑：“今天若不是你的‘飞花摘叶’相助，恐怕我的确没那么容易摆脱那个难缠的捕快。”

“那你说，你是不是受宠若惊，该不该感恩戴德？”

丁五却摇了摇头：“受宠若惊的确不假，感恩戴德那可未必。”

“为什么？”

“你本不肯救男人，可是你却救了我；你本不肯等男人，可你又等了我；既然你救我等我，那必然是有求于我；既然你有求于我，那便是公平交易；既然是公平交易，我又何必感恩戴德。”

花满天不禁抚掌大笑：“既然你不愿感恩戴德，那你便一定肯帮我。”

“帮你便是帮我，我又有什么理由不帮你？”

花满天眉头一皱：“这么说，你知道我找你做什么？”

丁五点了点头：“你既然约我来此，我又怎可能不知道你找我是为了那笔宝藏？”

花满天猛然一惊：“这么说，你也知道那批宝藏就在这树下？”

“现在整个镇子都已知道石壁上那七个字的笔画就是那批宝藏所在之地的地图，我又焉能不知？”

“那你为何还不动手？”

丁五叹了口气：“自从来到这个小镇，唯一认出我的人就是你，只怕就算我拿走了宝藏，也瞒不过你的眼睛。”

花满天笑了笑道：“不但瞒不过我的眼睛，也逃不过我这双舞花弄蝶的腿。”

丁五又道：“那你为何也不出手？”

花满天也叹了口气：“就算我拿到那批宝藏，也未必能活着走出这个镇子。”

“所以，你也需要我这双开山劈石的手？”

“多一个同伴，总比多一个敌人好。”花满天眼睛一转，“既然我们已经合作，何不今夜就动手？”

丁五却面露犹豫：“可是传闻中，不到立冬之日，便没有人能找得到那笔宝藏。”

花满天不禁笑了：“丁五啊丁五，要不是我和你合作，你恐怕连宝藏的影子都见不到。如果那幅图是真的，难道宝藏被埋在这地下，还会逃走不成？”

丁五尚未回答，一个阴冷的声音传进二人的耳朵里。

“那笔宝藏，的确会走。”

那声音，分明来自同一个人口中，可是却从每一个方向传来，带着刺骨的寒意，将两个人的动作、声音和思维同时冻住。

丁五和花满天的头一点、一点地转了过去。

他们的四只眼睛。

分明地看到。

十三个人。

十三个有着一样容貌，一样表情，甚至口中发出一样声音的人。

“我们早就翻遍了这里，可是什么都找不到。”十三个人又同时张口，“而你们，也再也不会有找的机会了。”

飞花公子竟结结巴巴：“你……不……你们是……幻影刀皇！”

十三个人同时仰天大笑：“不愧是飞花公子！不过从今以后，你就只能改名叫落花公子！”

花满天的脸色铁青。

丁五却怒吼一声，双掌推出。

然而换来的只有惨叫。

自己的惨叫。

他的双掌被切成了二十八段。

十三个人冷笑着把刀送入丁五的咽喉、胸口和腹部：“你连我们一个人都未必打得过，还想打十三个，可笑！”

他们的眼睛斜斜瞟着花满天：“至于你……”

花满天嚅嗫着双唇，想说些什么，可是却说不出。

十三个人一齐笑了，声音刺耳而无情：“你也只有死。”

“没错，只有死，统统都得死。”

花满天已经被吓得瘫倒在地。

可是他没有死。

至少暂时还没有死。

甚至连想让他死的人都没有。

因为，幻影刀皇已来不及让他死。

刚刚那句话，不是他们之中任何一个人说的。

“是谁？”

幻影刀皇的声音嘶哑得像一只惊惶的夜枭。

可是没有人回答。

静悄悄的小镇，没有一点声音。

就连鸟叫的声音都没有。

幻影刀皇转过身，皱了皱眉。

他深深地吸了一口气，又张开了嘴。

可是这时，他突然感到一丝不安。

为什么？

究竟是哪里不对？

突然，他的声音堵在了喉咙里。

冷汗，从他的皮肤直沁他的五脏六腑。

他终于发现，这个小镇实在是太静了。

静得反常。

静得，只听得到自己的呼吸。

幻影刀皇突然意识到了一件事。

他从转身的那一刹那起，就再也没有听到……

他同伴的呼吸！

幻影刀皇想转过头。

可是他转不了。

因为，他的脖子僵硬得像一块冰。

又冷又硬的冰。

接着他又发现，他已经不用转头了。

一只手已经搭上了他的肩头。

就像那把剑穿了过他心脏。

在他胸口流出的血亲吻在地面的时候，他看到了。

他看到了他那十二个同伴的眼神，甚至连恐惧都来不及完全凝聚。

蝎子望着十三具尸体，冷笑了一声。

他没有拭去剑上的血。

因为，他仿佛听到了，那把剑渴求的声音。

原来，这是一个嗜血的美人。

蝎子的心中，默默地叹着。

他笑了笑。

“真是好伙伴。”

他听“神”说过，这把剑有一个很特别的名字。

这把剑的名字叫做。

孤独。

蝎子又笑了：“你，孤独吗？”

他伸出手，轻轻地摩挲着剑身。

就像是在抚摸着情人的肌肤。

“从现在开始，我们又不再孤独了。”

蝎子从来没有过这么开心。

那些肮脏的血，反而衬得孤独更加美丽。

他甚至宁愿就这样一个人，一把剑，在这树下静静地坐着。

坐到天荒地老。

坐到海枯石烂。

如果说，可以的话。

仅仅是如果。

因为，他还有一件没做完的事。

他转过头，斜睨着颤抖不已的花满天，眼光阴冷得宛若一条毒蛇。

那毒蛇缓缓地爬过花满天的脚踝，又顺着他的双腿缠绕而上，栖在他的肩头，伸出冰凉的舌头，舔舐着花满天苍白的面容。

花满天鼓起了最后的勇气，突然拔地而起。

他从来没有见过那么快的剑。

但是他相信没人有自己那么快的腿。

他这一生中遇到过致命的情况已经有十七次。

而这双腿也已经救了他十七次。

他也从不怀疑，这双腿能拯救他第十八次。

然而这一次却有些不一样。

不论他如何不要命地狂奔，他总是能感到脑后那股如影随形的凉意。

这不可能。

这绝不可能。

这究竟是杀手充满杀意的气息，还是他自己恐惧中的幻觉？

他不知道。

可是他忍不住想知道。

花满天脚下毫不松懈，头却缓缓转了过来。

而在他转头的那一刹那，凉意仿佛瞬间突破了他的一切防卫，冷到了他的心底。

因为，他看到了不可置信的一幕。

无论他如何闪转腾挪，蝎子又只是闲庭信步般地缓缓踱着，他却无论如何也甩不开，和蝎子只有一丈的距离。

花满天慌不择路。

蝎子的剑躁动不已。

花满天穷途末路。

蝎子对剑温言软语。

花满天上天无路。

蝎子挥剑身首分离。

花满天的残躯散落在谷底中的密林。

蝎子的孤独痛饮着已凝结成冰的污血。

蝎子笑了。

开心地笑了。

他仰头看着漫天繁星。

一颗两颗。

三颗四颗。

……

十颗百颗。

好像黑夜的泪。

血红如妆的泪。

蝎子的剑突然嗡鸣不已。

它仿佛在提醒着蝎子。

星，是没有红色的。

蝎子当然明白。

他更明白，那不是繁星。

那只是。

狼的眼睛。

群狼的眼睛。

群狼无处不在。

在山腰，在林间，在石上，在这个山谷的每一个角落。

注视着。

呜咽着。

愤怒着。

然而蝎子毫不惊慌。

他的指头，轻轻地安抚着孤独。

安抚着它的激昂。

不是因为群狼。

而是因为，被群狼重重围住。

不，或许是重重围住群狼的一个人。

一个魁梧的男人。

“那不是你的猎物，”蝎子轻轻把嘴放在了孤独的耳边，毫不担心那锋利的剑锋划伤自己的嘴唇，“那，只是我们的同类而已。”

孤独不明白。

蝎子明白。

所以，蝎子让孤独坐在了他的身边。

他们静静地。

静静地。

看着这一出，在哭泣的天空下，上演的一出，最精彩，最精彩的戏剧。

魁梧的男人站在谷底最阴暗的树下。

阴暗得，没有人，也没有狼看得清他身上那一袭火红的大氅。

而在他的肩上，静静地躺着一个少女。

蝎子眯起了眼睛。

他依稀记得，那是一个少女，也是一只猫。

一只狡诈且危险的猫。

而这只猫，已被男人稳稳地挟在肩头。

少女的声音略显虚弱，可是却异常的坚韧。

“叶鸣蝉，没想到你居然能找到这里。”

叶鸣蝉的声音居然温柔如水：“你在的地方，我又怎么会找不到呢？”

少女歇斯底里地笑着：“你来了，你以为你走得掉么？”

男人的声音低沉而谨慎：“不要理那些畜生。跟我走吧。叶子。”

“我不走。”

叶子的眼里没有丝毫的恐惧。

仿佛，她的灵魂，已经被不知从何而来的力量，彻底地洗礼。

她瞪着和狼一样血红的眼睛，死死地盯着叶鸣蝉，没有丝毫妥协。

“怎么能不走呢，”叶鸣蝉皱起了眉头，责备的眼光仿佛在看着淘气的孩子，“师父，还在等着我们呢。他还有很多事，要等着我们去办呢。”

“叶鸣蝉，放下她，她是我的。”

叶子的眼中骤然放出了光彩。

她听得出来。那声音，来自王。

狼群中的王。

小良。

叶鸣蝉冷笑着回头：“就凭你么？”

小良只是依旧重复着：“她，是我的。”

“你不明白，”叶鸣蝉洋洋得意。“她离不开我的。”

“她，不需要，你。”小良的声音一字一顿，“换了血，你的毒，没用了。”

叶鸣蝉大惊失色：“你给她换了血？”

“没错。”小良抬起了脸，迎向月光，却比银月还要苍白，“我的，还有它们的。”

叶鸣蝉脸色铁青。

他望着叶子的脸。

叶子的脸，红得仿佛要喷出血。

“她，会死的。”叶鸣蝉咬牙切齿。

“我明白。”小良点了点头，“她，也明白。”

小良平静似水。

他望着叶子的眼。

叶子的眼，亮得胜过皎洁的月。

叶鸣蝉真的愤怒了。

他轻轻把叶子放在树旁。

那样的轻。

仿佛生怕把她摔坏。

紧接着他的身影已然猛地跃向了小良。

然而。

王，不见王。

数不清的野狼，倒在了叶鸣蝉的掌下。

而叶鸣蝉的大氅下，也多出了数不清的齿痕。

叶鸣蝉不得不承认。

他遇到了，有生以来最棘手的困境。

嗜血的狼。

没有恐惧。

叶子哈哈大笑。

疯狂地大笑。

嘲笑着叶鸣蝉的无可奈何。

嘲笑着叶鸣蝉的徒劳无功。

叶鸣蝉只有退回树下，怒不可遏：“你，为什么？”

小良深深地叹了口气。

那也许是他作为人类不多的感情。

“我，喜欢，她，眼睛，像，我，母亲，我想，它，放出，光明。”

这段由几个散碎的词汇组成的话语，不知早已在小良贫乏的大脑中经过多少次锤炼。

“是这样么？”叶鸣蝉竟突然的笑了。

他轻轻地蹲在了叶子身边。

他伸出了手，温柔地抚着叶子的脸。

“你听到了吗？”叶鸣蝉软语温存，“他只是喜欢你的眼睛。只有哥哥，才会永远爱你，不顾一切地爱你。”

叶子没有说话。

她的心里，升起一股莫名的不安。

她忐忑地看着叶鸣蝉的手指，在自己的脸上游动，像一只躁动不安的鱼。

游啊游，游过她削瘦的脸颊。

“可是，他偏偏不把你还给我。”叶鸣蝉一声轻叹。

游啊游，游过她高耸的颧弓。

“你告诉我，我该怎么办？”叶鸣蝉眉头紧锁。

游啊游，游上她血红的双眼。

“我有办法了。”叶鸣蝉笑逐颜开。

叶子幡然醒悟。

可是已然来不及。

她惨叫一声，凄厉地划破夜空。

她那双漂亮的眼睛，已经不在原本的地方。

而是在叶鸣蝉的手心。

叶鸣蝉转身将两颗眼珠掷向了小良，落在他的脚边。

“既然你喜欢眼睛，那就给你。”

小良呆呆地望着两颗苍白的眼球。

那双美丽而圆润的眼睛，曾经有过绝望与无助，又曾经燃起过期盼与希冀，然而就在一瞬间，仅仅是一瞬间，丧失了一切生气与活力，仿佛那双眼睛中，从来就没有过喜悦，没有过哀愁，就像跌落在尘埃的皇冠，腐蚀生锈的宝剑，丧失了一切能被人记起的回忆，和一切值得被人遗忘的感情。

小良怒了。

真的怒了。

发怒的野兽，是很可怕的。

小良嘶吼着，嘴里露出了残缺却锋利的牙。

他纵身而起，牙爪并用。

叶鸣蝉却笑了。

得意的笑了。

这，就是他想要的结局。

唯一的结局。

他的手已然挥出。

叶鸣蝉颈上的伤口深达寸许。

他紧紧地捂着伤口，向后退了两步。

然而群狼开始呼啸。

因为，倒在地上的，是他们的王。

狼王小良。

恐惧不是唯一致命的情绪。

愤怒，也是。

这让叶鸣蝉的掌，准确而要命。

这就足够了。

就算是狼王小良，也避不开他的掌。

小良蜷缩着的身体逐渐变得苍白，冰冷，既像那两颗空洞的眼窝，又像一匹孤单的狼。

他背上的古剑，也从斗篷中滑落，碎裂开来，就好似他被无情击碎的梦。

叶子的情绪逐渐崩溃。

她仿佛从千百声沉重的呼吸中，分辨出了小良的气息已从这个世上消逝。

再也没有人，能带她走了。

血，从她的眼窝中汩汩而出，伴着撕心裂肺的哭号，挑动着群狼的杀意。

狼群，终于失控了。

它们前仆后继地，舍生忘死地，跃向了仰天长笑的叶鸣蝉。

他们用致命的牙，锋利的爪，把叶鸣蝉的骨头、血液、肌肉、皮肤，一点点，一丝丝地分离。

彻底地分离。

然而它们厚实的皮毛，坚硬的身躯，也在无声地承受着叶鸣蝉的每一次重击。

叶鸣蝉的大氅早已被撕得粉碎。

如同他残破不堪的躯体。

他站在血染的大地上。

他站在血色的红月下。

他狠狠地扭断了最后一只狼的脖子。

他皱了皱眉。

他脚下的尸体，似乎比他想象中的要少了许多。

他抬起了头。

他看到了，他的身前，站着一个男人。

蝎子。

蝎子的剑并没有太过亢奋。

狼的血太纯，也太浓，它不喜欢。

蝎子也并没有告诉它。

恶魔可以死。

然而，绝不是在狼的嘴里。

叶鸣蝉是。

他蝎子也是。

叶鸣蝉木然地望了望蝎子。

然而他终究一言未发。

他转向了精疲力尽的叶子。

他白骨嶙峋的身躯本已不可能支撑他再走下去。

可是叶鸣蝉竟向往常那样，脚步沉稳得，就像一座山。

他伸出手，抚摸着叶子的头。

“它们都死了。我们，终于可以走了。”

“我不走。”叶子咬牙切齿。

“你为什么那么不乖？”

“因为，我要你死。”

叶鸣蝉的声音变得高亢而颤抖：“为什么？我们从小就生活在一起。”

叶子的嘴角迸出了怨毒：“所以，你就不准我离开你的身边？”

叶鸣蝉的眼神瞬间变得阴冷：“你想离开我？”

叶子死命地点着头："没错。你疯了，你彻底疯了。"

叶鸣蝉叹了口气。

他的表情是那样的痛苦。

却又是那样的决绝。

"那就别怪我了。"

"喀啦！"

叶子发出了一声惨叫。

叶鸣蝉，已经生生把她的腿骨折断。

"对不起，弄疼你了，不过另一只，我会小心的。"

"喀啦！"

叶子仰面倒地，气若游丝。

叶鸣蝉笑了。

开心的笑了。

他抱起了四肢瘫软的叶子。

"没了腿没关系，没了眼也没关系，就算是再没了手，我也能照顾你一辈子。"

叶鸣蝉的声音，温柔得就像一场梦。

他居然轻轻地吻着叶子的唇。

吻得那样深情。

那样沉醉。

沉醉得，忘记了一切。

甚至忘记了，剑锋穿过心房那一刹那的冰冷。

恶魔死了。

死得不声不响。

死得满脸笑意。

也许，他死得心甘情愿。

因为，他可以死在叶子的怀里。

尽管，那不是为他准备的拥抱。

谁也不知道，这究竟是不是他为自己选择的结局。

因为，事到如今，他已经无法想到更好的结局。

蝎子从叶鸣蝉的背后抽出剑，冷冷地望着那魁梧的尸体。

就算同为恶魔，也总有忍受不了的东西。

叶子艰难地从他的尸体下扭了出来。

她的手在空气中胡乱的挥舞着。

突如其来的变故让她张皇失措。

然而她渐渐地发现了一件事。

叶鸣蝉的气息，也彻底的消失了。

叶子笑了。

笑得撕心裂肺。

笑得昏天黑地。

她明白了，究竟发生了什么。

她努力地倾听着。

她缓缓地把脸转向蝎子的方向。

“来吧，靠近我。”

蝎子望着叶子可怕的脸。

不知为什么，叶子的请求让他无法抗拒。

他走到叶子身边，轻轻地蹲下。

在他面前的，不是一个女人。

而是一片叶子。

一片随风飘落的叶子。

一片瑟瑟发抖的叶子。

蝎子突然觉得，叶子不单单是叶子。

也是蝎子。

叶子的双臂搂住了蝎子的颈。

她的两片红唇凑到了蝎子的耳边。

“谢谢你。”

蝎子没有说话。

他不知道，这份谢意他究竟是否承受得起。

叶子的双唇碰上了蝎子的面具。

她愣了一愣。

只是微微愣了一愣。

紧接着蝎子的脸上突然一凉。

那是深秋的寒风。

那是暗夜的露珠。

那是叶子的血泪。

不知不觉中，叶子已经扒下了他的面具。

他的双唇仿佛碰到了什么东西。

柔软而温暖。

那是叶子的唇。

叶子急促的呼吸中夹杂着呢喃："我什么都没有，就只好这么回报你。"

蝎子没有动。

那种感觉，是那样熟悉，让他无法动弹。

叶子紧紧闭着眼睛，她的双手胡乱的揉着蝎子的脸与发。

她的舌头，死命地钻进了蝎子的嘴，狠狠地裹在一起。

然而就在此时，冰冷的面具，也和无情的大地狠狠地吻在一起，发出的噬唧之声，竟不似销魂的呻吟，而是低沉的咒语。

"如果被人看见你的脸，你的过去，就会被永远的埋葬。"

蝎子突然瞪大了眼睛。

就在那一刻，他的剑已经送入了叶子的胸膛。

叶子抖了一抖。

可是她没有发出一点声音。

就在她的头软软地垂在蝎子胸膛的那一刻，蝎子才想起。

叶子，早已没有了眼睛。

拿下他的面具，只是为了能够触碰到他的唇而已。

仅此而已。

他杀死了叶子。

可是他也没杀死叶子。

或者说，他杀死的不只是叶子。

因为，叶子只是叶子。

一片飘落的叶子。

既是蝎子，也是叶子的叶子。

蝎子突然有了一种感觉。

一种令他很不舒服的感觉。

一种本不该有的感觉。

这感觉，让他总觉得有什么东西要从眼眶涌出。

甚至，无法遏制地涌出。

就像现在的天空。

不知何时，下起了淅淅沥沥的雨。

落在染血的大地。

也落在染血的心里。

“你怎么了？”

蝎子没有说话。

蝎子一向是沉默的。

“神”当然明白。

可是“神”更明白一件事。

蝎子，绝不该对“神”沉默。

绝不该。

除非，他不是蝎子。

可是，在他面前的那股与生俱来的杀意，绝对只可能属于蝎子。

所以，蝎子一定会开口。

而蝎子真的开了口。

只不过这次开口，却让“神”愈发地不安。

“吻我。”

“你说什么？”“神”的声音竟有一丝不该有的慌乱。

“我说，吻我。”

“神”沉默了。

“你不愿么？”蝎子冷笑一声，“那你该告诉我，我究竟是谁？”

“你是蝎子。”“神”似乎恢复了平静。

“蝎子？蝎子是什么人？”

“蝎子是杀手。绝顶的杀手。”

“你骗我。”蝎子的话没有一丝犹豫。

“哦？”

“杀手，是不会动感情的。绝顶的杀手，更不会。”

“你动了感情？”“神”稍稍有些好奇。

“我今天，杀了一个不该杀的人。”

“这镇上，没有你不该杀的人。”

“真的么？”

“真的。”

“所以包括你？”蝎子发出一声冷笑。

“我不是人。我是神。”

蝎子摇了摇头：“可是你不会再是神了。”

“为什么？”

“你，即将是鬼，是孤魂野鬼。”

蝎子的眼睛望着黑暗的深处，坚定不移。

“神”轻笑一声：“你不会的。”

“为什么？”

“一旦我死了，你的过去，也就死了。”

“要杀死自己的过去，的确是很难的。”蝎子深深吸了一口气，“不过杀死一个吻过自己的人，却就更难了。”

蝎子的剑轻轻从他的衣袖滑入他的掌心。

他笑了。

他分明的听到，剑也同意他的决定。

他没有过去，也许也不会有未来。

蝎子猛然一跃，向着黑暗中那两点光芒刺去。

但是，至少他可以把握现在。即使只有一刻，就已经足够了。

就算，这真的是他生命的最后一刻。

剑，顺畅地滑入了“神”的咽喉。

“没有吻我，”蝎子望着“神”那对渐渐熄灭的生命之火，竟不禁问道，“你后悔么？”

“神”没有回应。

“神”无法回应。

而“神”的双眼中最后留在人世间的感情，竟然不是恐惧，不是愤怒，不是悲哀，不是悔恨。

而是解脱。

这是为什么？

蝎子毫不在意。

蝎子毫不留情。

蝎子甚至也毫不开心。

“神”从他的生命中被轻易地抹去。

就仿佛从来没有过“神”。

蝎子转身离去。

然而他竟然看到了一件极其匪夷所思的事。

在屋子中的另一个更深的黑暗之中，竟然又亮起了一对眼睛。

一对和“神”一样，蓝得让蝎子烦躁不安的眼睛。

难道“神”复活了？

“神”，真的是神？

蝎子没有丝毫的畏惧。

在他的眼里，这不过是再简单不过的一件小事。

甚至，这件小事还激起了他的好奇。

杀一个人，一剑就够了。

那么，杀一个神呢?

蝎子的剑再度出手。

这一剑，比上一剑更快，也更狠，向着那双绽放出蓝光的双眼刺去。

就在那一刹那，蝎子突然感到，意识有一点点模糊。

也许，不仅仅是一点点。

第七昼　白石的绝望

冰冷的海水抚慰了白石被黄沙熨焦的鳞片。

湛蓝的幽暗治愈了白石被烈日灼伤的双眼。

白石惬意地摇摆着尾鳍。

他是一只鱼。

他喜欢做一只鱼。

一只遨游在大海之中的鱼。

静谧的大海中，没有绿色的太阳，刺耳的铃声，更没有一个讨厌的男人拎住他的尾巴。

一想到这里，白石就忍不住要笑出来。

而且他真的笑了出来。

他笑得大张着嘴，任由海水倒灌进他的鼻孔，他的口腔，以及他的肺叶。

突然白石的笑容凝固了。

鱼，是没有肺的。

他的胸口突然传来一阵憋闷。

白石的手狠狠地捏住自己的喉咙，仿佛想要从里面挤出那些危险而致命的海水。

这时他发现了另一件事。

一件更可怕的事。

鱼，是没有手的。

他的身体仿佛在一刹那间伸展开来。

光滑的皮肤，颀长的四肢，以及窒息的恐惧，无时无刻不在证明一件事。

他是一个人。

而不是，一只鱼。

人，是无法在海底生存的。

所以，白石抬起了头。

在遥远的穹顶，似乎还能看到一丝光明。

他拼命地游着。

向上游着。

游到他英雄迟暮。

游到他皓首苍髯。

游到他的嘴，终于露出了水面。

白石闭上了双眼。

他什么也看不见。

什么也听不见。

他只知道，他的嘴里充满着新鲜的空气。

他贪婪地在口腔里舔舐着，咀嚼着，品尝着，回味着，那一口空气中的千滋百味。

他兴奋地在水面上扑腾着，拍打着，跃动着，摇摆着，享受着在空气与大海间自由穿梭的快意。

突然，他的动作僵在了半空。

他伸出手。

可是他无法伸出手。

他低下头。

可是他无法低下头。

他惊恐地发现，他又成了一条鱼。

而他身下的，也不再是无边的海洋。

而是滚滚黄沙。

绿色的太阳似乎并不刺眼。

可是白石却感到了史无前例的恐惧。

因为，他正躺在影子里。

一个高大男人的影子里。

而映在那黄沙上的影子，正伸出了一只手，缓缓向他的尾鳍抓去。

白石猛地睁开眼睛。

豆大的汗珠从他的额头狠狠落下。

又是一场梦。

一场最可怕的梦。

白石双手捂住了脸。

恐惧的泪水，竟从他的指缝间渗出。

他在害怕什么？

一个噩梦？

他不知道。

他不想知道。

他只知道，他需要一个怀抱。

他颤抖着呼唤着。

“荷影……”

“荷影。”

“荷影？”

“荷影！”

白石松开了双手。

他仓皇四顾。

他茫然无措。

厨房里没有汤。

窗台上没有香。

那么荷影呢？

荷影在哪里?

白石搜遍了屋里的整个角落，可是荷影，仿佛从这人间蒸发一般，没有留下一丝证明她存在过的痕迹。

白石颓然瘫倒在椅上。

他的思绪产生了前所未有的破裂与混乱。

荷影，究竟是否存在?

这个镇子，究竟是否存在?

甚至他白石自己，又究竟是否存在?

白石狠狠地摇了摇头，仿佛要把这些荒谬的想法从他的头颅中彻底地甩开。

他艰难地站起了身。

他不相信。

他绝不相信。

他一定要。

找到荷影。

山巅的云彩，化作了荷影恬淡的脸庞，却又转瞬即逝，在白石的眼前消失不见；林边的风语，化作了荷影温柔的双唇，亲吻着白石的脖颈，却总是缘悭一面；河涧的薄雾，化作了荷影淡淡的香味，和白石在光与影的交界处无尽的缠绵。

白石终于跪倒在了河边。

为什么?

荷影明明就在身边。

为什么却总是不肯现身相见?

他捧起了一把冰凉的河水，想要洗涤双眼。

却无意中瞟见，那河中倒映的身影，竟然是荷影笑靥如花的脸。

于是白石懂了。

荷影，从没有离开过。

荷影，早已化作了这天地间的一草一木，一花一叶，无时无刻不陪在他的身边。

直到，生命的结束。

直到，时间的尽头。

直到，岁月的终点。

只是他看不见。

白石笑了。

开心地笑了。

他终于找到了。

而且，他明白。

他与荷影，即将相见。

他一步一步。

一步一步。

向河水中间的漩涡走去。

向荷影虚无的召唤奔去。

他感受不到刺骨的凉意。

他察觉不到憋闷的窒息。

当河水淹没了他的头顶。

他终于明白了他的梦境。

原来他真的只是一条鱼。

那条在大海中遨游的鱼。

白石猛地睁开了眼。

这又是另一场梦?

湿透的衣衫摇了摇头。

这是死后的世界?

熟悉的木床摆了摆手。

这是某人的拯救?

沉默的萧落木不置可否。

白石的心中竟感到一丝安慰。

他挣扎着爬起，微微地皱着眉头。

“你救了我？”

萧落木却只是默默地捧着手中的酒壶，出神地望着屋中的某一个角落。

白石见萧落木没有答话，只得讪笑着道：“我还以为我再也回不到这里了。”

“镇西只有这一间屋子。”萧落木突然开口了，“这么说，这里，真的就是你家了？”

“不然呢？”白石苦笑道，“可惜，内人今日不在，否则，我真要请你好好喝一碗猪肺汤了。”

萧落木长叹了一口气。

真的很长。

仿佛，他终于做出了个最艰难的决定。

一个无可回头的决定。

他伸出了握着酒壶的酒。

“好酒，要不要来一口？”

白石低下了头，望着眼前的酒。

浑浊而微黄的酒浆在壶中卷起一个又一个漩涡。

转啊转。

转啊转。

转得白石筋疲力尽。

转得白石头晕目眩。

白石抬起了头，望着身前的人。

面容挣扎而痛苦。

他听到了和生亦欢一模一样的话语，却看到了和生亦欢截然不同的神情。

白石摇了摇头：“酒，还是少喝的好。喝多了，会醉的。”

“醉了又有什么不好。”

“醉了，就看不清了，也听不明了。”

“但是，喝醉了，至少能做个美梦。”

白石苦笑一声：“梦做得越美，醒来时也就越失望；更何况，有时候无梦可做，也是很快乐的。”

萧落木沉默了片刻。

“也许吧。只是我做了太久梦，早已经分不出究竟是醉，还是醒。”

白石笑了。

他接过了萧落木的酒壶，轻轻放在了一旁。

“既然醉和醒没有什么区别，那又何必再喝呢？”

萧落木静静地凝视着白石。

正如白石也在凝视着他。

白石分明地看到，萧落木那本一团混沌的眼中，竟然慢慢沉淀出了深渊与苍凉，紧接着又各自分离，一点点凝聚成形，犹如开天辟地一般，化为了瞳孔及眼白，驱散了那本不属于他的迷茫与踟蹰，又渐渐孕育出了他遗失不久的不羁与狂傲。

萧落木淡淡笑了笑：“只怕我再不喝的话，就没有机会再喝了。”

“哦？为什么？”

萧落木叹了口气。

他没有再说话。

因为，他已不需要再说话。

他嘴边的血已经替他回答。

萧落木双腿一软，跪倒在地。

白石慌忙扶住萧落木的肩膀，萧落木却微微摆了摆手：“你帮不了我……能救我的……只有风化柳……”

“风化柳？他……现在在哪里？”

“那……就是你的事了。”萧落木的声音依然充满了微微的戏谑，可是却已然气若游丝。

白石惊恐地望着萧落木指缝尖不断涌出的鲜血，愣愣地点了点头。

风化柳是个神秘的人。

也是个可怕的人。

一直都是。

至少白石这么觉得。

风化柳可以一扇挡住人屠的刀，可以一念找到生亦欢的人，可以一招破掉叶鸣蝉的气，可以一语掌握萧落木的命。

他的嘴边，总是笑而不语；

他的手上，总是举重若轻。

白石不喜欢风化柳。

越来越不喜欢。

尽管，风化柳救过他的命。

不止一次。

可是不知为何，白石总是不愿看向风化柳的眼睛。

他总觉得，不论风化柳对他热情或是冷淡，亲近或是疏远，在他的眼中，总是有着一层无形的隔膜，将白石孤立在世界的彼岸。

可是，现在他不得不去找风化柳。

只为了救回萧落木的命。

那也许是白石对这个小镇的最后一丝羁绊。

然而他慢慢发现了一件事。

一件他早就明白，却从没在意过的一件事。

风化柳不但是个神秘的人，而且是个孤独的人。

没有人知道风化柳在哪里，也没有人知道风化柳曾经在哪里，更没有人知道风化柳即将在哪里。

可是白石是个直接的人。

直接的人自然有直接的方式。

至少他知道，风化柳不但是本镇的师爷，也是本镇的仵作。

件作，迟早都会出现在殓房里。

所以，他现在就站在了殓房的门外。

风师爷，究竟会不会在呢？

白石踟蹰了片刻。

就在此时，一样东西吸引了他的注意。

那是一片花丛。

种在殓房门口的花丛。

紫色的兰花，平静的盛开，竟然没有散出一丝香味。

白石略一思忖。

难道，这就是……

“这就是我的午日兰花，无臭无味，逢午异香，遇火奇臭，是不是很奇妙？”

白石猛然回头。

风化柳就那样站在不远处，望着白石的脸，平静得没有一丝表情。

“看够了，就走吧。”风化柳的声音恬淡如水，“这里不是你该来的地方。”

白石咬了咬牙：“可是我不得不来。”

“为什么？”风化柳的脸上露出了一丝不快。

“萧落木……不行了……”白石垂下了眼皮，“只有你能救他。”

风化柳没有马上回答。

他竟然快走两步，到了白石的面前，微微低下头，盯死了白石的眼睛：“你说……你要我去救的是萧落木？”

白石讷讷地点了点头，却又被风化柳的眼神死死地吸住。

他看到风化柳的眼中充满了一种奇怪的光芒，半是愤怒，半是讶异。

紧接着风化柳笑了。

笑得没有一丝笑意。

笑得让白石不寒而栗。

突然他的笑声戛然而止。

风化柳的表情又变得冰冷如旧："既然这样，你就等我片刻吧。"

他转身跨过了花丛，扯下长衫，一把丢在空中，遮住了天，蔽住了日。接着他又扬起了铁扇，将长衫划作了片片破布，从空中纷纷飘落，宛如浅冬的初雪，落在风化柳的头上，刹那化为齑粉，落在白石的脸上，瞬间就被灼透。

不久之后，风化柳将会后悔，他即将做的这件事。

做了这件最不该做的事。

不，也许是白石将会后悔。

看到这件最不该看的事。

风化柳推开了殓房的门。

他本应该，却没有发现，白石的眼中，倒映着的是他左臂上的妖异刺青；白石的鼻中，嗅到的是殓房中弥漫的袅袅香烟；白石的脑中，闪动着的是一幅幅，和他似乎并不相关，却又被一根根看不见的丝线连为一体的种种画面。

风化柳从数十件一模一样的长衫中随手抓起一件穿上，走到了药柜边，伸出了手。

就在此时，他突然有了一种感觉。

一种熟悉的感觉。

也是一种危险的感觉。

这种感觉，他记忆中的，便有三百四十二次。

这就代表着，他已经他已经从绝境中幸存了三百四十二回。

这种感觉，从来没有骗过他。

而只要有一次，他没有在电光火石之间相信这种感觉，他就再也没有机会站在这里。

可是这一次却有些不同。

他非但没有动，甚至连嘴都没有张开。

因为，他也明白，白石是个直接的人。

直接的人，自然有最直接的方式。

“还我。”白石的声音，沉寂得像末日前的片刻宁静。

“还你什么？”风化柳暗暗拈过一缕香。

“荷影，在你这里。”

“谁是荷影？”风化柳缓缓将香点燃。

“那一夜，在我屋外的人是你。”

“不知所谓。”风化柳轻轻把香吹的更旺。

“你，是荷影的情人，你们每夜，都会相会。”

“莫名其妙。”风化柳慢慢把香插入香炉。

“我每天喝的汤里，都被你们做了手脚，可是你们却没有料到，那一夜我没有喝那碗汤。”

“你想的实在太多。”风化柳微微皱起了眉头。

“你总是更换长衫，因为你总是害怕留下午日兰花的味道。”

“你不要再胡言乱语。”风化柳悄悄抽动了嘴角。

“可是你还是太过谨慎，所以我的家中和你的殓房，总是充斥着各种各样的香味，才能掩盖你的气息。”

“你说够了没有？”风化柳冷冷一声轻笑。

“亲热的时候，她一直在抚摸我的左臂。可是我的左臂什么都没有。你左臂的刺青，却很漂亮。”

风化柳没有再说话。

他的身体却开始难以抑制地颤抖。

那是因为真相被拆穿的恐惧？还是对蒙上不白之冤的愤怒？

白石死死地盯着风化柳的背影，等待着下一刻的来临。

是恼羞成怒的铁扇？亦或是苍白无力的辩驳？甚或是问心有愧的忏悔？

可是白石马上就发现，他做的一切，不过是徒劳。

因为，风化柳笑了。

他笑了。

他居然笑了。

没有愤怒，没有恐惧，没有愧疚。

有的只是嘲笑、讥笑和谑笑。

风化柳转过了身。

笑得眼泪狂飙。

笑得昏天黑地。

笑得歇斯底里。

白石的脸渐渐涨得通红，血一般的眼中，喷射着滔天的怒火。

他突然感到身体里充斥着一股从没有过的力量，那力量没有通过他的大脑，没有通过他的心脏，而是直接驱使着自己的拳头，挥向了风化柳那张笑到扭曲撕裂的脸。

他相信他从来没有过这样快的一拳，也没有过这样猛的一拳。

所以，他也相信，风化柳绝对躲不过这样的一拳，也绝对接不住这样的一拳。

可是他忘了一件事。

风化柳就是风化柳。

至少现在，他证明了他还是那个神秘而可怕的风化柳。

他手中的铁扇，在刹那之间变换了一个极度微妙的角度，轻而易举地将白石的手臂牢牢地钳住。

白石不是一个反应迅捷的人。

从来不是。

所以，当风化柳的嘴贴近他的耳边的时候，白石才不禁打了个冷颤。

“我不知道谁是荷影，更没有见过什么荷影。”他听到了风化柳的声音阴冷的像冰，又恶毒的像蛇，“但是我最后警告你一遍，你要是再发疯，我就宰了你。”

白石扭过了头，他的怒火尚未发泄殆尽。

可是在下一瞬间，他便如堕冰窟。

因为，他分明地看到，风化柳眼中的愤怒，竟比他更加激烈，更加汹涌，也更加恐怖。

那已不再是愤怒。

那，是怨毒。

那深深的怨毒仿佛一场毁天灭地的暴雨，将白石的怒火彻底浇灭。

风化柳终于松开了扇子。

他闭上了眼，深深地吸了一口气，仿佛在为自己的失态而懊悔。

“你走吧。”风化柳轻轻摆了摆手。

不知为何，风化柳的声音和动作，竟突然间具备了某种神奇的魔力，让白石丧失了反抗的勇气，也吞噬了留下的意义。

白石回到了家中，失魂落魄。

酒，还在桌上。

萧落木却没在床上。

甚至也没有在屋内。

萧落木去了哪里？

他难道不是中毒了么？

白石皱了皱眉。

床上是那样的整洁，整洁得仿佛没有人睡过。

白石弯下了腰。

却有荷影的声音和味道。

难道是幻觉？

萧落木是幻觉，抑或是荷影是幻觉？

又或者，一切皆是幻觉？

为什么，荷影的记忆在他的脑海中越来越淡，淡到透明？

白石的眼前逐渐一阵眩晕。

也许，是悲伤过度了吧。

白石扶着床沿，慢慢坐下。

他实在是太累了。

他深深地喘息着。

他头痛欲裂。

那种要把自己劈开的感觉，让他再也无法忍受。

他的意识，正在逐渐地模糊。

模糊得让他连动一动手指的力气都已丧失。

他只有躺在那里，像一具死尸一样躺在那里。

直到夕阳的余晖斜斜渗入。

直到眼前的白雾略略散去。

直到萧落木的声音响起："风化柳呢？"

白石睁开了眼睛。

萧落木站在床边，脸色苍白而晶莹。

就像一个幽灵。

飘渺的幽灵。

可是他不是幽灵。

幽灵，是不会在白天出现的。

白石突然觉得，萧落木是那样的真实。

即使，他是那样的单薄。

白石看着萧落木眼中复杂的光。

"似乎，你已经不再需要风化柳了。"

萧落木微微合起眼睛："是么？就像你也不再需要荷影了么？"

白石怒了。

至少他本来是想怒的。

可是不知为何，他一点都怒不起来。

他只是想听。

静静地听。

他仿佛觉得，萧落木身上那股熟悉的味道越来越浓。

浓得他无法自拔。

萧落木看着白石那空灵的眼神，却叹了口气。

他走到窗边，轻轻推开了窗。

“夕阳真是美啊。”萧落木笑了笑。

“的确很美。”白石的眼睛也望向了窗外。

“可是，偏偏这夕阳马上就要沉没了。”

“世上的事，总是该有始有终。”

萧落木拍着手：“好一个有始有终。”

他转过了身：“话说，你答应过帮我找相思剑客。”

白石点了点头：“我答应过。”

“怎么样？找到了么？”

“没有。”白石道，“不过我想，快了。”

萧落木眯起了眼睛：“我想也是。”

白石叹了口气：“你说话还是那么高深莫测。”

萧落木却笑了：“高深莫测？我？喜欢玩猜谜游戏的，难道不是你么？”

白石淡淡道：“真的是我？”

萧落木点了点头：“真的是你。”

白石道：“难道你猜得出来？”

萧落木笑了：“谜，总会被猜出来的。”

“哦？你怎么猜的？我也想听听。”

萧落木随手一指白石的身后。

白石扭过了头。

那是一堵墙。

一堵空墙。

至少曾经是空的。

然而现在，在那空墙上，有了一个痕迹。

剑痕。

剑痕是那样的淡，淡得几乎看不出来。

萧落木笑了笑：“你应该没有注意过吧。”

白石走下了床。

他走到剑痕前，仔细地看着，一丝不苟。

萧落木淡淡道："你不在的时候，我一直在找它，找了很久，很久。"

白石对着墙壁站了许久。

他伸出手，在剑痕上抚摸着。

终于他缓缓道："是这道剑痕？"

萧落木没有回答，只是幽幽地叹了口气。

白石望着那剑痕，眼中闪过了五颜六色的光。

那剑痕仿佛是一个口子，一个通往另一个世界的开口。

而从那个世界，正有什么东西在不断地逸出，争先恐后地逸出。

而那些东西，纷纷逃入了白石的眼睛，没有止尽。

白石似乎觉得，自己的血也早已沸腾。

这一刻，终于来临了。

他等了太久了。

虽然，他也许还并不知道他在等什么。

他的头又开始痛了。

可是这一次，他没有痛苦。

有的只是期待。

令他窒息的期待。

这窒息让他的灵魂渐渐升到空中，化为虚无。

直到，虚无中又诞生另一次生命。

这一切，不过是周而复始。

第七夜　萧落木的指头

不知过了多久。

残阳早已消逝。

而月，正把那静谧的光洒满大地。

洒在萧落木的发上。

洒在白石的手里。

白石缓缓放下了抚摸剑痕的手指。

他笑了。

“你说得对，的确是它。”

萧落木嘴角一翘：“究竟是不是它，你难道还不知道么？”

白石淡淡道：“我知道。至少我现在已知道。”

萧落木叹道：“你终于承认了。”

“你呢？你是什么时候知道的？”

“就在你刺穿叶鸣蝉身体的那一刹那，我就认出来了。”

白石叹了口气，转过了身。

他脸上神采，竟已截然不同。

萧落木的双眸死死盯着白石，目不转睛。

“好久不见。”萧落木的眼神，逐渐虔诚。

“我根本记不得曾与你相见。”白石思忖了片刻。

“那是当然，败在你剑下的人实在太多。”萧落木苦笑一声，“就连十年前枉称江南第一的我，在你手下也走不过一合。”

白石不由得哈哈大笑："你和我既交过手，又找了我那么久，居然却不认识我。"

"怪只怪你的那一剑，"萧落木摇了摇头，"实在太过璀璨，又有谁还记得住你的脸？"

"所以呢？你要复仇？还是要拜师？"

"都不是，我，要成神。"

"这世上没有神。"

"有，你，就是神。"

"为什么？"

"因为，我是你的信徒。最虔诚的信徒。有信徒，当然会有神。不过只要杀了你，我就成了新的神。也只有杀了你，我才能成为新的神。"

"不，你成不了的。"

"哦？"

"神死了，就不会有神了。信徒，是永远成不了神的。神要是死了，那么你，就只是一个没有神的信徒。"

萧落木沉默了半晌。

终于他还是勉强笑了笑："我没有做过神。若是不试试，又怎么会知道呢？"

"既然你要弑神，那还不出手？"白石冷冷笑道，"难道，你还要挑个良辰吉日么？"

"时辰我算过了，今夜正合适。"萧落木缓缓舒展着手指，"不过，这地点嘛，我却另有安排。"

"哦？"

"毕竟，今夜我们俩总有一个要死。"萧落木一脸肃穆，"我总得为咱俩挑个好坟。"

"既然你已安排好了，"白石满面漠然，"那我也只好盛情难却了。"

"这样最好，那么，"萧落木吁了口气，"就跟我走吧。"

他转过了身，大踏步向远方迈去。

月，太明。

星，太繁。

就像是一双双瞳孔，望着这出大戏的序幕，不忍眨一下眼。

白石跟着萧落木，就像是影子紧紧跟随着主人，亦步亦趋，没有丝毫的瑕疵。

不。

也许不是。

他不是跟随着主人的影子。

而是跟随着影子的主人。

明明白石走在萧落木身后，可是他的步伐居然偏偏快了那么一刹那。

那么快的一刹那。

快得没有人能发现。

除了萧落木。

萧落木皱了皱眉。

他不得不调整了自己的步伐。

可是他无论如何调整，无论步频是快还是慢，步伐是近还是远，无论他如何挣扎，反抗，那步伐总是像归巢的倦鸟，最后又回到原点，和白石的节奏融为一体，化为一念。

终于，萧落木愤怒了。

他停下了脚步，转过了身，面对着淡然的白石。

“弑神，不但要有弑神的勇气，”白石仿佛早已知道萧落木在想些什么，“还要有弑神的本事。”

萧落木默默掏出了一块手帕。

他伸出手指，仔细地擦拭着。

擦得没有一点尘埃。

他没有回应白石，却反问道：“你知不知道我练究竟的是什么武功？”

“难道不是剑指？”

“错。”萧落木眯起一只眼睛，伸出一个指头指向了白石的额头，“我练的，是指剑。”

“哦？”白石似乎被提起了些许的兴致。

“这十年来，我走遍名山大川，天涯海角；我去过所有传闻中你曾经战斗过的地方，也去挑战过所有曾经和你交手的剑客。”萧落木闭着双眼，仿佛在回忆着这心无旁骛的十年，“可是不论我的剑法到什么境界，我总觉得还是及不上你击败我的那一剑。”

“所以呢？”

“所以，所以我最后找到了寒霜剑客，杜白霜。”萧落木淡淡道，“我在他的寒霜楼住了三年，也挑战了三年。”

白石终于略微一惊：“最后你败了他？”

“不，我杀了他。”萧落木终于睁开了眼。

气氛，终于在这一刻有了些许的变化。

“你杀不了他的。”白石沉默了半晌。

“相不相信，那是你的事。”

萧落木笑了。

笑得异常开心。

他没有再说什么。

因为，他已经得到了他想要的答案。

他转过了身，继续向前走去。

只不过这一次，他的步伐竟像是脱缰的小马，又像是踏青的孩童，欢快而轻巧，在这洒满月光的大地上奔跑跳跃。而白石的步伐，却在沉稳之中平添了一份本不该有的沉闷，落在厚重的泥土中，没有激荡起一丝声响。

终于，萧落木停了下来。

“这里，就是我为咱俩选好的坟场，”萧落木张开了双臂，“你喜欢么？”

白石驻足。

四顾一望。

没有山丘。

没有树桩。

没有知了。

没有恶狼。

天幕地席。

莫道荒凉。

白月光当欢庆的焰火。

深秋风成挽歌的回响。

天狼星做忠实的观众。

剑相逢为英雄的绝唱。

萧落木是危险的对手。

相思客是待宰的羔羊。

再来一个够格的证人。

称得上旷世好戏不枉。

正如那笔直矗立黑影。

是快剑三在舞台中央。

“我等你们好久了。”快剑三似乎瘦了不少，脸上却依然挂着不可一世的笑。

萧落木躬身做了个深揖：“能得快剑三做我们二人一战的见证，萧某三生有幸。”

快剑三略一回礼：“能得见二位当世剑神一战，我也不虚此生。”

萧落木点了点头：“那，便有劳了。”

说罢，他回过了身。

四目相对，不知倒下的会是谁。

“还不出手么？”白石不禁问道。

“还是你先出手吧。”萧落木淡淡道，“我怕我一旦出手了，就再也看不到当年那一剑了。”

“那便如你所愿吧。”

白石深深吸了一口气。

突然，他的身上，迸发出了一股剑意。

通天彻地的剑意。

那剑意，遮住了白月光，驱散了深秋风，吓呆了天狼星，也惊艳了快剑三。仿佛天地之间，再也没有任何生灵能够在这剑意下还有呼吸的权利。

“这，就是当年那一剑？”萧落木的表情却从期待变为失望，“太普通了。”

“不，”白石的声音，威严而锋利，“现在才是。”

那通天彻地的剑意突然坍塌，如同山崩地裂，又有如滔天巨浪，向萧落木的头顶压来。而那剑意所经过的地方，竟像是凝结了空间，静止了时光，把一切生物或是死物，紧紧禁锢在一个不可抗拒，无法逃逸的维度之中。

在这样的剑意之中，没有人能够活得下来。

更没有人可能笑得出来。

而萧落木却笑了。

惬意得笑了。

他的双手轻盈地挥舞，仿佛在安抚自己最心爱的宠物；他的十指灵活地跃动，仿佛在弹奏一曲欢快的乐章；他仰起脖颈，在剑意的最中心旋转着，欢笑着，仿佛庆典中最受欢迎的少女，在迎接着肆无忌惮的热情与仰慕。

而那一道道本张牙舞爪，凶猛绝伦的剑意，在接触到萧落木的那一瞬间，竟突然变得温柔而羞涩，就像一只只被驯服的白兔，围绕在萧落木的身边，深深地垂下了头，莫说是触碰萧落木的脚尖，就连仰头瞟上一眼萧落木的发梢，也成了至高无上的荣耀。

萧落木终于停了下来。

他赤着双足，他披散长发，他衣衫飞舞，他摊开双臂，仿佛是要拥抱，拥抱那已经出现，和尚未出现的神。

他的左手轻弹，扯过一缕剑意，编成了头上的皇冠；他的右手微张，捋下半点剑气，锻成了周身的珠光。

他开始一步步走向白石。

似乎每走一步，他的身影就膨胀几分。

当他走到白石身前时，他的头已经顶到了最遥远的天空，如同下凡的天神。

白石终于支撑不住。

他的双膝已承受不了那远超人力极限的重压，跪倒在地。

他拼命地仰起自己的头，尽管他已听到即将断裂的颈椎格格作响。

“你这不是剑气，不是剑意，究竟又是什么？”

萧落木的声音仿佛天雷一般从云外滚滚传来。

“这是剑移。这是天下万剑，在我面前的自惭形移。”

“好一个剑移。”白石终于俯首。

“你说我，今日能不能成神？”

白石没有说话，他只是闭上了眼睛。

“至于你，是愿意成为新神的祭品？”萧落木的手轻轻放在白石的头顶，一脸肃穆，仿佛在进行着一个极为庄重的仪式，“还是愿意成为新神的信徒？”

白石的胸腔被压缩得几乎难以说出一个完整的音节，可是他还是拼命从嘴角挤出了几个字：“你……成……不……了……神……”

萧落木叹了口气，仿佛在为了白石的冥顽不灵而惋惜。

他伸出了指头。

一个自九霄云外，从天而降的指头，撕裂了夜幕。

这一指，代表着神话的开始，也代表着传说的结束。

可是，就在这个指头即将把白石轧为齑粉的一刹那间，却突然停住了。

而萧落木的身影似乎也在急剧的萎缩，变得干瘪而枯瘦。仿佛九天十地的所有魔鬼，为了阻止新神的诞生，合力抽去了他全部的力量。

他死死地盯着另一个指头。

不是他自己的指头。

而是白石的。

白石的指头并不可怕。

可怕的是，这个指头，早已紧紧贴住萧落木的喉咙。

萧落木的眼中，写满了惊诧与不信。

愤怒，犹如火山爆发一般从他颤抖的咽喉中喷薄而出：“你！这是?什么剑?”

“这不是剑，”白石已然耗尽了自己所有的力量，“这是刀。”

“是刀?”

“刀。”白石挣扎着抬起了眼皮，“最普通的一刀。”

萧落木苦笑着退了两步，眼中闪过了一丝不甘：“早知道成不了神，还是有一个同生共死的朋友好。”

白石正欲冷笑，可是却顿住了。

因为，他分明的看到，萧落木的眼神。

比深夜更黑暗，比凛冬更寒冷，比死亡更孤寂。

他曾经在幻境中看到过天塌地陷，看到过海枯石烂，可是论及惊心动魄，却怎样都比不过眼前，萧落木脸上愤怒的火山在刹那间凝成了绝望的冰川。

那绝望，深入骨髓，将一切光明与期待，都湮灭至粉身碎骨，一丝不剩。

“做回白石，已来不及了。”于是白石沉默了片刻，“可是要杀相思剑客，尚来日方长。”

“不，”萧落木脸色惨白，笑的愈发凄惨，“一切，都来不及了。”

萧落木的身子软软倒下。

他的嘴角，竟流下了血。

这次不是鲜血。

而是黑血。

黑得，仿佛无尽的夜。

白石的脸色微微一变，想要扶起萧落木，可是萧落木却摇了摇头。

萧落木望向了快剑三：“看来病无药还是骗了你。五步离魂，真的无药可解。”

快剑三没有说话，嘴角却写满了哀伤。

萧落木的脸上却绽放出了最后的一点纯粹而无悔的容光。

萧落木笑道：“你……对不起……病无药，病无药……杀了……我，我……又没能……完成……和你的……约定，这样……谁都……没有……亏欠谁，是不是？”

话音未落，萧落木的笑容竟渐渐凝固。

他终于可以在自己选好的坟场，孤独地长眠。

最后一点光芒从萧落木的眼中逸出，晶莹剔透，直冲云霄，化为了一颗最耀眼的最纯粹的星。

他的眼里，再也没有，也不会再有那哀伤与遗憾。

可是，白石的眼里却有。

他的眼中刹那间划过了沧海桑田。

他是不是正在回忆，他也曾有过这么一天，匍匐在地上，绝望地泪流满面？

只不过，他活到了今天；而萧落木，却死在了今天。

快剑三突然发现，白石的表情，仿佛有着萧落木的痕迹；而萧落木的脸上，竟然也有着白石的影子。

他们就仿佛是同一个人的过去和未来。

快剑三深深叹了口气。

他凝视了萧落木的尸体半晌，终于转过身去，蹒跚着走向远方。

“慢着。”

这是白石的声音。

坚硬如铁。

冷峻如冰。

“哦？”快剑三停下了脚步。

“萧落木，和你有什么约定？”白石的声音不紧不慢。

“你想知道？”快剑三回过了头。

“不止想知道。”白石淡淡道，“而且，我要替他办到。”

“哦？”快剑三居然面露喜色，彻底转过了身，“为什么？”

“因为，萧落木是我最好的朋友，生死与共的朋友。”

“可是萧落木的朋友是白石。”快剑三眯起了眼睛，“而你，只是相思剑客。”

“没错。”白石点了点头，“不过从现在起，他也是我相思剑客的朋友了。”

“既然如此，那便再好不过。”快剑三欣然抚掌，“萧落木答应我，作为见证你们这绝世一战的条件，他会帮我做一件事。”

“什么事？”

“陪我去找一个人！”

“哦？”白石皱了皱眉，“在这个镇子，居然还有你找不到的人？”

“找到一个人不难，”快剑三叹了口气，“可是找到这个人后还能活下来，那可就难了。”

“为什么？”

“因为，这个人，实在太过可怕。”

白石冷笑道：“这个镇子，还有比我相思剑客更可怕的人？”

“活人之中，恐怕已经没有了。”

白石大笑不止：“难道那个人，会是个死人？”

“死人还不够可怕，”快剑三摇了摇头，“可是，如果是你我都亲自见证过的死人，那又够不够可怕？”

白石的瞳孔骤然收缩：“死人，是不可能活的。”

快剑三叹了口气：“可是，如果是这个人，他无论活多少次，我都不会意外。”

“那，究竟是什么人？”

“五阴盛！”快剑三口里吐出的三个字惊得白石目瞪口呆。

白石愣了愣：“他……当真没有死？”

快剑三一脸肃穆：“他的确未死。”

白石不慌不忙：“也罢。找一个活人未必容易，找一个死人也未必困难。”

快剑三笑道：“既然阁下肯出手相助，那我便多谢了。”

白石却叹了口气：“谢倒不必。”

快剑三奇道：“哦？”

“你既然迟早要死在我的剑下，那又何必让你谢我？”

“你这是什么意思？”快剑三的眼角微微抽动。

“没什么意思。”白石淡淡道，“只不过你不要忘了，萧落木还答应过另一个人，另一件事。”

“什么事？”

“他答应过生亦欢，要杀了你。”白石的声音平淡如水，却可怕如斯。“既然都是萧落木许过的承诺，我岂有厚此薄彼之理？”

快剑三沉默了。

终于，他开口问道：“难道没有别的选择？”

“当然有。”白石伸出食指向自己的鼻尖，“那就是杀了我。”

快剑三长叹一口气，摇了摇头。

“怎么？”白石嘴角露出一抹讥笑，“知道你不是我的对手？”

“是也罢，不是也罢。”快剑三摇了摇头，“无论如何我也绝不能杀你。”

“哦？为什么？”

“因为，杀了你，我就不能活着见到五阴盛。”

“这么说，你宁愿一死？”白石不禁感到有些意外。

“如果别无选择，我只能一死。”快剑三眼中露出了钢铁般的坚毅，

“不过，你能不能让我活过立冬？”

“什么理由？”

快剑三没有回答，却反问道：“你知不知道人间八苦究竟为什么来到这个镇子？”

“难道不是为了那个宝藏？”

“人间八苦是杀手，最顶尖，也最纯粹的杀手，”快剑三摇了摇头，“纯粹到只为了杀人而存在的杀手。”

“那他们要杀的人，究竟是谁？”

“没有人知道，而且那也并不重要。”

“哦？”

“重要的不是他们要杀的人是谁。”快剑三双目炯炯有神，“重要的是，他们究竟为了谁而杀人。”

“为了谁？”

“我也不知道。”快剑三的声音突然变得异常低沉，“不过，人间八苦得到的酬劳，也就是洞中那张玉床，竟然来自当年那笔宝藏！”

“飞天狐狸！”白石脱口而出。

“如果真的能找到飞天狐狸，”快剑三眼中闪烁着兴奋的光芒，“那我一死又有何妨！”

白石恍然大悟：“这么说，其实你一直在找的人，其实是飞天狐狸？”

“不错！我已经找了他整整十年！”

“那，又是为什么？”

快剑三眼中竟流露出了从未有过的一丝怒意。

“报仇。”快剑三又紧接着反问道：“你知不知道我究竟为什么叫快剑三？”

白石略一踟蹰：“难道不是因为，你的第三把剑？”

“不！”快剑三傲然仰首，“我之所以叫做快剑三，是因为我乃当今圣上第三子！而我的母妃，就是当年大冶国的公主！”

白石不禁愕然！

快剑三深深叹了口气：“当年要不是飞天狐狸趁火打劫，先皇必然发兵相助，那么大冶也不会……”

“够了。”白石淡淡道。“我不想再听了。”

“怎么？”快剑三的瞳孔骤然收缩，“你还是不肯退让一步？”

“国破之恨，家亡之仇。这个理由，已经足够。我已没必要再听了。”

快剑三不禁有些讶异：“你不怕我骗你？”

“萧落木这么纯粹的剑客，决不会邀请一个虚伪的见证玷污我和他的一战。我若不信你，那便是看不起萧落木。”白石似乎有些迫不及待，“何况明日便是立冬，我也无须等待太久。我们即刻动身，莫要耽误了明天一场好戏。”

快剑三却面露犹豫，没有挪动脚步。

白石不禁奇道：“怎么？”

终于，快剑三长叹了一口气：“实不相瞒，就算我请萧落木相助，本亦是九死一生。”

白石身上剑意昂然：“那么，现在呢？”

快剑三苦着脸：“现在，已然是十死无生。”

白石连声冷笑：“你这是看不起我相思剑客？”

快剑三摇了摇头：“相思剑客剑意通天，可是对病无药的毒，也只能束手无策。”

白石的瞳孔骤然收缩：“病无药已经死了。”

“可是五阴盛还没有死。”快剑三紧接着道：“你有没有听说过，人间八苦，求不得一始，五阴盛一终？”

“哦？”

“怨憎会的拳，恨别离的气，病无药的毒，生亦欢的酒，”快剑三不禁发出一声赞叹，“人间八苦的绝技，五阴盛就算未得真传，竟也得了十之五六。”

白石没有再说话，他只是低着头，仿佛在默默思考着什么。

快剑三又叹了口气："如今生亦欢和萧落木先后身死，大梦难觉绝迹江湖，这个镇子再也没有人能解此毒。"

突然间，白石脸上的阴霾一扫而空，哈哈大笑。

快剑三愣住了。

因为，他无论如何也想不通，白石究竟有什么笑的理由。

可是他没有再问。

因为，他在白石的笑声中，竟然听到了一个本不该听到，也绝不该出现在这里的声音。

那是琴声。

沙哑的琴声。

瞎子那佝偻而蹒跚的背影，竟从毫无遮挡的地平线上走来。他的脚步极度的缓慢，可是几个眨眼间便来到了二人的身旁；他的琴声远在天际，可是数度回响后竟萦绕在二人的耳边。

瞎子仿佛根本不知道这里有人，他只是那样慢慢地，慢慢地，路过了萧落木的尸体，路过了白石的剑意，又路过了快剑三的碧眼。

"老瞎子，你拉的究竟是什么曲？"白石终于按捺不住。

"悼曲。"瞎子波澜不惊。"有死人，当然就有悼曲。"

"不用了。"白石冷冷道，"我们已经悼念过了。"

"看来我算的命真的很准。"瞎子笑了，"这个镇子，很快就再没有活人了。"

白石不禁冷笑："哦？那我呢？"

"你？"瞎子伸出了手指，胡乱的掐算着，突然橘皮一般苍老的脸上露出了极度惊惧的表情，"你早已是个死人！"

快剑三忍不住笑了出来。

白石却沉默了。

终于他叹了口气："老瞎子真有你的。"

瞎子反而也笑了。

他的笑是那样的难听。

难听得让盘旋的乌鸦也一哄而散。

瞎子疯狂地舞动着手里的琴弓。

白石皱了皱眉："我说过，我们已经悼念过了。"

瞎子道："这首悼曲不是为死人拉的。"

"哦？那是为谁？"

"是为了即将死的人。"

"那，又是谁？"白石的眼睛死死盯着瞎子的脸。

瞎子的手突然停住。

琴弓崩断。

"他们，都在这里，你看得到么？"

瞎子哑哑地笑着。

他突然张开了脸上那两个无底的黑洞。

一边是暗夜，一边是深渊。

这仿佛是命运之神，给予白石最后的预言。

白石见过无数的门。

也进过无数的门。

在进门之前，没有人能知道门后究竟是什么。

不确定的事，总是会让人恐惧的。

白石应该也不例外。

他出神地摩挲着那扇紫色的门。

三天前的他，绝不会想到，快剑三正在门后迎接着他的到来；更不会想到，三天后，快剑三却在门外，与他一起到来。

快剑三只是好整以暇地站在白石的身后，饶有兴味地审视着白石的背影。

"看来老瞎子的话，根本吓不到你。"

白石没有说话。

他本不是一个多话的人。

现在更不是。

快剑三笑了。

他仿佛觉得现在的白石是他这辈子见到过最有趣的人。

简直要比萧落木还要有趣。

“你说，五阴盛会准备了什么意外，来迎接我们呢？”

“在我相思剑客的眼中，从来都没有意外。”白石淡淡道，“他唯一可能给我的意外，就是他根本不在这里。”

快剑三摇了摇头：“不，他一定在这里。”

“为什么？”

“因为，我在这洞外守了三天三夜，不眠不休。”快剑三道，“除了昨日进洞搜查的你们，再没有人出入过。”

白石哼了一声：“想不到堂堂三皇子，竟不要锦衣玉食，却在此以身犯险。”

“在江湖中，至少我的剑够快，就能够活下来。”快剑三的笑声洒脱中却又有一丝苦涩，“在皇宫里，不论我的剑是慢还是快，总有人能让我死的不明不白。”

白石没有再说话。

他仿佛听得懂，却又仿佛听不懂。

只是，他再不愿多言。

他伸出了手，向大门推去。

然而他的手却被另一只手拦住了。

快剑三的手。

“还是让我来吧。”快剑三笑了笑，“毕竟，这算是我的家。”

吱呀——

门里汹涌而出的，却是无尽的黑暗和腐败的气息。

快剑三缓缓走进了那个曾经禁锢住自己的囚牢。

“他们在这里。”

“谁？”白石的声音就在他的身后。

“人间八苦。”快剑三轻轻嗅了嗅，“活的，还有死的。”

“嘻嘻嘻嘻嘻嘻嘻……”

白石停住了脚步。

虽然他什么都看不见，但是他听得出来。

这不是快剑三的声音。

而是五阴盛。

“两位贵客远道前来，恕我招呼不周了。”五阴盛阴阳怪气的声音，在洞窟中不住地回荡。

突然，快剑三掏出了火折，轻轻抛了出去，刹那间洞壁上的火把被一点弧形的火光点燃，把洞窟照的通明。

“从我的位子上，滚下来。”快剑三的脸上，竟覆着一层薄冰。

五阴盛瘦弱的身躯斜斜靠在那玉榻之上，竟显得有些滑稽。他愈加苍白的脸上现出了一种如疯似癫的笑意：“想要你的位子，那你就自己来拿啊。”

“别人碰过的东西，我不会再要了。”快剑三淡淡道，“只不过你的血要是流在了上面，那未免可惜了一张玉床。”

“啊哈哈哈哈哈……”五阴盛仰天大笑，“这你可以放心，这么大的玉床，只有用尽你们俩的血，才足够洗的干净！”

“只怕我们二人的血加在一起，都及不上你，”快剑三冷笑道，“流了那么多血，还能撑到今天，我真差点服了你。”

“你那时候就知道我没死？”五阴盛满面讶异。

“不错。”

“为什么？”

快剑三的脸上露出得意之色：“你不觉得，那一夜求不得实在太奇怪了么？”

“求不得绝不会不明白，自己绝没有赢的可能。”五阴盛叹道，“可是他还是执意独自出手，那是因为，他自以为他尚有后盾。”

“他的后盾，就是假死的你，如果你暴起突袭，也未必没有一击得手的可能。”快剑三点了点头，“只是他没有料到，你背叛了人间八苦。”

“人间本就只有七苦，他们的死活，与我何干？”五阴盛冷笑道，“只不过，你为什么没有说破？”

“如果我说破了，”快剑三轻笑，“谁引我去见飞天狐狸。”

“飞天狐狸？”五阴盛想了想，却又笑了：“可惜，我根本就没有去找他。”

“你既然不肯去找他。那我只能进来找你。”快剑三的左手不知何时多出了一把剑，“你究竟是想告诉我飞天狐狸的下落呢？还是想尝尝我快剑的味道？”

五阴盛却又笑了。

他仿佛拼命地想要忍耐，可是却又终于忍不住，捂着肚子狂笑起来。

五阴盛一只手拼命拍打着床沿，仿佛在宣泄着压抑不住的笑意，一只手却指向了萧落木：“你说你能杀我……哈哈哈哈……你说你能杀我！”

快剑三的右手又多了一把剑，可是他的脸色却略微有些阴沉。

五阴盛边笑边抹着眼泪，仿佛听到了世间最可笑的笑话：“你快剑三孤傲如斯，如果能杀得了我，又怎会找帮手一起来？”

快剑三的脸色愈加晦暗，眼中射出了刺骨的杀意：“如果不是你从病无药那里学了些皮毛，你以为你还能活到今天？”

“你害怕病无药，是么？”五阴盛的笑声渐渐平息，脸上却又浮现了一股极其令人厌恶的神情，“不过，你怕的不是她的毒，是她的冤魂。”

五阴盛的手指向了洞顶，神色怪异得令白石也不禁发毛：“你对不起她，所以怕她的冤魂，就在这洞窟之中，死死地盯着你，连眼也不曾眨一下，对不对？”

快剑三没有说话，然而他的手却轻轻的颤了一颤。

五阴盛的眼神愈加阴森：“她真的，就在看着你，她随时，就要缠上你的身。”

“胡言乱语。”

话音刚落，快剑三的口中，又多出了第三把剑。

从来没有人能轻视快剑三的第三把剑。

就连白石也不能。

因为，他的第三把剑，实在太快，快得没有人能看见。

如果谁不把快剑三的第三把剑放在眼里，那么只有两种可能。

他是疯子。

或是傻子。

那么五阴盛呢？

他究竟是疯子？还是傻子？

抑或，两者都是？

快剑三不知道。

白石也不知道。

五阴盛却知道。

他马上就给出了答案。

他竟然，脱下了自己的衣衫。

快剑三的瞳孔骤然收缩。

他分明地看到，五阴盛身上的皮肤，竟然色彩斑斓！

五阴盛又发出了那刺耳的笑声。

“我早就说过，她正在看着你，因为她已经和我合为一体。现在，我才是真正的‘蝶衣毒后’了。”五阴盛的脸，笑得不似人形。

快剑三的声音竟不住的颤抖与哽咽：“你……你……！”

“这样，我们人间八苦就能在一起了，你明不明白？”五阴盛狰狞的面容，仿佛是炼狱中的魔鬼，“她的皮在我身上，他们的肉在我的肚子里，我没有背叛，我们自始至终，都在一起。”

“他疯了。”白石再也忍受不住。

五阴盛却充耳不闻，只是自顾自地说着，脸上竟露出了不屑之色：“只可惜爱别离的肉太少，怨憎会的肉太硬，病无药的肉太毒，求不得的肉又一点味道都没有。”

他的眼中刹那间爆射出贪婪的光，望向了快剑三和白石。

“不知道你们俩的肉，味道怎么样呢？”

白石叹了口气：“事到如今，你还指望得到飞天狐狸的消息么？”

快剑三苦笑着摇了摇头：“飞天狐狸在哪里都好，只要我不在这个疯子的肚子里，恐怕就要谢天谢地了。”

白石的眼神和快剑三瞬间发生了一个微妙的交换。

在刹那间，二人已然出手。

三点寒光，一道剑气，向着五阴盛的咽喉如流星一般划去。

这世上，没有人能在这两人的夹击下活下来。

绝没有。

除非这两人的剑停了下来。

或是不得不停下来。

而这两人的剑，真的就停了下来。

甚至还没有出手，就不得不停了下来。

白石的身影重重地跌倒在地，不住地喘息。

而快剑三更是痛苦地扭动着身躯：“这是……‘血海无涯’！”

五阴盛那扭曲的脸，却渐渐平静了下来。

他死死地盯着挣扎的二人，冷笑了一声。

“自寻死路。”

他缓缓走下了玉塌，却没有急着走到二人身边，他的手在前方的空气中挥舞了几下，竟取下了几缕细不可见的银线，接下来他才慢慢地踱到了快剑三的身边。

“一个时辰后，你们就要化为血水。”他爱抚着自己新的肌肤，仿佛得到了天下最为珍贵的宝物，而他的神态，竟像极了病无药，“你以为我会给你们出手的机会？看来疯的不是我，而是你！”

快剑三死死的咬着牙，从牙缝中挤出几个字：“飞……飞天狐狸……到底……在哪里？”

“哦？你死到临头还想知道？”五阴盛狞笑着道，“那我就成全你。”

他俯下了身，贴近了快剑三的耳朵。

“我也不知道。”

快剑三瞬间瞪大了眼睛。

“只有求不得知道他在哪里。我只知道，他要我们在立冬之日，杀了这个镇子的所有人。”五阴盛狂笑着抬起了头：“看到你死也不能瞑目，我实在是太开心！”

突然，五阴盛的笑声仿佛被一把铁铰齐根简短，戛然而止。

因为，在他的身后响起了一声轻笑！

五阴盛猛然转身！

他竟然看到，白石站在他的身后，脸上写满了嘲弄与讥笑！

五阴盛惊得瞠目结舌：“不！不可能！萧落木已死！再没有人能配出‘大梦难觉’！”

“萧落木的确死了。”白石晃了晃壶中剩下的半壶酒，“可是他死之前，在我家留下了最后一壶‘大梦难觉’。”

五阴盛大张着嘴，喉中发出了呀呀的声音，却终于没说出一句话。

白石的剑意不知何时已抵住了五阴盛的咽喉：“如果你真的说不出怎么找到飞天狐狸，那你就真的已没有再说话的必要了。”

五阴盛的脸上，不住地流淌着如瀑一般的汗珠。

死亡带给他的恐惧，让他的整个身体都筛糠一般颤抖。

可是白石却锁紧了眉头。

他居然没有从五阴盛的眼中，看到一丝怯意。

这，是为什么?

他的剑意不禁向前顶了半分，浅浅地划开了五阴盛喉咙上的皮肤。

毕竟五阴盛是个疯子。

而白石不是。

疯子，总是会出意外的。

而五阴盛现在就给了白石一个最大的意外。

原来他不是疯子。

他只是个傻子。

五阴盛不退反进，他竟然挥出了手。

如果他不向前一尺，他的手就绝不可能碰到白石的一根头发；可是只要他再向前一寸，剑意就会刺穿他的咽喉。

这，又是为什么？

白石在那一瞬间，心中闪过了无数的念头。可是当他看到五阴盛眼里那份狡狯的时候，他脑海里却被唤醒了一份混乱中的记忆。

而就在同一瞬间，他突然明白了。明白了五阴盛究竟是怎么活到了今天，更明白他为了活到明天，他即将会做些什么。

那是阴阳交泰轮回大法！

老秃子的阴阳交泰轮回大法！

五阴盛的手突然暴长了一尺！他指尖突然弹起的指甲如利刃一般刺向了白石的额头！

江湖上能在此时此刻，躲过这一招的，绝不超过五个人。

令白石庆幸的是，他绝对是这五人之一。

白石的上身后仰，而手中的剑意刹那间倾泻而出。

世上已没有人能接下这样一招。

绝没有。

所以，五阴盛的身体顿时千疮百孔，支离破碎。

就算是死大师的千日龟息神功，也绝无复生的可能。

可是白石却只是呆呆的站在原地。

他愣愣地望着五阴盛头颅上那双已毫无生气的眼睛，那眼睛竟像是在得意地嘲弄着他的失败与无能。

而白石眼中写满的，竟不是幸免于难后的庆幸，不是不得不出手的无奈，甚至不是一剑封喉的快意。

而是懊恼、自责、悔恨、痛苦。

以及恐惧。

因为，他明白了一件事。

五阴盛死了。

可是却赢了。

因为，他的目标，本就不是白石的喉咙。

而是白石手中的酒壶。

或者说，是快剑三的命。

酒壶被五阴盛轻易地打碎，浑浊的酒浆落在地上，没有溅起一点水花，而是逃命一般地在泥土中遁去。

白石的头脑一阵空白。

他不知道这都是为什么。

他不知道他还能做什么。

他不知道他还知道什么。

他为没有看穿五阴盛的意图而懊恼；他为没能保住大梦难觉而自责；他为他的轻敌而悔恨；他为害死了快剑三而痛苦；最重要的是，他恐惧，他害怕，他颤栗，因为就算他是相思剑客，就算他的剑意通天彻地，就算他能一刀击败萧落木，他也只能眼睁睁看着死神，或是死神的仆人，肆意的从他握紧的手中夺走任何一条生命。

他就那样站在原地，任凭那交织着的复杂情感如同利刃一般地切割着他的躯体，折磨着他的灵魂，却又让他的意识加倍的清醒。

没有人能挽救他。

绝没有。

因为，没有人能和他一样，感同身受那地狱般永无止尽的痛苦。

除了一个人。

一个真正看到死亡的人。

一个真正在地狱边缘挣扎的人。

一个真正本应该恐惧、害怕和颤栗的人。

快剑三艰难地站起了身。

然而又瞬间不支倒下。

他拼命拉住了白石的手。

白石却似乎什么也没有感觉到，他依然只是愣愣的望着五阴盛那已全然失去光泽的眼睛。

快剑三拉扯着白石的衣襟，终于勉强把嘴凑到了白石的耳边。

“他只是打破了一壶酒。”快剑三勉力笑着：“还省得你相思剑客亲自杀我，是不是？”

白石轻轻一颤。

这世上最讽刺的，莫过于站在地狱最深处的人，竟然还在安慰着遥望地狱边缘的人。

可是白石还是没有动。

快剑三轻叹了一口气。

他拍了拍白石的肩头。

“今日这世上已经走了两个绝世的剑客，”快剑三摇了摇头，“如果再走了第三个，那也未免太过可惜。”

他没有再说什么，只是蹒跚着跌向了那张玉床，准备迎接他自己的命运。

白石就那样无助的看着，看着快剑三，亲眼看着他在这短短的几丈里，仿佛走过了日月星辰，走过了人生四季，从起点，走向了终局。

他看着快剑三在春天的笑语中降生，留下了富贵荣华，带走了潇洒飘逸；他看着快剑三在夏天的愤怒中惊醒，留下了国破家亡，带走了沉稳坚韧；他看着快剑三在秋天的轻抚中邂逅，留下了皮囊枯骨，带走了一腔深情；他看着快剑三在冬天的绝望中下坠，留下了片语只言，带走了壮志未酬。

“我听说你有一种剑法，可以让剑意穿过心脏的时候，没有痛苦和伤痕，只留下一抹淡淡的酸楚，宛若情人分别后的相思。”快剑三勉强笑着，“来吧，现在轮到你，给我你的恩赐。”

白石记不得他是否出了手，他只是看到了快剑三倒在那本属于他的玉床上，和曾经的多少个日夜一样，张开颀长的双臂，用宽厚的胸膛将病无药揽进怀里。随着他化作的血水，将玉床洗得通透清灵，他的身躯也逐渐，逐渐地化为透明的幽灵，就这样和病无药一起，消逝在虚无之中。

“好酒，要不要来一口？”

生亦欢不知何时站在了白石的身边，笑着把酒壶抬到了白石眼前。

这次白石没有低头。

“看来，这壶酒，你已经喝够了。”生亦欢笑了笑，身影渐渐化为虚幻，“既然酒醒了，那就一起走吧。”

白石的灵魂，突然一阵恍惚。

第八昼　飞天狐狸的重逢

相思剑客来了。

当第十七个人在白石的剑意下连滚带爬地逃走的时候，这个小镇已没有人不知道，相思剑客来了。

相思剑客的名字，刹那间如同瘟疫一般在这个镇子传播开来，就算是没有见到过相思剑客的人，也全都听到了那个传说——相思剑客，带着惊世绝伦的剑意，来到了这个镇子，即将席卷一切，带走那些他们呕心沥血想要得到，却总是遥不可及的秘密。

是的，没有人不知道，甚至就连聋子，也早已听过了这个传说。

不。

这个镇子，早已没有聋子了。

瞎子，却还有一个。

而此时此刻，他就站在白石的眼前。

瞎子居然站在白石的屋前。

而天上的乌鸦似乎越聚越多。

它们欢欣鼓舞的聒噪着，混乱着，仿佛已经闻到了腐败的气息，仿佛已经准备好享用饕餮的盛宴。

他的手中无弓，琴上无弦，可是在瞎子右手痉挛般地抽搐下，白石的耳中居然还是听到了匪夷所思的悼曲。

“你回来了。”瞎子的脑后，仿佛长了一对真正的眼睛。

“我回来了。”

“是从地狱么？”

“不，比地狱还可怕。”

瞎子咯咯的笑了。

“能从比地狱还可怕的地方归来，那么你一定还要更加可怕。”

“那差点杀了我的你，是不是比我还要可怕？”白石的声音中，充满了杀意。

“哦？”

“这世上除了我和快剑三，再没有人知道萧落木已死。”白石冷冷道，“所以，五阴盛也绝不可能知道，大梦难觉绝迹江湖，除非是你。”

瞎子却笑了。

他继续拉着曲子。

死亡的曲子。

“既然这悼曲你不收下，那就只有留给我自己用了。”

白石瞬间已经出手。

可是却没有来得及。

在瞎子说完最后一个字的时候，他手中的琴已经刺穿了他自己的咽喉。

诡异的是，他的身体居然没有倒下，而是直直的站在那里，早已干涸的眼眶望着远方，是那样的安详。

白石心中一动。

这样的场面，似乎有些熟悉。

不过在这个小镇，相似的东西实在是太多了。

多得白石已经麻木。

他转过了身，想要向他的下一个目标走去。

可是就在那一瞬间，他的眼角中，似乎闪过了一样本不该存在的东西。

那是一个坟。

一个新坟。

白石皱了皱眉，缓缓走向前去。

离坟墓愈近，他的心竟然跳动地愈加剧烈。

似乎那坟墓之下，有着他一直在寻找的人。

或者是一直在寻找的东西。

可是那究竟是什么？

他已无法记起。

白石站在了坟前。

冷汗，从他的额头不住地浸出。

他居然在期待与恐惧之中不住地徘徊挣扎。

这是他已经很多年再也没有出现过的感情。

他仿佛面临着最后的抉择。

宛若末日的审判。

终于，他下定了决心。

就在他刨开坟墓的那一刹那。

他的瞳孔骤然收缩。

沉默，是落魄者的港湾，绝望者的救赎；

沉默，也是虚伪者的侥幸，欺诈者的面具。

白石明白。

他一直明白。

能够察觉这侥幸的，有时是直觉，有时是双眼；能够撕开这面具的，有时是运气，有时是语言。

可是最直接的，最有效的，是剑。

他手中的剑。

而且他更明白，黎大人比他还要明白。

所以，他的剑无情地撕裂了小楼中的沉默，生生插在了棋盘之上，让仅存的几颗棋子零落飞溅，黑的如同大地的血，白的好似苍天的泪。

黎大人不禁露出一丝惊惶，他抬起了头，眯缝起了眼睛，盯着白石的脸，眼神却飘忽而躲闪。

白石却毫无顾忌，他冷冷道：“你知不知道这世上敢骗我的人，究竟有几个？”

“有几个？”

“三十一个。”

“那看来还不算少。”黎大人笑道。

“那你又知不知道，活着的还有几个？”

“有几个？”

“九个。”白石的面色异常狰狞，“不过这九个，都生不如死，后悔曾经活在这世上。”

黎大人的脸上露出一丝不安。

白石拔出了剑，轻轻地抚摸着剑锋，仿佛在倾听着剑的诉求：“那么你是想做那二十二个呢？还是这九个？”

黎大人终于崩溃瘫软，他不住的颤抖着：“我……我没有骗过你。”

“如果不是一夜之间全镇的人竟然都聚在了古树下，反倒是一心找出宝藏的你，却从头至尾没有现身，而是一个人躲在这小楼中，”白石叹了口气，“那也许我会相信你没有骗我，我也会相信你并不知道，那七个字其实是一场骗局。”

“不……不是……”黎大人战栗不已，“我只是怕……怕……怕死……”

“我记得很久以前，你就跟我说过，你是朝廷的人，谁也不敢动你。”白石的嘴角现出一丝讥刺，“更何况，你根本不是朝廷的人，因为我刚好见到了真正的密使。”

“人人都可以说是自己密使。”黎大人的脸上似乎写满了不忿与冤屈，“可是只有我，才是真正的那一个。”

“是么？”白石露出了微妙的笑容，“我相信他，是因为他已是个死人。你既然要我相信你，那你也只好去做一个死人。”

白石的剑高高扬起，瞄准了黎大人的咽喉。

“慢着！慢着！”黎大人挣扎着扬起双手，“我告诉你！我告诉你这个镇子的真相！”

黎大人的瞳孔急剧地收缩，他张皇四顾，仿佛畏惧着躲在暗处的什么人：“但是，这是一个天大的秘密！”

白石的手停了下来。

他慢慢地把耳朵凑近了黎大人的嘴。

所以，他没有看到，黎大人的嘴角，竟然升起一个诡异的弧度。

就在这时，黎大人的周身居然莫名涌出一股黑气，仿佛异界的虚空，将白石团团包裹，没有留下一丝空隙。

然而在下一刻，黑气立刻溃散无踪。

因为，白石的剑，已经刺穿了黎大人的肩头。

“沆瀣一气，看来，你就是叶鸣蝉和叶子的师傅。”白石望着痛得龇牙咧嘴的黎大人笑道：“不过你老了，已经不如你的徒弟了。”

他的剑缓缓地在黎大人的身体内划动，渐渐地移向了黎大人的胸口。

黎大人涕泪交加，惨痛的哀号在小楼内不住回响。

然而，白石的的剑又停住了。

他凑近了李大人的脸：“我还想给你个活命的机会，你想不想要？”

黎大人仿佛突然忘记了肩头传来的痛楚：“你……你会放过我？”

“那是当然。”白石淡淡道，“你应该已经听说，我，就是相思剑客。”

“所以呢？”

“相思剑客，只对剑感兴趣。”白石接着道，“你既然知道那七个字不过是个骗局，那你一定有办法知道真正的宝藏在哪里，而这，也就是你对我剩下的唯一价值。”

“你真的是相思剑客？”

“如果你不相信，”白石扭动着剑柄，“那就只能用你尸体上的剑痕证明了。”

“哈哈哈哈！”黎大人的脸上，瞬间退去了昏聩与老迈，竟然露出了三分狡狯，七分悍勇，没有丝毫伪装与违和，仿佛这才是他本来的面目，“既然不信就是死，我相信便是赚了！”

“这么说，你愿意帮我找到那笔宝藏？”白石似乎对黎大人的态度非常满意。

黎大人长叹了一口气。

这声叹息，竟然夹杂着无尽的愤怒与无奈。

“那既是一笔宝藏，也是一个杀局。”

“什么杀局？”

“为我而设的杀局！”

白石奇道：“你究竟是什么人？”

“我就是——飞天狐狸！”

白石惊得目瞪口呆：“那究竟是什么人要杀你！”

“要杀我的人就是——飞天狐狸！”

白石脸色大变：“究竟谁才是飞天狐狸？”

“飞天狐狸从来都是两个人，他是飞天狐，我是飞天狸！”

白石震惊之余回过神来：“这么说，当年那笔宝藏落在了他的手里？”

“没错。”黎大人狠狠地咬着牙，眼里尽是无法压抑的恨意，“当年我们二人一起劫到那笔宝藏，可是他却背叛了我，自己带着宝藏不知所踪。”

他转瞬之间又笑了出来，露出尖利而森白的牙：“不过他这几十年也不好过，空守着这笔宝藏却不敢用。”

“哦？为什么？”

“他害怕！”黎大人把拳头捏得咯咯作响，“他害怕泄露了行踪！他害怕被我打碎每一根骨头！”

白石笑了起来：“这么说，他打不过你？”

“他是飞天狐，靠的是脑子；我是飞天狸，靠的是拳头。”黎大人突然异常自得，“不过过了这么多年，我早已今非昔比。从一开始，我就看出这个镇子是他为我设下的杀局。宝藏，根本不在那古树下，也根本和那七个字没有丝毫关系！”

白石点了点头：“看来，他还是受不了隐姓埋名的生活，终于想要设局除掉你。”

黎大人目露凶光：“没错！他知道我这几十年来一直在找他，便故意把那笔宝藏的一部分流入江湖，再在这镇子里布下重重埋伏，就是想引我入瓮！”

“可是你的确来了。”

“他能设局杀我，我难道不能将计就计？”黎大人连声冷笑，“有叶鸣蝉在暗中伺机而动，他的杀手都只能一个个去见阎王。而我却总有一天能把他从这个镇子里找出来。”

“那恐怕就太可惜了。”白石摇了摇头。

“为什么？”

“你的两张王牌——叶鸣蝉和叶子，”白石淡淡道，“都被我杀了。”

黎大人愣住了。

他的脸上，从惊诧慢慢变为了愤怒，又从愤怒慢慢化为了平静。

“他们虽然死了，但是有你相思剑客相助，不是要强上千百倍么！”黎大人没有丝毫悲伤，“这个镇子发生的一切，都逃不过飞天狐的眼睛，虽然他失去了人间八苦，但他也一定知道我失去了两张底牌，他绝不会放过解决我最好的机会，正好，也是我们除掉他的最佳时机！”

“说的不错，可是你要记住一件事。”白石拔出了插在黎大人身上的剑，轻轻地吹去了剑上的血，“是你助我，不是我助你。”

在这个镇子，每个人都可能不是每个人。

在这个镇子，每个人都可能是另一个人。

昼夜之间，黑白变幻。

铁血无情的捕头，原来是暗夜里的地狱梦魇；

沉默寡言的少女，其实是阴影下的夺命死神；

道貌岸然的县令，居然是传说中的飞天大盗；

就连他白石自己，也不过是迷失了的相思剑客。

所以白石一点也不意外。

一点也不。

他不意外原本懦弱愚钝的胡衙役，突然变得智珠在握。

他不意外本该身受重伤的胡衙役，在古树下悠然自得。

他更不意外在似笑非笑的胡衙役面前，黎大人的手足无措。

“狸兄，好久不见，别来无恙乎？”胡衙役的声音竟异常的苍老。

“狸兄？”黎大人的眼中露出了莫名的迷惑：“你……”

“唉。”胡衙役深深一声叹息。“我本以为这数月来我们二人朝夕共处，你早已认出我来了。”

“你……你究竟……是……”

胡衙役把脸往前凑了凑，“你好好看看我的脸，难道真的认不出？”

黎大人狠狠地咽了口吐沫。

他突然发现，胡衙役的脸，竟然和几十年前的飞天狐渐渐重合。

黎大人抽搐着瞪大了眼睛。

胡衙役的脸上，竟然没有丝毫岁月的痕迹。

黎大人拼命地想要镇定下来。

“不可能，你绝不是飞天狐！”

“哦？”

“老头子我马上就要入土。”黎大人强笑道，“你要做我的兄弟，岂不是占了个大便宜！”

“看来几十年过去了，你的脑子还是没有长进。”胡衙役深深叹了口气。

“你说什么？”黎大人的指节攥地咯咯作响，面露狰狞。

胡衙役丝毫不为所动，“你找了那笔宝藏那么多年，可是你究竟知不知道里面最珍贵的是什么？”

“是……是什么？”

胡衙役笑了："是秘籍，绝世的武功秘籍。我早已练到返老还童的地步，你根本不是我的对手。"

黎大人的额头浸出了几滴汗珠："我不信！我不信！"

胡衙役没有再说话。

他只是开始缓缓地踱着。

他从黎大人的面前，缓缓踱到黎大人的身旁。又从黎大人的身旁，缓缓踱到黎大人的背后。

他终于叹了口气："你是不相信我是飞天狐呢？还是不相信我能杀了你？"

话音未落，他反手轻轻拍上了那棵屹立不倒的古树。

刹那间，古树分崩离析，轰然倒塌。

黎大人没有惊讶。

他有的，只是深入骨髓的寒冷。

因为，在古树化为尘埃的同时，他听到了身后胡衙役那沧桑的声音，"如果我没记错的话，连云五虎在你的腰上留下了八处刀伤；六扇门的雪花剑客，在你的左胸也留下过两道剑痕。你说，要是我这一掌拍在这些伤口上，会怎么样？"

恐惧，让黎大人喉头一阵痉挛。

"你……你是……你真的是……飞……飞天狐！"

"你明白就好，"胡衙役的声音中竟流露出了一丝温情："不过你不要担心，我不会杀你。至少现在不会。"

他伸出一只手，轻轻搭上了黎大人的肩膀："那笔宝藏，说到底还是属于我们两个人的，对不对？"

黎大人愣愣地点了点头。

胡衙役满意的笑了，他的手又指向了白石："我们俩不管怎样争得你死我活，也绝不能落在外人手里。"

黎大人死死地咬着牙："不错！"

胡衙役的的话语里尽是诚挚与恳切："那不如，我们俩先解决了他，再决定如何分那笔宝藏，如何？”

黎大人却犹豫了。

他，能信得过飞天狐么？

可是他没有犹豫太久。

白石的冷漠表情看在他的眼里；

倾城的滔天富贵映在他的心中；

粉碎的参天古树倒在他的身旁；

有力的粗糙大手搭在他的肩头；

他突然觉得一种极其放松的感觉，从肩膀上的那只手，渐渐侵入他的大脑，又从他的大脑流向他的四肢百骸。

他已没有选择。

更没有去选择的理由。

他笑了。

“抱歉了。”

他冷笑着望着白石。

可是白石依然没有丝毫的表情。

眼里，却写满了怜悯。

这又是为什么？

他不知道。

可是，他即将知道。

“真是抱歉了。”

胡衙役的声音竟然恢复如常，仿佛那个苍老的声音是来自另一个世界的另一张嘴。

黎大人看着从自己胸口透体而出的一把短剑，眼中只有绝望与惊惧。

在他倒下之前，他从没想过，会是这样的结局。

胡衙役猛地退后了几步。

他虚脱般地颓然坐倒在地，将短剑甩在一旁，仿佛刚刚的表演已经耗尽了他一生的气力；他伸出双手，拼命地用衣衫擦拭着满面的冷汗，丝毫顾不上手上流淌着的黎大人的血，把自己染得满面血污；他闭上双眼，他放声大笑，他知道几十年来的恩怨已在这一刻彻底了结，他再也不用，也再也不需要和任何人，在这生死一线的小镇斗智斗勇。

直到白石冰冷的声音传来。

“你，忘了还有我么？”

“当然没忘。”沉浸在无尽喜悦中的胡衙役依然舍不得睁开眼睛，“只不过既然你愿意和我合作，我又何必在意你？”

“哦？合作？”白石奇道，“我何时说过愿意和你合作？”

“哈哈哈哈！”胡衙役又是一阵大笑，“你既然看着我杀了飞天狐而没有出手，难道不是已经答应和我合作？”

“你错了，我不是愿意和你合作。”白石的眼中闪过一道寒光，“只不过你单刀赴会，肆无忌惮，我只是想看看，你究竟凭什么和我合作。”

“既然你真的是相思剑客的话，”胡衙役终于睁开了眼睛，“那笔宝藏够不够？”

白石却摇了摇头。

“哦？”胡衙役有些意外，“大冶国的名剑，你相思剑客怎会错过？”

“全是假的。”白石满面漠然。

胡衙役沉默了。

白石接着说道：“掌力是假的，那棵树，早已被你锯开了；飞天狐也是假的，这世上，绝没有人能够返老还童。”

“武功的确是假的，可是飞天狐，却是真的。”胡衙役笑着摇了摇头，“想不到你相思剑客，也有走眼的时候。”

“哦？”

“这世上，的确没有人能够返老还童。”胡衙役望着白石的眼睛，“可是，并不代表没有第二个飞天狐。”

“这么说……你是……”

“我，就是飞天狐的儿子。”胡衙役缓缓地站了起来，“自从六年前他过世后，我就成了第二个飞天狐。”

“飞天狐和飞天狸分道扬镳不过二十三年，”白石满面狐疑地望着胡衙役，“你如果真的是飞天狐的儿子，飞天狸绝不可能不知道。”

“这世上没有什么不可能，”胡衙役深深叹了口气，“如果不是二十三年前父亲携宝藏归来，才十岁的我，也不会知道有一个名动天下的爹。”

“这么说，你真的知道宝藏在哪里？”

“如果我手上没有宝藏，我又何必设下这个杀局？”胡衙役似乎终于恢复了力气，他尽情地舒展着四肢，“不除掉飞天狸，那笔宝藏，永远只能是一个秘密。”

“所以，你故意把那笔宝藏的一部分流入江湖，就是为了引诱飞天狸来到这里？”

“没错。”胡衙役点了点头，“可是，毕竟我从来没有见过飞天狸，既要把他找出来，也不能让他找出我，又不至于打草惊蛇，还真不是一件容易的事。”

“所以，你就干脆雇佣了人间八苦，在立冬之夜屠尽这个镇子，一劳永逸。”

胡衙役苦笑一声：“如果不是你横插一手，今日又何必轮到我出手？”

白石却冷笑道：“若不逼你亲自出手，你又怎么会和我合作？”

“这次合作便算我倒霉，”胡衙役皱起了眉头：“我这辈子，只怕再也不想遇见你第二次。”

“下一次暂且不论，”白石摊开一只手，“这一次的合作，恐怕还没有结束呢。”

胡衙役满面不快，他拍了拍身上的尘土，转身向远方走去，“跟我来，拿到你的那一份后，远远地离开这个镇子，再也不要回来。”

胡衙役的脚步很小心。

也很慢。

他似乎满怀愤懑。

又似乎心有不甘。

可是他的耳朵，却在微微的旋转。

他在倾听。

倾听着，白石的一举一动。

并且他的手指，又在轻轻地颤动。

他在计算。

计算着，故事的下步发展。

所以片刻后他就发现了一件事。

一件和他的预料大相径庭的事。

白石没有动。

至少，白石没有跟在他的身后。

他眉头紧锁。

他转过了身。

“怎么？你不要了么？”胡衙役斜睨着白石，言语中尽是挑衅，“你是相思剑客，难道还怕我算计你？”

白石只是淡淡道：“你想带我去哪里？”

“当然是我收藏那笔宝藏的地方。”胡衙役显得极不耐烦，“一个只有我知道的地方。”

“是那地洞么？”白石脸上浮现出一丝讥讽，“那恐怕没必要去了。”

胡衙役一惊：“为什么？”

“因为，五阴盛在昨夜已经被我杀了。”白石冷笑不止，“你最后的一张牌，也打光了。”

胡衙役瞠目结舌，他的嘴，在空中大张着，可是还是没能说出话来。

“说起来，那天我们搜查地洞时，你一定就已发现五阴盛没有死。”白石仿佛明白了什么，“所以，你才故意装疯卖癫，就是害怕我们发现五阴盛那时正躲在后洞里。”

胡衙役又擦了一把冷汗：“我飞天狐绝不是言而无信的人，你要是信不过我，那我也无可奈何。”

白石突然哈哈大笑，笑得整个镇子都能听见，笑得胡衙役不知所措，笑得胡衙役一脸茫然。

胡衙役的嘴和舌头，似乎已经完全丧失了支配，他脱口而出：“你……你笑什么？”

白石的笑声逐渐变得苦涩而悲伤：“我笑这个镇子的人，竟然为了一笔不存在的宝藏，你争我夺，自相残杀，你说，够不够可笑？”

“谁说没有宝藏？”胡衙役突然暴跳如雷，“谁告诉你宝藏没有了？”

白石却苦笑着摇起了头：“宝藏本来是有的，可是你这么多年来，不停地放出诱饵，不停地雇佣杀手，那笔宝藏，早就用完了。”

“不可能！”胡衙役怒不可遏，“我有！那笔宝藏，我永远用不完！”

“如果真的还有的话，你又何必用那张价值连城的玉床作为人间八苦的酬劳？”白石叹了口气，“就算真的还有，也不足以满足任何人的贪欲了。”

胡衙役的咆哮戛然而止。

他的眼中，终于露出了无法遏制的慌乱。

他明白他已没有任何底牌，也没有任何筹码。

可是当他无意中瞟到白石的脸的时候，却又露出了欣喜的光芒。

因为，他发现了一件事。

一件绝对值得高兴的事。

那就是，白石的眼中没有杀意。

一点也没有。

有杀意的人未必会杀人，可是没有杀意的人，便绝不会杀人。

绝不会。

可是，白石的眼中却又有着另外一种熟悉而令人不快的光芒。

那是什么？

那究竟是什么？

胡衙役拼命地想要看清。

他焦躁地分析着，解读着，那愈来愈盛的目光的含义。

他终于想起。

这目光为何如此熟悉。

因为，那就是片刻前，白石望向黎大人的眼神。

怜悯。

纯粹的怜悯。

为什么?

白石为何要怜悯自己?

白石仿佛看穿了胡衙役的灵魂。

他淡淡道："我猜想，你父亲临死前，也没有来得及告诉你，他为什么那么害怕飞天狸，对不对?"

胡衙役张了张嘴，想要说些什么。

可是，他至死都没能说出口。

因为，倒在血泊中的黎大人，竟悍然站起。

沆瀣一气的干扰下，胡衙役终究不能将他一击毙命。

他愤怒的双手紧紧地扼住了胡衙役的咽喉，直到再也没有气体，能进入胡衙役的身体；直到再也没有血液，能流出他自己的身体。

白石就那样静静看着，看着两个人的身体慢慢僵硬；他就那样静静听着，听着两个人的哀嚎渐渐平息；他就那样静静嗅着，嗅着两个人的血腥缓缓散去。直到两个人最后一丝生命的气息从这个世上消失，快剑三在白石耳边留下的最后一声叹息，才停止了回响，慢慢归于沉寂。

他没有转身离开，而是等待着，等待着夕阳落下，等待着皎月升起。他是唯一和这个镇子毫不相关的人，可是却亲自见证了病无药、叶鸣蝉、五阴盛、黎大人和胡衙役迎来了自己的终局，也亲自见证了生亦欢、小良、叶子、萧落木和快剑三选择了自己的终局。

而现在，他要等待。

等待着。

自己的。

终局。

第八夜　镇子的末路

夜。

黑夜。

漆黑的夜。

黑得，仿佛一只巨大的瞳孔。

白石木然地瞪着黑夜。

黑夜，也在悄悄地凝视着白石。

白石已经在这里等了很久。

久得，让他已经忘却了他在等什么。

甚至，他也已经忘了他在等。

终于，先按捺不住的，不是白石，而是黑夜。

“你，究竟在等什么？”

夜，是不会说话的。

因为，夜没有嘴，只有一只眼睛。

可是白石没有惊讶。

因为，他知道，那声音来自哪里。

“我在等你。”

“我，早已来了。”从黑夜最深的角落，慢慢地走出了一个青色的身影。仿佛，他就是那硕大无匹的瞳孔中，映出的人世间唯一的倒影。

“我，早已知道。”

“那你还要等？”

“我在等你的时候，”白石淡淡道，“你不是也在等我么？”

风化柳沉默了许久。

两个如夜一般安静的人，就那样面对面站着。没有人说话，也没有人在动，只是他们的眼睛，都凝视着虚空中的某一个点，仿佛他们都能够看见，命运之轮的转动。

直到，他们的双眼，被初冬的第一场雪迷住。

不知是因为夜空的反射，亦或是因为小镇的堕落。

雪，竟然是黑色的。

黑色的雪。

白皙的手。

白皙的手轻轻扬起。

铁扇在空中划出了一个优美的弧线，从白石的左耳边掠过，又从白石的右耳边折返，回到了风化柳的手中。

白石只是静静地看着自己被切下的发丝在空中飞舞，却一动未动。

“为什么不躲？”

白石低垂着眼皮：“明知你杀不了我，我为何要躲？”

“我的确杀不了你。”风化柳的声音中竟然有着一丝不易察觉的愠怒，“你是相思剑客，剑法冠绝天下，我怎么能杀得了你？”

“你明知杀不了我，却为何又要来？”

“我现在杀不了你，不代表我一辈子杀不了你。也许十年八年，也许在下一瞬间，你，就会死在我手里。”风化柳一声冷笑，“可是你就不同，你永远杀不了我。”

“为什么？”

“因为，你没有杀我的理由。”风化柳淡淡道，“你之所以肯在这里等我，不就是想要找到这个理由么？”

“这么说，”白石眯起了眼睛，“你，就有杀我的理由？”

“当然有。”风化柳凝视着白石，“你，想听么？”

白石再次沉默了。

雪，飘在了风化柳的发上，化成了涓涓细流。

雪，落在了白石的手上，凝成了点点冰晶。

雪，飞舞在无垠大地，茫然而无措，不知该去向何处。

命运之轮终于停止了转动。

“你说吧。”白石的声音低沉得几乎不可闻及。

“好啊，很好。”风化柳似乎早就预料到这个答案，他锐利的眼神似乎比白石看得更远，“那么，你知不知道我究竟是谁？”

“你铁扇居士的名号，早已名扬江湖。”

风化柳摇了摇头，声音中略微有些不屑：“铁扇居士，不过是我在漫漫人生中的一个微不足道的身份罢了。”

“哦？”

“二十三年前，我是当朝摄政王最神秘的幕僚——‘神机千虑’。”

白石猛然抬头：“所以，你知道当年大冶求援的一切细节！”

“你又错了，这件事，根本就是我从中牵线搭桥，促成好事。”风化柳淡淡道，“因为我同时还是大冶的御医——‘雪巫祝由’。”

“难道，飞天狐狸其实是你的人？”

“你以为我会让任何人知道我的身份？”风化柳又冷笑几声：“我奇门百技，医卜星象，无所不通。我不需要同伙，更不需要手下，我只不过是把那笔宝藏的消息‘无意’中泄露给了飞天狐狸罢了。”

白石的脸上却不禁露出一丝讥讽：“你本想黄雀在后，可是你万万没有料到，飞天狐狸竟然出了意外。”

风化柳仰天叹了口气：“没错。我的确没想到，生死与共的飞天狐狸竟然兄弟阋墙。”

“所以，你为了找到飞天狐，也整整花了二十三年？”

“二十三年，二十三年。”风化柳的目光竟有些呆滞，“每过一年，我都更舍不得放弃那些已经流逝的时光，就这样过了二十三年。”

白石看着风化柳落寞的表情，突然觉得有着些许的轻松。

他掸了掸肩头上的雪，仿佛在替风化柳掸去了二十三年孤寂的时光：

“你，后悔吗？”

然而就在这时。

雪，化了。

两道灼热的光射穿了白石的手掌，仿佛盛夏最热情的日光。

白石吃惊地抬起了头。

他看到了。

风化柳的眼中，闪烁着非同一般的光芒。

“我不后悔，我永远不后悔。”风化柳的双眼炯炯发亮，“因为，在第十四年上，我找到了我最喜欢的一个身份。你知不知道那是什么？”

白石屏住了呼吸。

他的脸色，竟渐渐凝重。

他似乎在惧怕从风化柳口中说出的某个答案。

他突然有一种冲动。

有一种，把命运之轮回拨的冲动。

可惜他不能。

没有人能。

风化柳的脸上竟洋溢着说不出的幸福与喜悦：“那就是‘莫名先生’。因为，我遇到了一个不论我走到哪里，都愿意陪伴左右的‘其妙夫人。’”

白石面色大变：“你们就是传说中以‘移魂夺魄’闻名江湖的‘莫名其妙，天悲地悼’！”

风化柳没有听到白石的惊叹，他愈来愈神采飞扬，似乎已经完全沉浸在往昔的回忆里：“我们夫妻又找了那笔宝藏六年，终于找到了这个小镇。可惜，这个小镇早已藏龙卧虎，却又互相忌惮，按兵不动，仅凭我们二人，绝没有可能坐收渔翁之利。”

紧接着他又笑了：“不过上天总是眷顾我，就在半年前，赐给了我一个最完美的礼物。”

白石的脸色愈加惨白：“那，就是我！”

“没错！”风化柳狂笑道，“你武功高绝，却不知何故，意识模糊，神志不清，正好是我们的移魂大法出手的最佳时机！”

白石沉默不语，仿佛，那只是另一个和自己完全无关的故事。

“我们每日傍晚在你的粥里下了‘醉生梦死’让你陷入沉睡，夜里又在你的耳边用‘神昏谵语’创造了蝎子，在天亮之前再用‘一眼万年’唤醒白石，简直是天衣无缝，无懈可击。如果不是‘大梦难觉’的干扰，恐怕相思剑客这一辈子都没有机会回来了。”风化柳得意洋洋，“所以你，就成了我们打破僵局的最好的棋子。”

白石咬紧了牙：“这么说，就是你利用了我，成为你窥探的眼，杀人的手？”

“利用你？”风化柳猛地抬起了头头。

白石心中一凛，刚从心中燃起的一丝愤怒竟又化为余烬。

风化柳的脸刹那间变得狰狞可怖，射出的两道目光如利刃一般将白石死死钉在夜空。

“我告诉你这么多，是为了让你知道我在利用你？”风化柳狠狠道，“我，是，要，让，你，忏，悔。”

“忏悔什么？”白石的声音中，竟有着无法压抑的慌乱。

风化柳一声冷笑。

他的铁扇指向了白石的腰间。

那是一柄剑。

一柄白石不知从何处得来的剑。

那把剑的名字叫做——

孤独。

“你刨开了坟幕，你面对着荷影，你看到这孤独，你检查过伤口。”风化柳的脸因为极度的愤怒而扭曲，他几乎是嘶吼着向白石咆哮，“你现在跟我说，你不知道你要忏悔什么？”

白石屏住了呼吸，他那惨白的面容完全地投射出了他内心的惊悚与恐惧。

他没有说话，也没有动。

因为，他明白，他在等待的，究竟是什么。

那是末日的审判。

风化柳的声音也停住了。

他闭上了眼睛，死死握紧了拳头，似乎在拼命地让自己冷静。

终于他长吁了一口气。

“就是你，亲手杀死了……”风化柳的声音不住的颤抖，“我的夫人，荷影。”

白石的面色已不再是惨白。

而是死白。

风化柳的双眼流下了两行清泪，声音也满是无尽的凄苦：“她只是为了我的愿望，为了更方便控制你，才装作你的妻子。可是你，竟这样就一剑杀了她。”

白石的双脚一阵发软，头目也一阵眩晕。

他曾经预料过这个最可怕的结局。

可是他也曾心存最后一丝侥幸。

然而。

这世上。

没有侥幸。

他真的，找不到一丝一毫，杀死风化柳，甚至伤害风化柳的理由。

恰恰相反，他从风化柳的瞳孔中，清楚地看到不断地回放着的可怕一幕。

蝎子猛然一跃，把剑顺畅地送入了荷影的咽喉。

那无休无止轮回的影像，无时无刻不在提醒着他：他，是杀死风化柳夫人的凶手，也是杀死白石夫人的凶手。

“你相思剑客的命，是我救的；你白石的家，是我给的；甚至你蝎子的神，也是我恩赐的。”风化柳的情绪完全失控，他只是不顾一切地咆哮，“你不但睡了我的夫人，你竟然还杀了她，还想要杀了我！我看在你还有价值，就留了你一条命，可是你居然还敢质问我，想要向我复仇？”

风化柳眼中平添了三分哀痛，三分黯然，以及三分疯狂，混合在一起，炼出了愤怒的火焰，从他的口中汹涌而出，想要把白石燃烧殆尽：“你凭什么向我复仇！该复仇的，是我！是我！”

白石没有说什么。

他说不出什么。

他的双眼，竟慢慢地黯淡下去。

他的灵魂，异常轻盈。

“要报仇，就来吧。”

风化柳早已迫不及待。

“那笔宝藏既然没有了，你就没有活着的意义了。”

他的拳头，狠狠砸上了白石的脸。

没有剑气。

没有铁扇。

没有优雅。

没有傲然。

风化柳只是纯粹地挥舞着拳头，就像一个蛮横的村汉。仿佛只有这种最原始的殴打，才能发泄出他心中的怨念。

一拳。

一拳。

又一拳。

打在白石的小腹。

打在白石的胸口。

打在白石的脸颊。

打得白石涕泪横流。

打得白石鲜血飞溅。

打得白石口歪眼斜。

白石如同烂泥一般倒在了地上。

他紧紧闭着双眼，任凭不知从身体何处流出来的血，混合着泥泞，让这贪婪的小镇尽情地舔舐。

直到风化柳筋疲力尽。

直到风化柳意兴阑珊。

直到风化柳心如死灰。

他喘息着休息了许久。

他终于掏出了铁扇。

展开的扇刃像饿狼的獠牙，抵住了白石的咽喉。

他没有忘记向白石发出最后的讥讽："你终于可以亲自去向荷影忏悔了。"

突然风化柳的瞳孔骤然收缩。

他的眼中写满了不信。

一种冰凉而麻痹的感觉，从他的腹部蔓延至他身上的每一根神经、每一块肌肉，甚至每一丝头发，就像蝎子剧毒的尾针，让他的全身都动弹不得。

"你……你……"风化柳缓缓低下头，望着没入自己小腹的剑柄，想要说什么却说不出来。

白石居然睁开了眼睛。

那眼中，没有仁慈，没有愧疚，没有茫然。

有的只是蝎子那彻骨的阴冷，和对自由的渴望。

"白石和相思剑客的确都杀不了你，可是我这未尽的一剑，可还为你留着呢。"

风华柳死死拽住白石的衣角，双脚拼命的在大地上徒劳的扭动，似乎这样就可以挣扎着爬出死亡的深渊。

然而黑色的积雪中仿佛暗藏着地狱的入口，在那里，有无数的孤魂野鬼，毫不留情地将风化柳拖进了冥河的彼岸。

在那一刻，白石突然感觉到，最后一点灵魂从他的躯壳透体而出，就像一片随风飘落的叶子。

不。

那是两片。

随风飘落的叶子。

这个镇子，已然没有活人。

每具尸体的咽喉上，都有着一道锋利且致命的扇痕。

为了独自倾听白石的忏悔，风化柳曾在此释放了最后的疯狂。

可笑的是，在这生命的荒漠之中，留下的竟是白石。

这具行尸走肉已经是这个镇子最后的活力。

白石抬起了头。

县衙的牌匾早就挂满了蛛网。

仿佛这个镇子错综复杂的命运。

两扇颓败的大门中，竟然透出一丝微光。

白石眼中闪出一点疑惑。

怎么？

这县衙里，居然还有活人？

白石推开了大门，凝神望去。

那灯光，来自门旁的一间小小的屋子。

白石眯起了眼睛。

脑海中残存的记忆让他想起。

那是看门的瘸子。

他缓缓地走进了小屋。

不知为何，那张干瘪枯皱的脸，在昏黄的油灯下，竟散发着一股安详的光晕，让白石突然无比的轻松和惬意。

瘸子看了看白石，仿佛多年未见的老友。

“坐吧。”

白石顺从地坐了下来。

瘸子道：“你老了很多。”

“活了三辈子，自然老了很多。”白石颓然道。

瘸子不解其意，只得笑了笑，抄起身旁的水烟筒，又点上了一蓬烟丝，啪嗒嗒吸着，让小屋内瞬间烟雾弥漫，也让白石心烦意乱。

“要来一口么？”瘸子递上了烟筒。

白石突然心中一动。

他突然觉得，这一幕有些熟悉。

白石摇了摇头：“我从不吸烟。”

瘸子叹了口气，收回了手：“可惜，这是我唯一能招待你的东西。”

“不，你还有一个方法可以招待我。”

“哦？”

“你想听故事么？”白石望着瘸子，眼里尽是疲惫。

“你有故事？”

“有，实在太多。我怕我不讲出来，就再也记不起了。”

瘸子默默地吸了两口水烟。

“好啊，老瘸子我，好久没有听过故事了。”

白石毫不迟疑，他有条不紊地，娓娓动听地，向瘸子讲述着，讲述着相思剑客的故事，讲述着白石的故事，讲述着蝎子的故事，讲述着小镇的故事。

瘸子时而目瞪口呆，时而眉头紧锁，时而痛心疾首，时而战战兢兢，他就那样一丝不苟地，感同身受地，体会着一个又一个的故事。

而残月也在窗外的废墟中，静静地听着，听着它亲眼所见的，那跌宕起伏，那惊心动魄，那阴森可怖，那令人绝望的故事。

不知在哪一个时刻。

在故事落下帷幕之后，白石，瘸子，残月竟同时沉默。

直到瘸子沙哑的声音响起。

“相思剑客最后究竟怎样了？”

“死了。”

“死了？”

“在风化柳遇到他的那一刻，他就已经死了。他也曾短暂地借尸还魂过，可是最终他却发现，它无法改变，也决定不了任何事。所以他还是回到了自己该回的地方去了。”

“那么，白石呢？”

“也死了。”

“也死了？”

“他本就是因为荷影而生的。既然荷影本就是一场幻梦，那白石本也就不该存在。”

“这么说，只剩蝎子了。”

“蝎子，也死了。”

“蝎子，也死了？”

“在他手刃风化柳的那一刻，他就已经割裂了过去，拥有了自由，他已死而无憾了。”

“不对，不对！”瘸子突然皱起了眉头。

“哦？”

“如果相思剑客、白石、蝎子都死了，那么你，又是谁？”

“我谁也不是。”白石抬起头望向了苍凉的天空，“我已经渐渐地，什么都记不得了。”

他的表情，在月光下竟然肃杀而凄凉。

就像这毫无生机的镇子。

瘸子叹了口气。

“好故事。”

“本就是好故事。”

“好故事，未必是一个完整的故事。”

“哦？”

“你这个故事，似乎还没有讲完。”

白石机械地转过头，眼中却突然闪过一丝不安。

瘸子双眼盯紧了手中的烟筒，眉头紧锁，仿佛在推敲着这故事中的漏洞："在这个故事里，人间八苦是胡衙役的人，叶氏兄妹是黎大人的人，'莫名其妙'夫妇暗中潜伏，萧落木追寻相思剑客，小良追寻叶子，其他的江湖豪客想要找到宝藏，似乎每个人都有自己的目的。"

"那是当然。"

"问题就在这里。"瘸子猛的抬起了头，"李铁匠究竟是怎么死的？王瞎子到底又是谁的人？"

白石的瞳孔骤然收缩。

他想要站起，突然感觉到了身体的一丝异样。

"我不知道。"白石没有惊慌，"可是你知道。"

"我知道？"

"你当然知道，而且你也很想让我知道。"

"何以见得？"

"你这烟丝里，有麻药。而解药，就在你的烟筒里。"白石的眼神和浓烟一样飘渺，"可是你还不杀我，无非是想让我听完你的故事。"

"说的不错，除了一点。"瘸子叹了口气，"我的烟筒里，也没有解药。"

"为什么？"白石不禁有些意外。

瘸子没有答话。

他深深地吸了一口烟。

烟筒上的火光红得发白，白得发亮。

瘸子猛地吹了一口气。

火星四溅。

溅在了被褥中，溅在了木椅上。

"因为我，要去陪他们了。"

"你究竟是谁？"

"其实当年护送宝藏的十二个高手，并没有全死。"

"哦？"

"他们之中有三个活了下来。只不过一个瞎了，一个聋了，"瘸子叹了口气，望着自己萎缩的腿，“还有一个……瘸了。”

“然后呢？”

瘸子笑了笑：“没有然后了。这个故事，已经讲完了。”

“那聋子究竟是谁杀的？”

“自尽而死。”

“为什么？”

“他先服了剧毒，又自断筋脉，只不过为了让所有人都疑神疑鬼，以此来打破平衡罢了。”

“就这么简单？”

瘸子叹了口气：“这一条残命能让蠢蠢欲动的三方按捺不住大动干戈，已经死得其所了。”

白石还想问什么，可是突如其来的烈焰在白石和瘸子之间熊熊燃起，晃住了白石的眼睛。

“我的故事已经说完了。”瘸子在火焰的那头淡淡笑着：“你也该走了。”

“我已走不了了。”

“其实，你喝过‘大梦难觉’，这迷药根本困不住你，你知道，我也知道。”

“迷药当然困不住我，因为我早已迷失了。”白石的声音异常萧索，“迷失的人，是走不出这个镇子的。”

“迷失并不可怕，可怕的是忘却。”瘸子的声音越来越小，“迷失的人，总会清醒，而忘却的人，却再也记不起了。”

瘸子低沉的话语终于在最后一声叹息中归于静寂。

白石站起了身，走到了窗边，凝望着昼与夜的边际。

在他的身后，涤罪之焰吞噬了县衙，焚向怒号天际。

在他的眼前，漆黑的雪遮蔽了夜空，掩盖疮痍大地。

白石明明大睁着双眼，可是却仿佛做了一个梦。

一个很长的梦。

在梦里，他只是一条鱼。

一条在大海里遨游的鱼。

尾声

荷影与萧落木的墓碑的中间，又多出了一个坟头。

坟头没有花，没有酒，没有墓碑，也没有名字。

有的，只是一把剑，在萧瑟的风中孤独地鸣叫着，仿佛在讲述那永远无法完结的故事。